Paula Modersohn-Becker, Porträt Clara Rilke-Westhoff, 1905

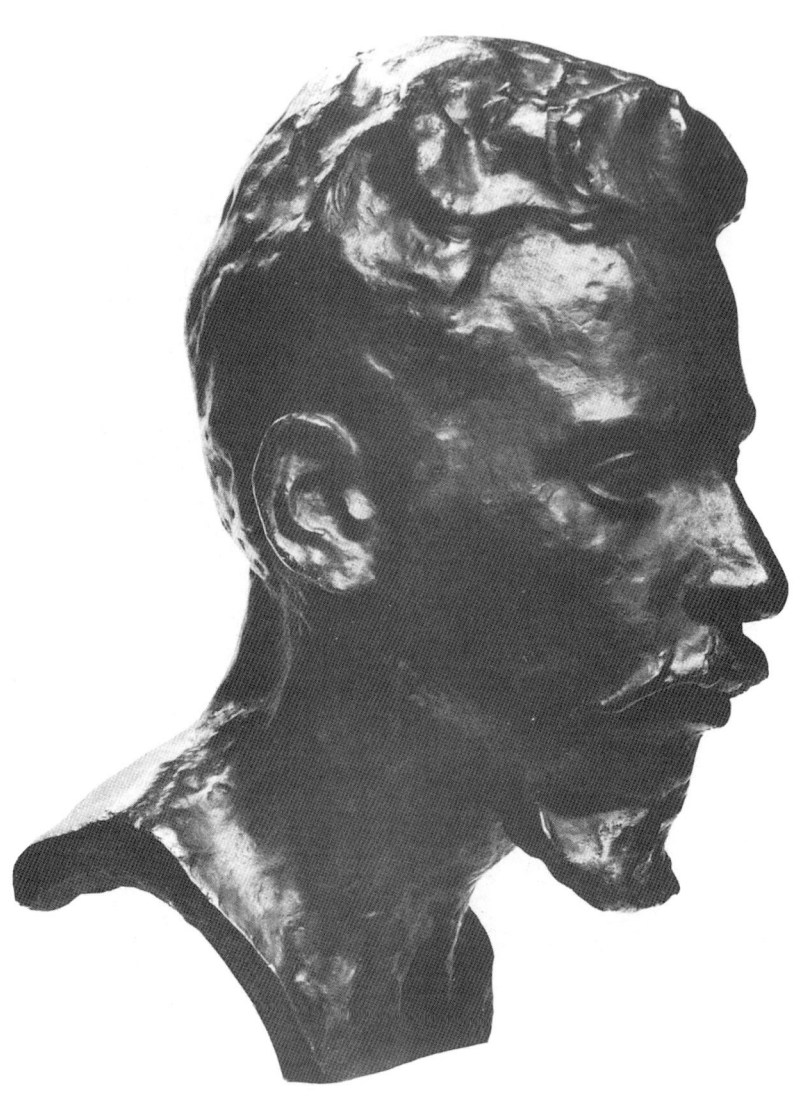

Clara Rilke-Westhoff, Porträt Rainer Maria Rilke, 1901

Clara Rilke-Westhoff, Porträt Paula Modersohn-Becker, 1908

Paula Modersohn-Becker, Porträt Rainer Maria Rilke, 1906

Paula Modersohn-Becker, Elsbeth, 1902

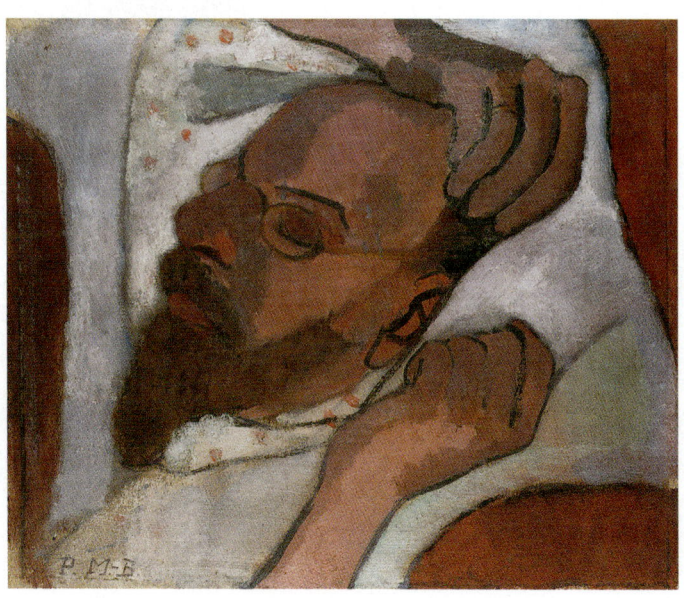

Paula Modersohn-Becker, Otto Modersohn schlafend, 1907

Heinrich Vogeler, Sommerabend, 1905

Otto Modersohn, Herbst im Moor, 1895

Clara Rilke-Westhoff, Porträt Heinrich Vogeler, 1901

Clara Rilke-Westhoff, Porträt der Großmutter Laura Westhoff, 1899

Clara Rilke-Westhoff, Sitzender Knabe, 1900

Gunna Wendt
Clara und Paula

EUROPA
VERLAG

GUNNA WENDT

Clara & Paula

Zwei Freundinnen und Künstlerinnen

Europa Verlag
Hamburg · Wien

In memoriam Kilian Schirmer und Liesel Rausch

Wir danken dem Ehepaar Sieber-Rilke für die freundliche Unterstützung und die Erlaubnis, Privatfotos von Clara Rilke-Westhoff im Buch veröffentlichen zu dürfen.

Erstausgabe
© Europa Verlag GmbH Hamburg, Oktober 2002
Lektorat: Aenne Glienke
Umschlaggestaltung: Kathrin Steigerwald, Hamburg
unter Verwendung eines Gemäldes von P. S. Krøyer, AKG Berlin
Satz: Greiner & Reichel, Köln
Druck und Bindung: Wiener Verlag, Himberg bei Wien
ISBN 3-203-84031-6

Die Deutsche Bibliothek verzeichnet diese Publikation
in der Deutschen Nationalbibliografie (http://dnb.ddb.de).

Informationen über unser Programm erhalten Sie beim Europa Verlag,
Neuer Wall 10, 20354 Hamburg oder unter www.europaverlag.de

*Wenn man nicht schuld ist am eigenen Leben,
dann ist einfach nichts dran, finde ich.*

                Connie Palmen, Die Freundschaft

But love's the only engine of survival.

                Leonard Cohen, The Future

Inhalt

Prolog: Champagner in der Luft 9

Künstlerinnen 11

Worpswede – Versunkene Glocke 37

Maler, Lehrer, große Männer 66

Rose und Schwan 85

Wächter der Einsamkeit 103

Verlust der Schwesternseele 129

Paris – die Welt 152

Stürmische Frauen 179

Porträts und Selbstporträts 207

Ein kurzes, intensives Fest 222

Fluchtlinien – Haltepunkte 229

Epilog: Das unendliche Gespräch 242

Kurzbiographien 244

Literatur und Quellen 263

Danksagung 270

Bildnachweis 271

PROLOG
Champagner in der Luft

Paris, 9 Rue Campagne Première, 8. Februar 1900, morgens um 8 Uhr

Paula liegt im Bett, räkelt sich wohlig in den Kissen und läßt den Blick durchs Zimmer schweifen. Es ist kärglich möbliert. Außer dem Bett, das gleich hinter der Tür versteckt ist, gibt es nur eine Sitzbank, einen Stuhl und einen Tisch. Den Tisch beherrscht eine dickbauchige Vase, die üppig gefüllt ist mit Mimosen und Narzissen. Paulas Augen bleiben an den Blumen hängen.

Ein freundlicher Morgen. Ein freundliches Zimmer. Sie beschließt, noch eine Weile liegen zu bleiben, dreht sich auf die Seite, kuschelt sich in ihre Decke, die Blumenpracht nicht aus den Augen lassend.

Da klopft es kräftig an die Tür, und gleich darauf ertönt von draußen eine fröhliche Melodie, auf der Panflöte gespielt, erst zart moduliert, dann laut und rhythmisch geblasen. Paula lauscht dem Lied und bleibt dabei im Bett liegen. Erst als die letzten Töne verklungen sind, wirft sie sich den Morgenmantel über, öffnet die Wohnungstür einen Spalt und schaut hinaus: »Clara! Das ist ja eine Überraschung. Wie gut Sie spielen können. Das hab ich gar nicht gewußt.« Die Freundin hat ihr Spiel beendet und steht nun in einem leuchtend weißen Kleid vor der Tür, die Arme weit ausgebreitet. In der linken Hand hält sie ein grünes Glas mit einer Hyazinthenzwiebel darin, in der rechten eine riesige Orange und einen Veilchenstrauß. »Kommen Sie herein, Clara, ich freu mich so sehr, daß Sie da sind.« Paula nimmt die Freundin an beiden Handgelenken und zieht sie in ihre Kammer. Mit den Worten »Ich wünsche Ihnen alles Gute zum Geburtstag« übergibt ihr Clara die Geschenke, verschwindet noch einmal aus dem Zimmer und kommt kurze Zeit später zurück mit einer Flasche Champagner, die sie triumphierend in die Höhe hält. Sogleich beginnt sie, den Draht zu entfernen und macht sich am Korken zu schaffen. Paula schaut ihr neugierig zu. Noch ist die Freundin eifrig bei der Sache, gewissenhaft und konzentriert, aber Paula spürt, daß sich allmählich Ungeduld breitmacht. Claras Blick verfinstert sich, ihre Bewegungen werden hektischer. Paula weiß, daß sie jetzt eingreifen muß, um die Flasche und vor allem den köstlichen Inhalt zu retten. Mit den Worten »Lassen Sie mich versuchen, Clara!« versucht sie, ihr die Flasche zu entwenden, aber Clara läßt nicht los. Nun halten beide die Flasche fest und zerren daran unter übermütigem Gelächter. Plötzlich ein höllischer Knall! Der Korken schnellt gegen die Zimmerdecke, der Champagner sprudelt heraus und benetzt die beiden Freundinnen. Paula ist glücklich: »Oh Clara, Sie und ich in Paris. Das ist ein Fest. Da ist Champagner in der Luft!«

Künstlerinnen

»Jetzt bin ich ein richtiges Malweib geworden«, schreibt die 17jährige Clara Westhoff 1896 aus München nach Bremen an ihre Eltern. Sie ist ein Jahr zuvor in die weit entfernte Stadt gegangen, um Malerin zu werden. Seither berichtet sie in Briefen nach Hause von ihren Fortschritten, Erlebnissen und Wünschen. Niederlagen und Zweifel werden verschwiegen. Gleich nach ihrer Ankunft in München, im Oktober 1895, hat sie ihrem Vater mitgeteilt, sie benötige dringend ein Fahrrad und die dafür geeignete Kleidung: Pumphosen und eine Kappe. Der Vater erfüllt diesen Wunsch genauso, wie er ihr schon den anderen erfüllt hat: Er gestattete seiner Tochter, in die private Münchner Malschule Fehr/Schmid-Reutte einzutreten.

Friedrich Westhoff ist selbst künstlerisch ambitioniert. In seiner Freizeit malt er Aquarelle. Diese Liebe zur Malerei trägt wahrscheinlich zur Akzeptanz der Zukunftspläne Claras bei. Ansonsten ist es schwer vorstellbar, daß er seine noch nicht volljährige Tochter in eine 800 km weit entfernte Stadt hätte ziehen lassen, allein, ohne Sicherheit und nur mit einem Traum: Sie will Malerin werden. Sie will studieren. Da die staatlichen Kunstakademien bis auf wenige Ausnahmen den Frauen verschlossen sind, kommen nur die privaten in Frage. Die gibt es zwar auch in Claras Heimatstadt Bremen, aber Clara will nach München, weit weg von zu Hause. Es locken die Ferne und die Unabhängigkeit. München bedeutet für sie Süden, Wärme, Lebendigkeit, Genuß, Freiheit. Hier hat sie die Möglichkeit, ihr Talent zu entfalten. Hier wird sie den Tag selbst gestalten, von niemandem abhängig, ganz eigenverantwortlich sein. Ein mutiger Schritt für eine junge Frau im ausgehenden 19. Jahrhundert. Wie ist sie darauf gekommen? Zwar hat ihr der malende Vater wohl eine gewisse Anregung gegeben, aber für ihn ist immer klar gewesen, daß seine künstlerische Tätigkeit nur eine Freizeitbeschäftigung darstellt, keinen Brotberuf. Wer ist diese mutige junge Frau, dieses eigenwillige Mädchen, das sehr früh die eigenen Wünsche formuliert und durchsetzt?

Clara Westhoff wird am 21. November 1878, einem nebligen Herbsttag, in Bremen geboren. Der Vater, Friedrich Westhoff, ist Kaufmann. Claras Mutter Johanna, geb. Hartung, stammt aus dem Vogtland. Clara wächst zusammen mit ihren zwei Brüdern in einem Giebelhaus in der Wachtstraße in der Bremer Altstadt auf. Im Erdgeschoß befindet sich das väterliche Kontor, im Dachgeschoß das Lager für Kaffee, dazwischen die Wohnung der Familie Westhoff. Clara fühlt sich dort eingezwängt, dem Familienleben ausgeliefert. Aber zum Glück gibt es noch das Haus in Oberneuland, das Sommerquartier der Familie. Da ist es nicht so eng wie in Bremen. Schon als Kind kann man dort die eigenen Wege gehen, sich verausgaben im Spiel, im Laufen, und die eigene Kraft, den Körper spüren. Hohe Bäume stehen im Garten. Man kann auf ihre Wipfel klettern, in ihren Kronen Baumhäuser bauen und Geheimverstecke einrichten. Allein sein, wenn man will. In diesem Garten des Landhauses spielt sich der Teil von Claras Leben ab, der sie vielleicht am meisten geprägt hat: die Kindheit und vor allem das, was sie daran geliebt und woran sie sich immer erinnert hat. Die Wintermonate in der Stadt werden für Clara mehr und mehr zur Wartezeit, zur bloßen Überbrückungszeit, die man eben durchstehen muß, weil der Sommer mit dem eigentlichen Leben draußen in Oberneuland wiederkehren wird. Man braucht nur Geduld.

Im Alter von 13 Jahren hat Clara einen großen Wunsch: Sie will ein ganzes Jahr lang allein draußen auf dem Land bleiben. Es wird ihr erlaubt, und Clara fühlt sich erwachsen und privilegiert. Sie ist froh, die Enge der elterlichen Wohnung in Bremen nicht länger ertragen zu müssen, sondern hier draußen frei und unbeaufsichtigt leben zu dürfen. Neugierig beobachtet sie die Veränderungen in der Natur im Wechsel der Jahreszeiten. Das Sprießen, Wachsen, Gedeihen, ja, das Leben selbst stellt sich ihr als ein Wunder voller Energie dar, das sie mitreißt und ihr Herz schneller schlagen läßt.

Es ist ihr, als sei sie in diesem Sommer in Oberneuland in das Geheimnis des Lebens überhaupt eingeweiht worden. Schon damals hat sich in ihr eine Haltung herausgebildet, die man als aktives Beobachten bezeichnen kann, ein Beobachten, durch das man erkennt, ohne einer Sache ihr Geheimnis zu entreißen. Vielleicht ist dieser Blick, diese Wahrnehmung eine der wichtigsten Voraussetzungen für eine Künstlerin. Ihre Neugier steigert sich zur Ungeduld, zur ungeduldigen Erwartung eines jeden Tages. Was würde er bringen? Attribute wie schön oder häßlich taugen nicht, um den Tag zu beschreiben. In den Augen einer Betrachterin wie Clara wird alles schön – die Nebeltage des Herbstes, die das Gold der Blätter nur verdecken, genauso wie die dunklen Wintertage, die durch Eis und Schnee beleuchtet werden. Es gibt nicht nur die Sonne und das Leben, sondern auch die Dunkelheit und das Vergehen. Es gibt den Schrecken und die Zerstörung, die man Kindern gern vorenthält. Clara fühlt sich nicht mehr als Kind.

Viele Jahre später wird sie in ungezählten Morgenstunden den anbrechenden Tag mit einem Bild begrüßen: Sie malt kleinformatige Tempera- und Aquarellbilder, die den Blick aus dem Fenster ihres Fischerhuder Ateliers zu den unterschiedlichsten Jahreszeiten wiedergeben. Man fühlt sich erinnert an Hokusais Ansichten des Fujiyama oder auch an Cézannes Studien des Montagne Sainte Victoire. Die spätere Porträtbildhauerin Clara Rilke-Westhoff hat die Liebe zur Natur nie wieder verloren. In ihrer Kindheit und Jugend ist ihr die Natur direkte Zufluchtsstätte gewesen. Das Familienleben zu Hause in Bremen ist nämlich alles andere als harmonisch. Alle haben unter den Wutausbrüchen und der Unbeherrschtheit des Vaters zu leiden. Die Mutter zieht sich zurück, versucht, Streitigkeiten zu vermeiden, den Vater zufriedenzustellen und erreicht mit ihrer unentschiedenen Haltung oft das Gegenteil. Clara ist nie unentschieden. Sie weiß, was sie will, und strahlt das auch aus. Sonst hätte der Vater ihr auch nicht erlaubt, allein in eine fremde Stadt zu gehen, um sich zur Malerin ausbilden zu lassen.

Im Herbst 1895, zu dem Zeitpunkt also, als Clara Westhoff in München eintrifft, legt Paula Becker gerade in Bremen ihr Lehrerinnenexamen ab. 1893 hatte sie mit der Ausbildung begonnen und ihrer Schwester Milly gestanden, daß sie sich dabei innerlich ausgetrocknet fühle. Nun ist sie erleichtert, daß ihr Kopf all das, was ihn nicht interessiert, vergessen und sich endlich den wichtigen Sachen zuwenden kann. Erwartet wird von ihr, daß sie sich eine Gouvernantenstelle sucht, eigenes Geld verdient, den Vater entlastet. Sie aber will malen und zeichnen. Ein kaum lösbarer Konflikt, der ihre Kompromißbereitschaft schon früh auf eine harte Probe stellt. Der Vater, Carl Woldemar Becker, Bau- und Betriebsinspektor der Berlin-Dresdener Eisenbahngesellschaft, steht kurz vor der Pensionierung und sorgt sich um die finanzielle Zukunft seiner Familie. Die Mutter Mathilde, geb. von Bültzingslöwen, unterstützt zeitlebens die künstlerischen Ambitionen ihrer Tochter. Sie liebt es, mit der phantasievollen Paula Pläne zu schmieden, und fühlt sich in künstlerischer Atmosphäre wohl. Im Unterschied zu Clara, die sich in ihrer Familie sehr allein fühlt und erst später eine engere Beziehung zu den Brüdern eingeht, hat Paula in ihrer Mutter stets eine Komplizin, die ihr mit weiblicher Diplomatie und Raffinesse hilft, den künstlerischen Weg einzuschlagen und weiterzugehen – auch gegen den Willen des Vaters.

Paula Becker wird am 8. Februar 1876 in Dresden geboren. Es ist ein stürmischer Tag mit Regen und Schneeschauern.

Zu ihrem dreißigsten Geburtstag wird ihr die Mutter einen Brief schreiben und genau berichten, wie der Tag ihrer Niederkunft verlaufen ist:

»Dreißig Jahre ist es heute, daß Du das Licht der Welt erblicktest in unserer kleinen Wohnung in der Schäferstraße zu Dresden-Friedrichstadt. Draußen war ein Unwetter, die Elbe ging mit Eis und brachte Hochwasser vom Gebirge herunter, Regenstürze wechselten mit Schneestürmen, und Vater, der immer fürsorgliche, konnte sich um Dich und mich nicht kümmern, sondern mußte die Tage und Nächte draußen in angestrengtester Arbeit verbringen, denn die neuerbauten Dämme seiner Bahn begannen an der Elbe zu rutschen und Millionen standen auf dem Spiel außer seiner Ehre als Ingenieur. Wir beiden jungen Mädchen (ich war auch erst dreiundzwanzig, als ich mein drittes Kind bekam) blieben allein mit einer blödsinnig unpraktischen Wartefrau. Ich sehe das dicke Geschöpf noch wie heute. Ich hatte Dich an der Brust. Das Öllichtchen brannte fladdrig im Wasserglase. Die Altsche wollte sich Kaffee wärmen und hatte ihre Spritlampe überfüllt, die mächtig auflorderte. Immer pustend und dazwischen kläglich ›O Jemersch‹ kreischend bringt sie mir das lodernde Theebrett aufs Bett, und ich mußte es löschen. Von all der Verrücktheit, dem Sturmgebraus und Woldis verängstigten Augen aufgeregt, bekam ich Fieber und eine schlimme Brust, mußte geschnitten werden – kurz, es war das einzige Wochenbett, von dem ich mich erst nach einem halben Jahr erholte. Aber mein Kolibri gedieh rund und reizend trotz Sturm und Spiritus und stürzenden Dämmen und feiert heute seinen dreißigsten Geburtstag.«

Damals hat die Familie Becker in der ersten Etage eines Hauses in der Schäferstraße 42/Ecke Menageriestraße in Dresden-Friedrichstadt gewohnt. Noch im selben Jahr zieht sie in die nahegelegene Friedrichstraße in das Haus Nr. 46. Dort wächst Paula auf. Es ist ein Viertel, in dem sich immer mehr Industrieunternehmen angesiedelt haben, weshalb es gerade zum Fabrikbezirk erklärt worden ist. Die Umgebung ist also alles andere als idyllisch. Entschädigt wird die Familie durch einen großen Garten, der zum Haus gehört. Paula liebt diesen Garten mit seinen Blumen, dem alten Schuppen, den Büschen und Sträuchern, in denen man sich verstecken kann. Wie Clara in Oberneuland. Allerdings wächst sie in einer viel harmonischeren Atmosphäre auf. Zu ihren fünf Geschwistern hat sie eine vertrauensvolle Beziehung, besonders zu der älteren Schwester Milly, mit der sie später viele Worpswede-Erlebnisse teilen, und zu ihrer jüngeren Schwester Herma, die ihr in Paris zur Begleiterin wird.

Als die Kinder klein sind, unternimmt die Familie in der Freizeit oft Ausflüge, macht Picknick am Elbufer, fährt mit der Droschke zum »Weißen Hirsch« hoch über der Stadt oder verbringt einfach ein paar Stunden miteinander im Grünen. Auf einer dieser Landpartien passiert eine Katastrophe: Paula ist zehn Jahre alt und spielt mit ihren beiden Lieblingscousinen Maidli und Cora Parizot und einigen anderen Kindern in einer Sandkuhle. Plötzlich stürzt die Sandgrubenwand ein und begräbt die Kinder unter sich. Schrecken, Panik, Klaustrophobie, Lähmung. Nur zwei Kinder können sich retten: Paula und Maidli. Cora und drei andere ersticken. Erstmals wird Paula mit dem Tod konfrontiert, der von einer Sekunde auf die andere zupacken kann. Eben noch fröhlich miteinander gespielt, die Welt schien harmlos, ohne Bedrohung. Da werden aus Freudenrufen Angstschreie. Der Sandstrudel zieht hinab in die Tiefe, ein geliebter Mensch verschwindet für immer. Die zehnjährige Paula hat hautnah erfahren, wie fragil und wenig selbstverständlich das Leben ist, und daß mitten in ihm der Tod lauert. Damals hat wohl ihr Nachdenken über den Tod begonnen, das sie ihr Leben lang begleiten wird.

Zwei Jahre später, im Januar 1888, als Paula zwölf Jahre alt ist, wird Carl Woldemar Becker nach Bremen versetzt. Sein neuer Arbeitsplatz ist die »Preußische Eisenbahnverwaltung im Bremischen Staatsgebiet«. Die Familie zieht in eine Dienstwohnung in der Schwachhauser Chaussee 29, die klein und bescheiden ist, zu der aber glücklicherweise auch ein Garten gehört.

Der Neuanfang in der Hansestadt wird nicht einfach gewesen sein, denn es herrschen dort schwer überwindbare gesellschaftliche Barrieren. Die einzelnen Zirkel sind in sich abgeschlossen und bestrebt, Neueindringlinge auf Distanz zu halten. Für die Mutter, Mathilde Becker, ist das jedoch eine Herausforderung, der sie sich gern stellt. Sie ist kommunikativ und kontaktfreudig und schafft es, daß ihre Wohnung innerhalb kurzer Zeit sogar zu einem kulturellen Treffpunkt wird. Paula lernt also früh viele Menschen kennen – anders als Clara, deren Elternhaus nicht so offen und eher mit sich selbst beschäftigt ist.

Clara und Paula – zwei Frauen Ende des 19. Jahrhunderts, die Malerinnen werden wollen, obwohl die Situation von Künstlerinnen zu dieser Zeit alles andere als erstrebenswert ist. Frauen sind überwiegend nicht an staatlichen Kunstakademien zugelassen, die Öffnung dieser Hochschulen erfolgt erst 1914. Gesuche von Frauenvereinen werden abgelehnt. Die Begründung lautet, man wolle einen allzu großen Andrang von Frauen an den Akademien aus Mangel an anderen geeigneten Berufen für gebildete Frauen unterbinden. Man unterstellt von vornherein ein niedriges Niveau der Studentinnen und fürchtet bei Förderung eine unkontrollierbare Verbreitung des Dilettantismus. Man argumentiert mit einer erfahrungsgemäß geringen Veranlagung des weiblichen Geschlechts für die großen Aufgaben der hohen Kunst. Diese Alibis sind so wenig seriös und so sehr von männlichen Vorurteilen bestimmt, daß sie sich leicht widerlegen lassen müßten. Auffassung steht gegen Auffassung, Weltbild gegen Weltbild. Dazwischen scheint es keine Vermittlungsmöglichkeiten zu geben. Also schreiten die Frauen selbst zur Tat und gründen eigene Ausbildungsstätten: Damenakademien. Sie bieten die einzige Möglichkeit, sich zu qualifizieren, und finanzieren sich durch Mitgliedsbeiträge, Schulgelder, Spenden. Längst nicht so angesehen wie die staatlichen Kunstakademien, sind sie noch dazu viel teurer. Hohe Studiengebühren müssen aufgebracht werden. Das Ausbildungsangebot ist kleiner als an den staatlichen Akademien, und die Lehrer gelten als weniger kompetent. Allein: Diese Schulen ermöglichen ihren Absolventinnen einen Abschluß, der als Voraussetzung für ein Zeichenlehrerinnenexamen anerkannt wird.

Clara beklagt sich schon früh über die Diskriminierung, die sie als Frau erfährt, und versucht dagegen anzugehen. Als besonders ungerecht empfindet sie, daß man als Frau die hohen Studiengebühren zahlen muß, während von den Männern an den Akademien vergleichsweise geringe Aufwendungen verlangt werden. Am 8. November 1897 schreibt sie erbost aus München an ihre Eltern: »Aber man muß nur bedenken, wie billig die Herren studieren, dann kriegt man doch 'ne Wut.«

Ihre Wut formiert sich zum offiziellen Protest. Clara wendet sich an den bayerischen Minister für Cultus und Unterricht, Robert Ritter von Landmann, mit einem Gesuch um Zulassung, an den Anatomiekursen teilzunehmen, die für Studenten der Akademie und Gewerbeschule wöchentlich gehalten wurden.

Ihren Eltern berichtet sie am 11. November 1897:

»Da existiert eine sogenannte ›Anatomie‹, wo täglich Vorträge für Ärzte sind und wo sie ein Mal in der Woche für Künstler stattfinden. Und zwar nur für die Akademie und Kunstgewerbeschule und nur für Herren. Jetzt sag mir einer, warum *nur* für Herren? Das muß anders werden und soll mich nicht wundern, wenn wirs durchsetzen. Wenn der Staat sich verpflichtet fühlt, für die männlichen Künstler ganz ungeheure Unterstützung zu leisten, warum tut er es nicht für die weiblichen?«

Der Weg zum Minister ist lang, führt durch das Labyrinth der Bürokratie über die Zwischenstationen Akademielehrer, Akademiedirektor, Ministerialrat. Sie erzählt den Eltern ausführlich von ihren Erfahrungen:

»Der Herr Rat war ein kleines Ekel und unseren Plänen entschieden nicht geneigt. Er sprach von Konsequenzen, die daraus erwüchsen (natürlich Künstler und Beamte – das ist ein Unterschied), daß der Vortragende sich der Damen wegen einschränken müßte, ob sich das für Damen eignete (er meinte wohl, ob's den Damen bei den Leichen nicht übel würde). Ich sagte, das wäre doch Sache der Damen, und er meinte, nein, sie hätten auch viel Verantwortung (Verantwortung für unsere Moral, scheint mir!).«

Der Ministerialrat läßt Clara, die eine couragierte und kräftige junge Frau ist, wissen, daß nach seiner Auffassung das zarte Geschlecht solchen Anforderungen sowohl physisch als auch psychisch nicht gewachsen sei. »Darauf sagte er, daß wir auch dann bald kommen könnten und an der Akademie teilnehmen wollten und sie kämen schließlich in die Lage, eine Damenakademie gründen zu müssen. Dann gründen Sie doch eine, sagte ich. – Ja, und warum nicht?« schildert sie in einem Brief vom November 1897.

In den Gesprächen mit den zuständigen Beamten ist Clara entschieden, selbstbewußt und manchmal frech. Schlagfertig. Aber ihr Gesuch bleibt trotzdem ohne Erfolg. Wegen Platzmangel – so lautet der damals übliche Vorwand – wird sie abgelehnt. Selbst voller Mut und Durchsetzungswillen, muß sie früh erfahren, daß das noch nicht reicht. Ihre Kommilitoninnen halten sich zurück. Clara ist enttäuscht und verärgert über ihre Geschlechtsgenossinnen, die sich nicht solidarisieren. Sie charakterisiert sie und ihre Absichten in einem Brief an die Eltern:

»Viele Damen wollen so für sich und ihre Familie etwas malen lernen. Dann zeichnen sie etwas, fangen dann etwas zu malen an, Aquarell und Öl vielleicht, können dann vielleicht ganz nette Landschaften malen und so für den Haushalt genug. Das kann man in zwei Jahren erreichen. Sie können dann aber nichts ordentlich.«

Bei Paula hört man diese Töne so gut wie überhaupt nicht. Immer ist sie auf sich selbst und das, was sie will, konzentriert, schaut wenig nach rechts und links. Allerdings ist sie eine eifrige Briefeschreiberin, die stark auf ihr Gegenüber eingeht. Vor allem der Briefwechsel mit dem Vater ist sehr intensiv und gehaltvoll. Hier werden persönliche und philosophische Fragen diskutiert, besonders Fragen der Kunst. Wenn das Thema Frauenemanzipation angeschnitten wird, äußert sich Paula indifferent. Sie mag es nicht, wie bestimmte Frauen über Männer sprechen, »wie von gierigen Kindern«. Und manchmal schimpft sie über die Weiber an ihrer Schule, übernimmt sogar männliche Positionen, wenn sie sich abfällig über die »Hosendamen« und ihre burschikosen Manieren lustig macht.

»Das Mittagessen an unserm Weibertisch wird mit großem Appetit eingenommen. Die Hosendamen, es hat sich noch eine zweite hinzugesellt, beweisen ihre Männlichkeit durch jungenshaften Heißhunger. Es macht mir großen Spaß, diese Individuen innerlich und äußerlich zu betrachten. Ich glaube, sie bilden sich wirklich ein, sie seien nicht eitel und gäben nichts auf Äußerlichkeit. Und doch sind sie auf ihre Hosen so stolz wie unsereins auf ein neues Kleid«, schreibt sie 1897 an die Eltern und läßt schon hier ihre Fähigkeit erkennen, Dünkel und Posen zu entlarven. Aber bei aller Kritikfreude nimmt sie auch Rücksicht auf den Vater und seine Prinzipien.

Den Baurat Becker muß es wohl große Überwindung gekostet haben, der Tochter die Hinwendung zur Kunst zu gestatten. Sie will unbedingt Malerin werden. Der Vater rät statt dessen zu einer Gouvernantenstelle, wenigstens als Interimslösung bis zur Heirat. Am Ende des 19. Jahrhunderts im Zuge der fortschreitenden Industrialisierung arbeiten zwar zunehmend Frauen aus der Arbeiterschicht am Fließband, aber für Frauen des Bürgertums ist es nicht üblich, einer Berufstätigkeit nachzugehen. Geduldet werden Erzieherinnen, Lehrerinnen, Gouvernanten sowie hauswirtschaftliche und pflegerische Berufe – eine Art Überbrückungstätigkeit bis zur Eheschließung. Die befürwortet auch Paulas Vater. Sie soll sich einmal selbst ernähren können, denn wer kann schon garantieren, daß seine eigenwillige und manchmal überkritische Tochter überhaupt jemals heiraten würde. Seine Frau ist froh über Paulas Talent und ihre Pläne, dieses sichtbar zu machen. Selbst künstlerisch interessiert, ist sie glücklich, daß Paula die Kunst so ernst nimmt und nicht nur als Freizeitbeschäftigung auffaßt. Sie ermutigt ihre Tochter, hilft ihr dabei, Modelle zu finden, sorgt dafür, daß sie bei ihrem England-Aufenthalt 1892 Zeichenunterricht erhält. Paula besucht ihre in der Nähe von London lebende Tante Marie Hill. Die Eltern wollen, daß sie ihren Horizont erweitert, Hauswirtschaft, Sprachen, aber auch Klavier und Tennis lernt. Schnell erkennt sie, daß das nicht ihre Welt ist. Die 16Jährige gehorcht zwar und tut das, was man von ihr verlangt, in ihrer Freizeit zieht sie sich jedoch immer mehr zum Zeichnen zurück. Bald erhält sie private Zeichenstunden. Ihre Tante und ihr Onkel sind von ihrer Ernsthaftigkeit beeindruckt und ermöglichen ihr den Unterricht an der Londoner »School of Arts«. Zu Hause ist man gespannt auf Ergebnisse ihrer Studien. Aber Paula fühlt sich in England nicht wohl, und Weihnachten kehrt sie nach Bremen zurück. Zu ihrer Tante Marie, mit der sie im täglichen Zusammenleben nicht so gut zurechtgekommen ist, entwickelt sie in der Distanz eine verständnisvolle Beziehung. Gerade die Briefe an sie zeugen von Offenheit, während man in den Briefen an die Eltern oft spürt, daß sie sich zwingt, Heiteres mitzuteilen. Der Tante getraut sie sich, von ihren Sorgen und Zweifeln zu erzählen, den Eltern soll die glückliche, optimistische Tochter gezeigt, manchmal sogar vorgespielt werden.

1893 beginnt Paula eine Ausbildung am Lehrerinnenseminar. Der Vater hat sie dazu gedrängt. Während der zweijährigen Lehrzeit zeichnet sie, porträtiert oft ihre jüngere Schwester Herma, nimmt weiterhin Unterricht. Die Ausbildung zur Lehrerin betrachtet sie selbst immer nur als notwendiges Übel, als eine Hürde, die es zu überwinden gilt, um endlich das tun zu können, was sie will. Darin läßt sie sich nicht beeinflussen. So anpassungsfähig und kompromißbereit sie im Leben ist, so wenig läßt sie sich in der Kunst beirren, weder im Entschluß zur Kunst noch in Fragen ihrer Ausübung.

Im Frühjahr 1895 erregt die Ausstellung der »Künstlervereinigung Worpswede« in der Bremer Kunsthalle viel Aufsehen. Die Kritiken sind vernichtend, aber Paula ist begeistert. Schon damals hat sie ihre eigenen Kriterien entwickelt und sich damit unabhängig gemacht vom herrschenden Urteil und Konsens. Ihrem älteren Bruder Kurt schreibt sie am 27. April 1895 einen euphorischen Brief, in dem es über ein Bild von Fritz Mackensen heißt:

»Du hörtest gewiß auch von der Heidepredigt [gemeint ist das Bild »Gottesdienst im Moor«], die der eine von ihnen, Mackensen, in einem eigens dafür gebauten Glaswagen malte. Dies ist ein riesig interessantes Bild. Die Gemeinde sitzt im Freien vor ihrem Priester. Aber wie lebenswahr der Künstler die einzelnen lebensgroßen Gestalten getroffen hat. Die leben alle.«

Die Lebendigkeit, die Wahrheit der Darstellung, das ist es, was sie fasziniert und worin sie eine Geistes- und Wahlverwandtschaft spürt. Sie will das Leben, das Atmen, das Vibrieren der Dinge wiedergeben. Sie will eine Ausdrucksform dafür finden. Es muß für sie ein beglückendes Erlebnis gewesen sein, in der Ausstellung der Worpsweder Künstler auf die Realisierung ihrer eigenen Ziele zu stoßen. Trotz der überwiegend negativen Kritik bedeutet diese Exposition für die Worpsweder Maler so etwas wie einen Auftakt, der im Sommer desselben Jahres in der vielbeachteten Ausstellung im Münchner Glaspalast zum Sensationserfolg wird.

Zu diesem Zeitpunkt ist Clara schon in München, und auch sie schreibt Briefe nach Hause. Das, was heute der Wochenendanruf von weither oder die E-Mail von irgendeinem fernen Ort in der Welt ist, ist damals der Sonntagsbrief gewesen. Er wird nicht nur erwartet, sondern verlangt, damit die Familie informiert ist und sich keine unnötigen Sorgen zu machen braucht.

Clara im Münchner Fasching, um 1897

»Oh, München! Diese göttliche Freiheit!«, schwärmt Clara. Sie schreibt nicht nur von ihren eigenen künstlerischen Fortschritten, sondern auch von den Begegnungen mit der

Kunst anderer. Sie liebt es, in München die Kupferstichsammlung und die Alte Pinakothek zu besuchen. Dort haben sie besonders die Werke Hans Holbeins beeindruckt. Und natürlich hat sie neben den Münchner Secessionsausstellungen auch die Ausstellung im Münchner Glaspalast gesehen, die die Worpsweder Maler 1895 mit einem Schlag in die Öffentlichkeit gerückt hat.

Die Eltern werden durch die Berichte ihrer Töchter neugierig gemacht, vor allem auf die künstlerischen Produkte. Sie wollen etwas sehen. Paula hat eine gewisse Scheu, aus England Zeichnungen zu schicken. Sie fürchtet den familiären Spott und hält ihre Skizzen zurück. Clara vertröstet den Vater im Mai 1897 aus Haimhausen bei München, wo sie einige Monate bei dem Landschaftsmaler Bernhard Buttersack studiert hat. Als Begründung führt sie an, ihre Zeichnungen seien nicht geeignet zum Herzeigen, weil es sich um Experimente handle und noch nicht um endgültige Ergebnisse.

»Du schreibst, ich möchte Zeichnungen mitschicken, ich habe aber meine letzten alle in München gelassen. Ich hätte sie schon geschickt, aber sie sind nicht so vorteilhaft zum Zeigen und das kommt daher, weil sie anders gemacht sind, als meine früheren. Ich hätte eigentlich vorgehabt, sie Dir zu Deinem Geburtstag zu schicken, aber sie sehen wirklich nicht danach aus. Ihr wäret vielleicht enttäuscht. Wißt Ihr, ich bin doch noch nicht fertig im Studium, sondern in einer Art Übergangsstadium.«

Ein halbes Jahr später, zu Weihnachten, benutzt sie wieder das gleiche Argument:

»Hoffentlich erwartet auch Ihr nicht, daß ich Euch etwas arbeite. Handarbeiten tue ich ja nie, aber malen oder zeichnen kann ich Euch auch nichts. Es kränkt mich selbst tief, aber ich kann nichts dabei machen. Das, was ich arbeite, ist noch nicht zum Verschenken, ich kann doch nichts verschenken, was nicht gut ist und deshalb keine Existenzberechtigung hat.«

Beide Frauen reagieren mit einer Vertröstungsstrategie auf ein Vorurteil, das das Denken ihrer Umgebung beherrscht: Clara direkt und offensiv, Paula mit einer gewissen vorsichtigen Bestimmtheit. Das folgenschwere Vorurteil besteht darin, daß man – und dazu zählen auch die Väter von Clara und Paula – Frauen keine künstlerische Schöpferkraft zutraut. Schöpferische Fähigkeiten gehören angeblich nicht zur weiblichen Natur. Die Frau darf zwar Objekt der Kunst sein, besungen oder dargestellt werden. Als passives Modell oder Muse ist sie jederzeit akzeptiert, aber nicht als aktive Schöpferin.

Lange Zeit gibt es nur Ausnahme-Frauen, die einen Beruf ergreifen oder gar eine künstlerische Begabung zum Beruf machen, denn Berufstätigkeit ist für Frauen bis vor etwa hundert Jahren überhaupt nicht vorgesehen. Mit der Industrialisierung in der zweiten Hälfte des 19. Jahrhunderts und der Entwicklung von der handwerklichen zur industriellen Produktion finden allerdings soziale Umwälzungen statt, die auch die Geschlechterrollen verändern. Zwischen dem Großbürgertum und dem Proletariat bildet sich ein neuer Mittelstand heraus. Aus dieser Schicht kommen die Frauen, die künstlerisch arbeiten und die Kunst zum Beruf machen wollen – im Gegensatz zu den Töchtern aus dem Großbürgertum, für die die Kunst ein Zeitvertreib ist und die damit zur Gleichsetzung Künstlerin = Dilettantin beigetragen haben.

Clara hat diese Frauen während ihrer Ausbildung in München zur Genüge kennengelernt. Damals ist der abwertende Begriff »Malweib« geprägt worden, den Clara jedoch positiv besetzt, wie man ihrem Brief an die Eltern entnehmen kann. Er ist für sie mit Selbstbewußtsein und Stolz verbunden. Sie identifiziert sich damit, bezeichnet sich gern als »Malweib« und fügt hinzu: als »regelrechtes emancipiertes Fin-de-Siècle-Weib«. Aus eigener Anschauung und Erfahrung weiß sie, daß Frauen in der Kunst besonderen Schwierigkeiten ausgesetzt sind.

»Ich glaube, bei Künstlerinnen ist es schwer, daß sie es zu etwas bringen, viel schwerer als bei Männern. Daher hat es

Künstlerinnen 25

auch noch so wenig wirklich tüchtige Frauen gegeben. Also ich meine tüchtig in dem anderen Sinne, nicht als Frau tüchtig –, sondern als Künstler oder überhaupt als Mensch im Beruf. Unter welchen Bedingungen die Frauen nun eigentlich was leisten können, weiß ich nicht, ich weiß nur, daß ich was leisten w i l l«, erklärt sie im Mai 1899 ihren Eltern.

Das weiß auch Paula, die der Zukunft optimistisch und mit ungeduldiger Erwartung entgegensieht:

»Nicht gerade, daß ich etwas Besonderes geleistet hätte, aber alles das, was ich vielleicht leisten könnte, das macht mich innerlich ganz verrückt. Der ›Kolben‹ geht mit rasender Geschwindigkeit im ›Zylinder‹ auf und ab«, schreibt sie im November 1897, und zwei Jahre später:

»Ich habe so den festen Willen und Wunsch, etwas aus mir zu machen, was das Sonnenlicht nicht zu scheuen braucht und selbst ein wenig strahlen soll.«

Bei der Verwirklichung dieses Plans scheuen Paula und Clara weder Mühen noch Unbequemlichkeiten. Zunächst ist es am wichtigsten, gute Lernmöglichkeiten zu finden.

Mit dem Unterricht in der Malschule Fehr/Schmid-Reutte in der Münchner Theresienstraße ist Clara zufrieden, denn das Niveau ist viel höher als bei den meisten anderen privaten Institutionen. Die Schule von Friedrich Fehr und Ludwig Schmid-Reutte ist in Fachkreisen sehr angesehen. Sie wird als »epochemachende Malschule« gerühmt. Friedrich Fehr gilt als guter Maler und begnadeter Lehrer, der sich im Unterricht stark engagiert und dabei seine eigene künstlerische Arbeit in den Hintergrund treten läßt. Er hat sich der Münchner Secession angeschlossen und zusammen mit anderen Malern, darunter Franz Stuck, gegen die Bevormundung Franz von Lenbachs gewandt. Seine Unterrichtsweise, die vor allem darin besteht, anzuregen und zu begeistern, gefällt Clara sehr. Fehrs Art, Korrektur und Kritik zu erteilen, motiviert sie.

»Je mehr ich studiere, je mehr ich lerne, je mehr ich sehe, desto mehr angefeuert werde ich, ich bin jetzt schon ganz anders als am Anfang, als überhaupt früher«, reflektiert sie gegenüber ihren Eltern am 30. November 1895.

Als Schülerin der Fehr-Zeichenklasse fühlt sie sich ausgezeichnet, erwählt, herausgehoben und läßt ihrem Überschwang freien Lauf. Als sie wählen darf zwischen Stilleben, Porträt oder Figur, entscheidet sie sich für das Porträtzeichnen. Erst später kommt das Aktzeichnen dazu. Wie Paula will sie nicht nur von ihren Lehrern an der Malschule lernen, sondern auch von den berühmten Malern der Vergangenheit und Gegenwart, deren Werke in den Kunsthallen und Museen zu sehen sind. Sie ist eine eifrige Besucherin der Ausstellungen in München, darunter auch jener der Worpsweder Maler im Glaspalast.

Im Frühjahr 1897 lernt Clara den jungen Bildhauer Ignazius Taschner kennen. Er studiert an der Münchner Kunstakademie. Sie hält ihn für ungewöhnlich talentiert und sitzt ihm einen Monat lang Modell für eine Büste und ist erstaunt, daß sich schon in einem ganz frühen Stadium eine Ähnlichkeit erkennen läßt. Die Büste wird im Sommer im Glaspalast ausgestellt. Claras Interesse an der Bildhauerei wächst.

Ende 1897 besucht sie Heinrich Vogeler in seinem Münchner Atelier. Sie will mehr über Worpswede wissen, seit sie die Bilder der Künstlerkolonie im Glaspalast gesehen hat. Vogeler gehört seit 1894 zur Künstlervereinigung Worpswede. Jetzt hält er sich für einige Zeit in München auf, um die künstlerische Gestaltung der dort neugegründeten Zeitschrift »Die Insel« zu übernehmen. Clara hat vor, nach Worpswede zu gehen, um dort zu leben und zu arbeiten. In Vogeler findet sie einen Fürsprecher, der diesen Plan unterstützt. Ostern 1898 verläßt sie München und wird Fritz Mackensens Schülerin. Er, der selbst ab und zu als Bildhauer arbeitet, erkennt ihre plastische Begabung und ermutigt sie, diese zu entwickeln. Begeistert schreibt sie am 21. November 1898 aus Worpswede an ihren Vater:

»Ich bin nämlich ganz mit mir ins Klare gekommen, daß ich Bildhauer werden will. Ich bin darüber sehr glücklich.«

Auffällig ist, daß Clara in der ersten Zeit immer die männliche Form wählt, wenn sie von ihrem Beruf spricht. Obwohl man in der Öffentlichkeit allmählich beginnt, das bildnerische Gestalten einer Frau mit Pinsel und Farbe, also eine Malerin, als mögliche Berufstätigkeit zu akzeptieren, erscheint die Vorstellung eines weiblichen Bildhauers, der mit allerlei Werkzeugen den Stein bearbeitet, geradezu absurd. Also ist kein Begriff, keine Bezeichnung dafür notwendig, geschweige denn üblich. Aber Clara läßt sich nicht von ihrem Weg abbringen. Ihre künstlerische Fluchtlinie führt sie nach drei Jahren Unterricht in München geradewegs nach Worpswede.

Paulas Weg ist nicht so gradlinig, sondern verläuft in Umwegen und führt sie an verschiedene Orte. Ihre Ausbildung zur Künstlerin wird vom Vater stets als Spielerei betrachtet. Eigentlich soll sie etwas Sinnvolles lernen, um sich später einmal selbst ernähren zu können.

Anforderungen solcher Art ist Clara anscheinend nie in dieser Nachdrücklichkeit ausgesetzt. Zwar mischt sich der Vater in ihren künstlerischen Werdegang ein, will etwas sehen, beurteilen, ja vielleicht sogar entscheiden, ob seine Tochter Talent hat, ob sie etwas gelernt hat, ob sie sich weiterentwickelt, also ob sich die Ausbildung wirklich lohnt – aber die Aufforderung, sich ihr Geld mit einem Brotberuf zu verdienen, schwingt nicht mit. Ihre Entscheidung zu einem künstlerischen Beruf wird durchaus ernstgenommen, auch von den Eltern. Aufgrund ihrer selbstbewußten und sicheren Ausstrahlung traut man ihr zu, daß sie weiß, was sie will und wie sie es umsetzen kann. Diese Einschätzung kommt in vielen Schilderungen zum Ausdruck, besonders im Gedicht »An Clara«, das Rudolf Alexander Schröder, der sie 1898 kennengelernt hatte und ein Freund fürs Leben wird, 1940 im Rückblick geschrieben hat:

»Ich denk, wie dich mein Aug zuerst erblickte
Beim lauten Fest im freudeleeren Saal,
Wie mich dein Blick im Innersten erquickte,
Des vollen Frühlings ungebrochner Strahl.

Ein Baum, so schienst du – Wunder zu gewahren! –,
Der blank in Blust und rot vor Kirschen stand,
Da Bienenflug den gleichen Zweig befahren,
auf dem der Vogel seine Nahrung fand.

Gewölbte Stirn, des Auges klarer Bogen,
Die Lippe fest und doch so zart geschweift,
Der kühne Wuchs, von Anmut überflogen,
Erst kaum erblüht und schon im Blühn gereift.

Dein Lockenhaar voll braunen Widerscheines,
Dein Ernst, der fügsam jedem Lächeln wich,
Aus schönem Haus geschwisterten Vereines
Die Schönste du, – die Liebste sicherlich!«

Das Bild eines Baums ist ungewöhnlich für eine junge Frau: ein Baum, kaum erblüht und schon gereift. Ungewöhnlich wie Claras Größe, ihre hoheitsvolle Haltung, ihr fester sicherer Blick. Da ist Paula ganz anders. Ihre Augen werden häufig als wach, aber unruhig tanzend beschrieben. Sie selbst empfindet sich als zitternd und sprunghaft. Sie ist kleiner als Clara und pflegt, so heißt es, zierliche Gesten.

Paula erweckt Beschützerinstinkte, allen voran die ihres Vaters und ihres Bruders Kurt, die ihren künstlerischen Plänen gegenüber skeptisch bleiben. Zwar hat sie in der Mutter eine Verbündete, der Vater ist jedoch nicht zu überzeugen. Momentan ist er besänftigt, weil sie die Ausbildung zur Lehrerin absolviert hat, aber ihr Zögern, sich um eine Gouvernantenstelle zu bemühen, irritiert ihn, vor allem weil ihm die ins Haus stehende Pensionierung angekündigt wird. Das Eisenbahnbetriebsamt in Bremen wird geschlossen und seine Position damit gestrichen. Da er sich mit 54 Jahren zu jung für den Ruhestand fühlt und die Familie ohne sein bisheriges Einkommen in Geldnöte geriete, will er versuchen, eine neue Stelle als Ingenieur zu finden. In Bremen scheint das momentan nicht möglich, deshalb entschließt er sich, die alten Kontakte in Dresden aufzufrischen. Er macht sich auf den Weg nach Sachsen, und seine Abwesenheit nutzen Paula und ihre Mutter, um Pläne für Paulas weitere künstlerische Zukunft zu schmieden. Paula reist nach Berlin, wohnt bei ihrer Tante und besucht einen sechswöchigen Kurs der »Zeichen- und Malschule des Vereins der Berliner Künstlerinnen und Kunstfreundinnen«. Dafür sind keine Voraussetzungen notwendig, sie muß keine Mappe vorlegen, keine Prüfung absolvieren. Allerdings ist die Studiengebühr sehr hoch. Paula geht viermal in der Woche nachmittags zum Zeichenunterricht bei Jacob Alberts. Aber sie lernt nicht nur in den Unterrichtsstunden, sondern den ganzen Tag über. Auf ihren Wegen durch die Stadt, zu Fuß in den Straßen, in der Straßenbahn, im Bus, überall schaut sie sich die Menschen genau an, liest in ihren Gesichtern und Gesten, prägt sich ein.

»Ich lebe jetzt ganz mit den Augen, sehe mir alles aufs Malerische an«, schreibt sie am 18. Mai 1896 in ihr Tagebuch.

Sie besucht die Berliner Nationalgalerie und bewundert dort die Gemälde Rembrandts, dem es gelingt, das Licht und seine Effekte auf der Leinwand einzufangen.

Mit ihrer eigenen Darstellungsweise geht sie hart ins Gericht:

»Ich zeichne noch jeden Schatten zu ausgeprägt, ich bringe noch zu viel Unwichtiges auf das Papier, statt das Wichtige mehr herauszubringen. Dann bekommt die Sache erst Leben und Blut. Meine Köpfe sind noch zu hölzern und unbeweglich«, teilt sie ihren Eltern mit.

Das Lebendigwerdenlassen eines Menschen im Bild, einer Landschaft, einer Stimmung, gehört schon früh zu Paulas Zielen, zu einem Zeitpunkt, als Clara ihre Kriterien noch nicht kennt und viel stärker am Suchen ist. Clara gibt sich dem Augenblick hin, dem alltäglichen und dem künstlerischen. Sie lernt auch permanent, sammelt Erkenntnisse, nimmt alles in sich auf. Paula filtert sehr früh und strukturiert ihre Erkenntnisse. Sie weiß, *was* sie lernen will. Clara weiß nur, *daß* sie lernen will. Paula findet in den Bildern anderer Maler Techniken und Fertigkeiten, die sie sich selbst aneignen will, aber sie weiß auch, welche Darstellungsweisen, die sie bei anderen schätzt, in ihrer eigenen Kunst keinen Platz haben. Paula ist sich frühzeitig ihrer selbst bewußt, vermag jedoch andere nicht unbedingt davon zu überzeugen.

Clara strahlt dagegen Festigkeit und Entschiedenheit, Härte und Konsequenz aus, auch als sie noch auf der Suche ist. Kritik nimmt sie stets ernst – anders als Paula. Über die ihres geschätzten Lehrers Fehr schreibt Clara im November 1895 an die Eltern:

»Es war heute Herr Fehr zur Korrektur da. Er stellt sich eine Weile zu jeder Dame hin, gibt Lehren, tadelt usw. Loben tut er nie! Ich habe in dieser kurzen Stunde, in dem Augenblick, wo er bei mir stand, mehr gelernt, als in den drei viertel Jahren bei Junghans überhaupt.«

Anders als ihr Bremer Zeichenlehrer Junghans mischt sich Fehr nicht nur mit erklärenden Worten in die Arbeit seiner Schülerinnen ein, sondern legt selbst Hand an. Clara ist beeindruckt:

»Er kam zu mir, sprach mit mir einen Moment, schob meine Staffelei etwas anders, wischte meinen Anfang wieder weg und zeigte mir, wie man's machen muß.«

Sie hat jemanden gefunden, den sie als Respektsperson anerkennt, eine Orientierungsfigur, die weiß, wie man's macht, und die ihr den künstlerischen Weg weist. Es wird davon in ihrem Leben noch einige geben: allen voran Rilke und Rodin. An ihnen richtet sie sich jedoch nicht nur in der Kunst, sondern auch im Leben aus. Sie ist dankbar für Hinweise und Hilfestellungen. Eine Haltung, die man der resoluten Frau gar nicht zugetraut hat. Die Welt um sie herum übersieht eine ganze Weile, daß hier eine junge Frau auf der Suche ist und nur vorgibt, gefunden zu haben. Das ist notwendig gewesen, um sich aus der häuslichen Enge und Bevormundung zu lösen. Ein hilfloses Mädchen hätten die Eltern nicht in die Welt ziehen lassen, aber einer selbstbewußten jungen Frau können sie den Aufbruch nicht verwehren.

Ganz anders Paula. Sie hat nicht gelernt, ihre innere Entschiedenheit durch eine äußere sichtbar zu machen. Sie wirkt zögernd und staunend. Sie ist eine präzise Beobachterin. Wenn die Zwanzigjährige von der Kritik ihres Lehrers Jacob Alberts berichtet, ist das sehr komisch. Ihre Selbstkritik an ihrer Person und an ihrer Zeichenkunst ist oftmals viel härter und präziser, sie ist für sich selbst der entscheidende Maßstab. Über die strenge Korrektur ihres Lehrers macht sie sich eher lustig. Im Gegensatz zu ihren Mitschülerinnen fürchtet sie den manchmal ziemlich groben Lehrer nicht. Während sie seine Fähigkeit, mit wenigen Daumenstrichen die Zeichnungen seiner Schülerinnen zu verbessern, bewundert, parodiert sie seine kritischen Ausrufe: »Dreck, Blödsinn! Nüscht! Nüscht! Noch einmal anfangen! Es ist sündhaft, wenn Sie die Kunst so ohne Andacht behandeln.« Aber sie muß auch zugeben, daß Rembrandt, den sie in dieser Zeit schätzen lernt, tatsächlich mit Andacht gearbeitet hat. Paula genießt diese Zeit in Berlin, in der sie ganz visuell lebt, und versucht die Tatsache zu verdrängen, daß ihre Tage an der Zeichen- und Malschule gezählt sind.

Mitte Mai 1896 schreibt ihr der Vater, daß sie ihre Zeichenstunden zwar nicht endlos fortsetzen, doch in diesem Jahr noch weiterbetreiben könne. Er ermahnt sie wiederum, sich allmählich mit einer Anstellung anzufreunden, die ihr den Lebensunterhalt garantiert. Ihre Kunst werde nicht in der Lage sein, sie zu ernähren, da ist er sich sicher. Er versucht eine Einschätzung und schreibt:

»Ich glaube nicht, daß Du eine gottbegnadete Künstlerin ersten Ranges werden wirst, das hätte sich doch wohl schon früher bei Dir gezeigt, aber Du hast vielleicht ein niedliches Talent zum Zeichnen, das Dir für die Zukunft nützlich sein kann, und Du mußt es zu entwickeln suchen. Wenn Du auch nicht Vorzügliches dann leistest, so kannst Du es durch Ausdauer über die grobe Mittelmäßigkeit bringen und nicht im Dilettantentum untergehen. Letzteres ist meiner Ansicht nach der Fluch der Frauenerziehung.«

Paula, 1895

Damit repräsentiert er das damals vorherrschende Mißtrauen und die Vorbehalte gegen Bildungsbestrebungen der Frauen. Auch Clara ist damit konfrontiert, allerdings nicht so sehr in der Familie, sondern an der Malschule in München, als sie sich für Frauenrechte einsetzt. Paulas Antwort an den Vater ist überraschend freundlich. Die Unterschätzung des Vaters scheint sie nicht tief getroffen zu haben. Was für sie zählt, ist momentan nur, daß sie in diesem Jahr noch keine Stelle antreten muß, daß also Hoffnung besteht, daß sie weiterlernen darf. Sie lebt stark in der Gegenwart und ergreift jede Gelegenheit zum Lernen. Die Freude der Tochter steckt wie immer die Mutter an. Sie wird nicht müde in ihrer Unterstützung, erwirkt eine Reduzierung des Schulgelds an der Zeichen- und Malschule in Berlin und schafft damit die Voraussetzungen dafür, daß Paula ihr Studium fortsetzen kann. Sie wird bei ihrem Onkel Wulf von Bültzingslöwen und seiner Frau Cora in Berlin-Schlachtensee wohnen. Der Vater ist natürlich nicht gerade begeistert und macht seiner Frau Vorwürfe:

»Du hast die ganze Berliner Malgeschichte ohne mein Wissen angefangen. Ich bin nicht entgegengetreten, aber glaubst du wirklich, daß das Kind etwas Tüchtiges darin leisten wird, wenigstens so wird, daß sie ihren Unterhalt davon verdienen könnte. Ich bezweifle es«, schreibt er von unterwegs an seine Frau. Aber die erste Hürde ist genommen, Paula kann weitermachen.

Im November teilt sie den Eltern eine sensationelle Neuigkeit mit: »Ich fange nächste Woche mit Farben an!« Der Lehrer der Landschaftsklasse, Friedrich Dettmann, hat sie sehr gelobt und ihr geraten, in der nächsten Woche mit dem Malen zu beginnen. Paula ist so euphorisch, daß sie nur einen kurzen Brief nach Hause schreibt, aus dem es vielfach klingt: »Wie ich mich auf die Farben freue!«

Auch die Mutter hat Erfreuliches zu verkünden: Sie vermietet zwei Zimmer ihrer Bremer Wohnung an eine Untermieterin und nimmt so viel Geld ein, daß sie davon Paulas Malstunden bezahlen kann.

Paula, 1897/98

Nicht lange widmet sich Paula der Landschaftsmalerei, bald gilt ihr Hauptinteresse dem Porträt, und das wird so bleiben. Die Lehrerin, von der Paula auf Anhieb fasziniert ist, heißt Jeanne Bauck. Anfang 1897 kommt Paula in die Klasse der Malerin. Die Deutsch-Schwedin ist zu diesem Zeitpunkt 57 Jahre alt. Sie hat an privaten Kunstschulen in Düsseldorf, Dresden, Paris und München studiert. Sie ist modern und trotzdem fundiert. Paula hat endlich ein Vorbild gefunden, eine Identifikationsfigur.

»Ihr wollt wissen, was sie für eine Persönlichkeit ist? Nun erst das Äußere. Da sieht sie, wie leider die meisten Künstlerinnen, recht ruppig-struppig aus. Ihr Haar, das in seiner Jugend wohl wenig Pflege genossen hat, gleicht mehr gerupften Federn. Ihre Figur ist groß, dick, ohne Korsett, mit einer häßlichen blaukarierten Bluse. Dabei hat sie aber ein paar lustige helle Augen, mit denen sie die ganze Zeit beobachtet und, wie sie mir nachher sagte, mit denen sie immer senkrechte und waagerechte Linien in meinem Gesicht zog«, schreibt sie ihren Eltern am 5. März 1897 aus Berlin. Paula beobachtet ihrerseits das Gesicht der Lehrerin mit Interesse und Eifer. Im Gegensatz zur Lehrerin setzt sie nicht selbst Linien, sondern spürt vorhandenen nach, denen der Nase und denen des Mundes. Die Porträtmalerin ist geboren. Dazu entwickelt sich eine enge Beziehung zu ihrer Lehrerin. Jeanne Bauck hat Vertrauen zu ihr und erzählt ihr viel von sich, beschreibt ihr beispielsweise die Gefühle, die ihr beim Betrachten einer Ausstellung kommen, an der sie beteiligt ist. Paula hört ihr erstaunt zu:

»Man schleicht unruhig durch die Säle, verstohlen rechts und links blickend mit dem schlechten Gewissen eines Verbrechers. Endlich, der Schreck! Man hat seine Schmerzenskinder entdeckt und eilt schleunigst davon, um Nachstellungen zu entgehen.«

Das Jahr 1897 ist für Paula ein glückliches Jahr, sie jubelt: »Daß ich ganz im Zeichnen leben darf! Es ist zu schön!« und findet den Ort, der ihr der liebste ist und bleiben wird, egal wo er sich befindet, in der Großstadt oder auf dem Land:

»Es gibt für mich nichts Schöneres, als ein Atelier zu betreten, dann bekomme ich viel frömmere Gedanken als in der Kirche. Mir ist dann innerlich so still und groß und wunderschön zumute.«

Aber das Jahr droht unerfreulich zu enden, denn im Dezember hat der Vater endgültig die Geduld mit seiner Tochter verloren und kündigt ihr an, daß sie im nächsten Jahr allein für sich würde sorgen müssen. Sie widersetzt sich nicht, gibt sich zuversichtlich und erklärt, daß sie sich allein durchs Leben schlagen werde und keine Angst davor habe. Sie fordert die Eltern auf, ihr eine Gouvernantenstelle zu suchen, doch sie selbst unternimmt gar nichts, um eine Anstellung zu finden. Als hätte sie gewußt, daß es das Schicksal gut mit ihr meint: Anfang 1898 erbt sie von ihrer Patin und Großtante 600 Mark. Kurz danach erklären sich ihre kinderlosen Dresdner Verwandten Arthur und Grete Becker bereit, zwei Jahre lang 600 Mark zu zahlen, damit sie ihre Ausbildung abschließen kann. Die frohen Botschaften überbringt ihr der Vater per Brief und verabschiedet sich mit den Worten: »Nun mache, was Du willst. Nun lebewohl.«

Paula weiß genau, was sie will, seit sie 1895 Mackensens Bilder in der Bremer Ausstellung der Worpsweder Künstlervereinigung gesehen und im Sommer 1897 selbst für einige Tage in Worpswede gewesen ist: dort leben und arbeiten.

Worpswede –
Versunkene Glocke

Mein erster Abend in Worpswede. In meinem Herzen Seligkeit und Frieden. Um mich herum die köstliche Abendstille und die von Heu durchschwängerte Luft. Über mir der klare Sternenhimmel. Da zieht so süße Seelenruhe ins Gemüt und nimmt sanft Besitz von jeder Faser des ganzen Seins und Wesens. Und man gibt sich ihr hin, der großen Natur, voll und ganz und ohne Vorbehalt. Und sagt mit offenen Armen: ›Nimm mich hin.‹ Und sie nimmt uns und durchsonnt uns mit ihrem Übermaß voll Liebe, daß solch ein kleines Menschenkind ganz vergißt, daß es von Asche sei, daß es zu Asche werde«, läßt Paula am 7. September 1898 ihre Tante Cora von Bültzingslöwen in Berlin wissen.

Sie hat sich entschlossen, hier in Worpswede ihre Studien fortzusetzen. Die unerwartete Erbschaft macht es ihr möglich, weiter zu lernen. An einem Ort, der fordert und gibt. An einem Ort, der eigene Gesetze hat und Grenzen setzt, aber innerhalb derer ist man frei. Sie bewegt sich in einem Schutzraum der Kreativität. Und in dieser Enklave entsteht die innere Notwendigkeit zu arbeiten. Paula ist eingebunden und geborgen in einem festen Kreis, ganz anders als in der Anonymität Bremens, Berlins oder Münchens.

Paulas erster Besuch in Worpswede hat schon im Sommer 1897 stattgefunden. Zusammen mit ihrer Berliner Studienkollegin Paula Ritter ist sie in das Moordorf gereist, hat die

Künstler in ihren Ateliers aufgesucht und eine heitere, reiche Zeit verbracht. In ihrem Tagebuch spricht sie von den »Göttertagen« in Worpswede und schwärmt:

»Worpswede, Worpswede, Worpswede! Versunkene-Glocke-Stimmung! Birken, Birken, Kiefern und alte Weiden. Schönes braunes Moor, köstliches Braun! Die Hamme mit ihren dunklen Segeln, es ist ein Wunderland, ein Götterland. Ich habe Mitleid mit diesem Stück Erde, seine Bewohner wissen nicht, wie schön es ist. Man sagt es ihnen, sie verstehen es nicht.«

In Berlin hat Paula Gerhart Hauptmanns »Versunkene Glocke« gesehen. Das Thema dieses Naturmärchens, das Ringen des Künstlers um Vollkommenheit, hat sie tief bewegt. Ihrer Tante Marie erklärt sie in einem Brief, daß sie sich manchmal von Klängen umgeben fühlt, daß es um sie herum sagenhaft und traumverloren klingt. Sie ist dann ganz eingehüllt in den Klang und nennt diesen Zustand ihre »Versunkene-Glocke-Stimmung«. In Worpswede hält sie zunächst fast permanent an.

Obwohl sie sich an den Worpsweder Göttertagen wie im Märchen fühlt, weiß sie von Anfang an, daß sie hier Gast und Beobachterin ist und niemals zu den Menschen, die dort leben, dazugehören wird. Sie will es auch gar nicht. Den anderen erscheint das manchmal kalt und reserviert, aber es ist vielmehr der notwenige Abstand, den sie braucht, um zu arbeiten. Ihre künstlerische Arbeit ist schon damals für sie absolut dominant und das Wichtigste, dem sich alles andere unterzuordnen hat.

»Sie hat sich selbst nie als den Landbewohnern zugehörig gedacht. Schon in der ersten Zeit, als ich sie einmal aus einer Hütte herauskommen sah, antwortete sie auf meine Frage, ob sie sich gern mit den Leuten unterhielte: ›Das tut man doch nur, um seine Zunge zu üben.‹ Ich fühlte eine leise Enttäuschung, denn sie hatte es mich gelehrt, auf diese bäuerischen Menschen einzugehen, die ich nun liebte. Erst viel später erkannte ich, daß sie die richtige Einstellung hatte, frei von jeglicher Sentimentalität«, schreibt die Malerin Ottilie

Reyländer-Böhme, die damals auch als Schülerin von Makkensen in Worpswede gelebt hat, über ihre Kollegin im »Buch der Freundschaft«, das nach Paulas Tod als Hommage an die Künstlerin von dem Kunstwissenschaftler Rolf Hetsch herausgegeben worden ist. Die Freiheit von Sentimentalität ist manchmal allerdings gepaart mit einer Spur von Arroganz. Paula ist zwar nicht in Reichtum aufgewachsen, hat aber eine Erziehung genossen, in der Bildung und Kultur eine wichtige Rolle spielten. Die einfachen, armen und ungebildeten Leute kennt sie nur aus der Entfernung. Hier in Worpswede ist sie ihnen das erste Mal ganz nah. Das wirft auf ihre ursprüngliche Versunkene-Glocke-Stimmung einen Schatten. Der idealisierende und verklärende Blick auf das dörfliche Leben ist durch einen direkten und schonungslosen ersetzt worden.

»Ich komme jetzt, glaube ich, in die rechte Worpsweder Stimmung. Die Versunkene-Glocke-Stimmung, die mich zuerst beherrschte, war süß, sehr süß; aber es war nur ein Traum, der sich tätig auf die Dauer nicht festhalten ließ. Dann kam die Reaktion und danach das Wahre: ernstes Streben und Leben für die Kunst, ein Ringen und Kämpfen mit allen Kräften«, schreibt sie am 16. Dezember 1898 in ihr Tagebuch.

Sie steckt alle Kräfte in ihre Arbeit. Ihre Modelle sucht sie sich im Armenhaus. Es sind die Menschen, die in äußerster Armut und ohne jede Perspektive leben. Sie verdienen sich ihren Unterhalt als Tagelöhner, leben vom Besenbinden oder vom Betteln – in Worpswede und in den Moorsiedlungen der Umgebung.

Das Modellstehen bietet ihnen eine kleine Einnahmequelle. Außerdem ist es unterhaltsam, mit den Künstlern und Künstlerinnen zu plaudern. Es bedeutet eine gewisse Abwechslung in der trostlosen Monotonie der Armut. Meist handelt es sich natürlich um Frauen und Kinder, Waisenkinder. Hier erkennt man deutlich, daß die Modellwahl in der Kunst oft praktische Gründe und nicht so sehr ideelle hat, wie die Kunstgeschichte manchmal suggeriert. Eine Zeitlang ist versucht worden, Paula Modersohn-Becker als Malerin der Frauen und Kinder festzulegen und ihre Motivwahl als den »gemalten Schrei nach dem Kinde«, wie es der Kunsthistoriker Richard Hamann formuliert hat, zu interpretieren. Davon ist sie weit entfernt. Es sind eben vorwiegend Frauen und Kinder, die verfügbar und für wenige Mark bereit sind, Modell zu stehen oder zu sitzen. So ist sie zu diesen Motiven gekommen. Auch Clara bestätigt das in einem Brief an ihre Eltern:

»Wenn ich einen Tagelöhner, einen Mann habe, der noch arbeiten kann, so muß ich ihm natürlich Tagelohn bezahlen, er sitzt dafür aber auch beinahe neun Stunden. Morgens von acht bis zwölf und mittags von zwei bis sieben. Ich bekomme jetzt wieder jemanden vom Armenhaus, da brauche ich natürlich nicht so viel zu zahlen.«

Paulas Blick auf ihre Modelle ist der distanzierte und zugleich intensive einer Künstlerin. Ihr Mitgefühl geht nur so weit, wie es ihre Arbeit nicht behindert. Sozialkritik oder politisches Engagement fehlen gänzlich. Die gesellschaftlichen Verhältnisse werden von ihr als gegeben betrachtet. Paula will die Welt darstellen, nicht verändern. Über Frau Meyer aus Worpswede, die wegen Kindesmißhandlung vier Wochen im Gefängnis verbracht hatte, schreibt sie im Dezember 1898 in ihr Tagebuch:

»Heute kam meine Blondine wieder. Diesmal mit dem Jungen an der Brust. Die mußte als Mutter gezeichnet werden. Das ist ihr einziger wahrer Zweck. Köstlich, diese leuchtenden weißen Brüste in der brennend roten Jacke. Das Ganze hat so etwas Großes in Form und Farbe.«

Auch Clara hat in Worpswede Mutter und Kind Plastiken geschaffen. Wie Paula verzichtet sie auf physiologische Details und konzentriert sich auf die Haltung, die Beziehung zwischen Mutter und Kind. Man erkennt sofort das Vor-Bild, an das sich beide Künstlerinnen angelehnt haben: Mackensens Gemälde »Der Säugling« (auch: »Moormadonna«). Es zeigt eine Frau, die auf einer Karre sitzt und ihr Kind stillt. Die beiden scheinen herausgehoben aus ihrer Umgebung und nur füreinander zu existieren. Eine Mutter-und-Kind-Einheit, dargestellt von einem Mann, monumental und naturalistisch und mit einem Maß an Verklärung, wie sie nur von jemandem geleistet werden kann, der die Mutterschaft als Mysterium versteht und dieses Mysterium bildnerisch zu erfassen sucht.

Clara und Paula haben damals einige gemeinsame Modelle, darunter Frau Mindermann, eine alte Frau aus dem Armenhaus, die meist schlicht »die Alte« genannt wird. In ihrem Tagebuch hält Paula fest:

»Man bekommt hier draußen eine lutherische Sprache. Man hört täglich die derben Volksausdrücke, die eine Sache klipp und klar beim Namen nennen. Wenn die Alte an meinem Arm bis vor die Tür gegangen ist, dann sagt sie: ›No mutt ick erst pessen gan‹, oder: ›No mutt ick mien Water laten.‹ Das Röcklein geschürzt, und ich entfleuche keusch.«

Die Bildnisbüste der Alten ist die erste plastische Arbeit, die Clara in Worpswede ausführt. Auf den ersten Blick läßt sie sich nicht als Frauenporträt identifizieren, sondern wirkt eigenartig geschlechtslos. Die dargestellte Person ist hager, schaut mit weit aufgerissenen Augen in die Welt, wirkt erschrocken. Dieser Eindruck wird noch verstärkt durch den leicht geöffneten sehr großen Mund. Erst beim näheren Hinschauen erkennt man den winzigen Nackenknoten, nimmt man die schmalen Schultern wahr und ahnt den Ansatz der Brüste.

Mackensen ist von dieser Arbeit seiner Schülerin sehr angetan und empfiehlt Clara, sich damit 1899 an der Dresdner Kunstausstellung zu beteiligen. Nicht nur das, er reist sogar selbst nach Dresden und führt in der Ausstellung zahlreiche Künstler, allen voran Max Klinger, zu Claras Büste.

Clara arbeitet indes an einem neuen Motiv weiter, ihrer Schubkarrenfrau. Anfang Mai 1899 schreibt sie an ihre Eltern:

»Ich mache jetzt die Frau mit der Schiebkarre – halbe Lebensgröße. Das ist mir ziemlich schwer – überhaupt alles was man zum ersten Mal macht. Ich will mich nun zusammennehmen, daß ich die alte Frau fein kriege, die muß werden, wenn es auch schwerfällt.«

Es gelingt ihr, wie man dem Brief entnehmen kann, den sie drei Monate später an die Eltern schickt:

»Ich will dann sehen, daß ich mal einen Auftrag kriege. – Ich werde dann alles bis auf die Schubkarrenfrau zusammenschlagen und feste auf eigene Faust drauflos arbeiten. Die Schubkarrenfrau will ich verkaufen.«

Und schon ist ein anderes Motiv ins Zentrum ihres Interesses gerückt. Am 1. Juli berichtet sie ihrem Vater:

»Ich wollte gern Fräulein Becker modellieren in diesen Tagen und ich habe sie heut morgen angefangen. Ich glaube, es wird gut. Da ist mir nämlich eine ganz andere Aufgabe gestellt wie sonst. Deshalb bin ich auch gestern elendiglich in die Brüche gegangen. Heute habe ich nochmal angefangen und ich glaube, jetzt krieg ich es und darüber bin ich riesig froh. Ich möchte nun was ganz feines draus machen und möchte es auch gern in diesen Tagen gleich fertig kriegen.«

Zwischen den beiden Frauen ist gleich, als sie sich das erste Mal sehen, ein Funke übergesprungen, doch es dauert eine Weile, bis sie sich näherkommen. Paula schaut Clara bei der Arbeit zu und vertraut ihrem Tagebuch an:

»Da ging mir heute ein Licht auf bei Fräulein Westhoff. Die hat jetzt eine alte Frau modelliert, innig, intim. Ich bewunderte das Mädel, wie sie neben ihrer Büste stand und sie antönte. Die möchte ich zur Freundin haben. Groß und prachtvoll anzusehen ist sie und so ist sie als Mensch und so ist sie als Künstler. Wir sind heute auf kleinen Pritschschlitten den Berg hinuntergesaust. Das war eine Lust. Das Herz lachte und die Seele hatte Flügel. Leben – «

Clara berichtet im »Buch der Freundschaft« über die erste Begegnung mit Paula:

»Es war Paula Becker, die im Malkittel und ohne Hut in meinem Atelier auf dem Podium, das für die Modelle bestimmt war, saß und erzählte, daß sie Schülerin von Mackensen geworden sei, der auch mich im Zeichnen und Malen unterrichtete. Sie hatte sich für ihren Haushalt einen kupfernen Kessel reparieren lassen, den sie gerade abgeholt hatte und, während sie mir bei der Arbeit zusah, auf dem Schoß hielt. Er hatte die Farbe ihres schönen, reichen Haares, das in der Mitte gescheitelt, locker zurückgelegt und in drei großen Rollen tief im Nacken aufgesteckt war, so daß es in seiner Schwere als ein Gegensatz wirkte gegen das leichte, helle Gesicht mit der schön geschwungenen, feingezeichneten Nase, das sie mit einem genießerischen Ausdruck wie über eine Oberfläche hinaufhob und aus dem einen die sehr dunklen, blanken braunen Augen klug und lustig anfunkelten.«

Auch Ottilie Reyländer hat diese Wirkung gespürt:

»Unvergeßlich ist mir dieser erste Eindruck ihrer feurigen Persönlichkeit in der Umgebung des originellen Ateliers, die Erinnerung an ihre farbige Eigenart, wie sie eben nur Paula Modersohn gehabt hat. Den hellen niedrigen Raum hatte sie sich selbst leuchtend zitronengelb und ultramarinblau angestrichen, dergestalt, daß die Wand in zwei Hälften geteilt war: die untere blau, die obere gelb. Ein kleines Pult, ein Tisch und ein paar Bauernstühle außer der großen Staffelei, das waren die einzigen Gegenstände – aber mir fielen sofort die ulkigen irdischen Töpfe an dem langen Fenster auf mit ihren Lieblingen, riesenhaften fleischigen Sumpfdotterblumen. Ich dachte bei mir, die Blumen sehen ihr ähnlich, und in der Tat war es so: jedes Ding um sie herum spiegelte sie gleichsam wider.«

Paulas Persönlichkeit kann sich manchmal so atmosphärisch und raumergreifend ausbreiten, daß ihr Gegenüber meint, die ganze Umgebung mit ihren Augen sehen zu müssen. Alles wird dann in ihren Augen gespiegelt. Sie hat eine umwerfende Präsenz, duldet niemals ein Sichhängenlassen und ganz selten ein Ausruhen. Sie muß sich nicht bemühen, intellektuell zu wirken, denn existentielle Fragen beschäftigen sie auch im Alltag. Nie gleitet ein Gespräch mit ihr ab ins Banale, auch wenn sie sich gern vergnügt, lacht und Spaß hat. Das ist es, was Clara fasziniert. Hat sie nun eine Freundin gefunden, mit der sie sich austauschen und endlich die Probleme besprechen kann, mit denen sie allein gewesen ist, so lange sie denken kann? Weiß Paula Antworten auf die Fragen, die sie manchmal quälen? Im »Buch der Freundschaft« erzählt sie:

»Als ich das erste Mal in Paulas Wohnung eintrat, fand ich sie an einem kleinen Schreibtisch mit dem Rücken gegen ein Bücherbord und von Büchern umgeben. Ich war gerade ein halbes Jahr in Worpswede und hatte, bei allem Reichtum des Lebens in der Natur, wohl doch Bücher und ihre Anregung entbehrt. Ja, ich muß wohl nach solcher Anregung ausgehungert gewesen sein, denn ich vertiefte mich gleich in eins, wobei mich aber alsbald ihr vergnügtes Lachen störte, durch das mir klar wurde, daß sie sich mit ihrem Gast zu unterhalten gedacht hatte. Dieses Lachen machte einen besonderen Reiz ihres Wesens aus. Wenn es auch oft auf meine Kosten ging, so erinnere ich mich doch besonders gern an den heiteren überlegen-gütigen Ton.«

Die Tage der zwei Frauen werden in Worpswede vom Lernen bestimmt. Sie sind ganz auf die Arbeit konzentriert. Es besteht die stillschweigende Übereinkunft, einander bei den Studien im Moor nicht zu stören. Der Kommunikation und dem fröhlichen Zusammensein sind die Abende und die Sonntage gewidmet. Paula ist beglückt, Gemeinsamkeiten und Annäherungen zu finden, und schreibt ihrem Bruder Kurt im Juni 1899:

»Ganz allmählich lösen sich die rauhen Schalen. Man hat gefunden, was man hier zu Lande ›Punkte‹ heißt. Man hat ›Punkte‹ miteinander. Da habe ich kürzlich mit Modersohn welche gefunden. Mit Fräulein Westhoff u. Frau Bock hab ich deren viele. Wir haben uns gern und achten uns und lernen viel von einander. Der Ton, wie er zwischen uns herrscht, ist mir sehr lieb. Er hat was Ernstes, Großes, feine Kunstgespäche mit Heinrich Vogeler als viertem im Bunde, oder kindliche stimmungsvolle Vergnügen mit einem abendlichen Reisigfeuer und Mandolinenklang auf dem Lartusberg oder einer Hammefahrt mit leuchtenden Lampions auf dem blauen Abendhimmel.«

Der Mutter berichtet sie kurze Zeit später von ihrer neuen Freundin:

»Um zehn Uhr kam Fräulein Westhoff angeradelt und holte mich zum Ball, Nachfeier vom Schützenfest. Wir beiden Mädchen, Heinrich Vogeler, Dr. Carl Hauptmann und der Mystiker [Hermann Büttner, Übersetzer der Predigten Meister Eckharts] waren von der Gesellschaft. Walzer ist doch was gar zu Schönes, nur nicht mit dem Mystiker. Heute nachmittag stakte mich Fräulein Westhoff weit die Hamme hinauf. Wir pflückten gelbe Schwertlilien, schwammen, fühlten uns selig in dem nassen Element und steckten uns gelbe Wasserrosen ins Haar.«

Nach Jeanne Bauck hat Paula nun die zweite Frau kennengelernt, die sich ganz der Kunst zugewandt hat. Auch sie hat etwas Faszinierendes und Fremdes an sich. Clara ist so groß und so kräftig. Sie scheut sich nicht, sich auf dem Feld selbst vor den Pflug spannen zu lassen, um dem Bauern, bei dem sie wohnt, bei der Arbeit zu helfen. Sie hat eine riesige Freude daran, ihre Kräfte zu spüren, zum Einsatz und Ausdruck zu bringen. Ungewöhnlich für eine Frau. Clara spricht nicht viel, aber wenn, dann ist es wichtig, was sie sagt. Sie meint es ernst. Ihr Tonfall ist nachdrücklich und warmherzig. Es gibt eine Tonaufnahme von Clara aus dem Jahr 1953. Ein Jahr vor ihrem Tod hat sie drei Gedichte Rilkes gelesen. Die Stimme ist alterslos, sehr klar und ohne Schnörkel. Die Stimme einer Wissenden, die ihr Wissen nicht veräußern muß, sondern es für sich behält und nur dann mitteilt, wenn es angemessen ist. Zum Beispiel bei der Interpretation von Gedichten. Sie liest sie wie jemand, der sie auch hätte schreiben können, jedoch darauf verzichtet hat.

Paula versucht, den Kokon der Stille und des Schweigens, der Clara umgibt, zu durchdringen, aber das gelingt nicht oft. Gemeinsamkeit wird eher wortlos gelebt, beim Schlittenfahren, beim Schwimmen. Clara erfindet zärtliche Gesten, schmückt die Freundin mit Blumen. Diese tut es ihr nach. Clara ist so anders als alle jungen Frauen und Mädchen, die Paula kennt, anders als ihre Schwestern, als ihre Cousinen. Clara hat nicht so viel Erfahrung im Umgang mit dem eigenen Geschlecht. Zu Hause sind es vor allem die Brüder gewesen, mit denen sie sich arrangieren mußte. Clara war oft allein und bewegt sich wie selbstverständlich allein. Auch deshalb empfinden sie alle als Königin.

Aber es ist nicht nur das Zusammensein mit Clara, das Paula die Tage verschönt, es ist die Arbeit, die Verbindung von Kunst und Alltag, es sind die Gespräche und die Feiern mit den Künstlerkollegen. Begeistert hält sie ihre Eindrücke in ihrem Tagebuch fest:

»Es gab gestern ein kleines Fest im Atelier von Otto Modersohn. Es war mein hübschester Abend hier draußen unter den Künstlern. Überall mit den Augen auf Modersohnsche Birken und Kanäle zu stoßen, das ließ ich mir gefallen. Zudem war der Raum so fein gemütlich. Schummerbeleuchtung mit Papierlaternen. Zwei gedeckte Tische, einen für die Erwachsenen und einen Kindertisch. An letzterem Fräulein Westhoff und ich, Vogeler, der junge Mackensen und Alfred Heymel, der frühere Besitzer unseres Caro. Letzterer machte mir Spaß. Vogeler hatte mir gerade Gedichte von ihm gegeben, die ich als solche nicht so hoch schätze, als daß mir der Geist gefällt, der daraus spricht, die junge Kraft, die sich selbst spürt und beweisen möchte. Er sitzt nun in München zwischen Künstlern eingepökelt, allen unsern feinsten, modernsten. Gibt mit seinem Vetter Rudolf Alexander Schröder eine Zeitschrift heraus ›Die Insel‹ usw. Nachher setzte sich Vogeler hin mit seiner Gitarre und sang nigger songs. Zum Schluß wurden die Tische beiseite geschoben und wir tanzten. Heymel hatte eine Idee vom Tanz, dachte sich Ringelreihen aus, so daß ich nie genug hatte. Dabei das weibliche Gefühl, daß mein neues grünes Sammetkleid fein saß und sich einige an mir freuten. Heute früh besuchte mich Vinnen und schaute sich meine Sachen an. Daß solch ein Künstler mich ernst nimmt, ist mir eine Riesenfreude. Es lobte das Malerische, Tonige und war mit vielem zufrieden.«

Clara faßt ihre Empfindungen im »Buch der Freundschaft« zusammen:

»Worpswede bedeutete für uns ein schönes köstliches Geschenk. Das Ankommen dort, das Dortbleiben- und Dortarbeitendürfen war wie der Anbruch eines unaufhörlichen Sonntags.«

An einem wirklichen Sonntag im Sommer 1900 ereignet sich schließlich das Abenteuer, das Clara und Paula mit einem Schlag in der ganzen Gegend bekanntmacht:

Die beiden jungen Frauen schlendern am Abend zusammen durchs Dorf. Sie unterhalten sich über den etwas langweiligen Tag und entscheiden, daß jetzt noch unbedingt etwas geschehen müsse, damit er nicht gar so ereignislos ausklingt. Tanzen müßte man. Irgendwo. Die beiden lieben es. Aber an diesem Abend wird nirgendwo zum Tanz aufgespielt. Ein öder Sonntag. Die Familien sitzen zusammen in ihren Häusern, die Straßen sind leer. Niemanden lockt es hinaus. Nur zwei Freundinnen, die miteinander reden. Jetzt tauschen sie sich über die Kunst, ihr Lieblingsthema, aus. Und über ihren Lehrer Mackensen, der sich einmal mit Clara verabredet hat, ohne daran zu denken, daß er schon einer anderen Schülerin ein Rendezvous versprochen hatte. Man trifft zu dritt zusammen. Clara geht und erwähnt den Fauxpas des Lehrers nie mehr. Nur der Freundin vertraut sie das Malheur an. Dann erzählt Clara von ihrem Auftrag, Engelsköpfe für die Worpsweder Kirche zu modellieren. Acht an der Zahl hat sie gerade fertiggestellt. Also zur Kirche. Die ist natürlich verschlossen, nur die Tür zum Turm läßt sich öffnen. Also hinauf. Wer weiß, was es dort oben zu entdecken gibt. Wer weiß, wie weit man schauen kann, hinein in dieses ernste dunkle Land mit den langen Birkenchausseen. Ob Bauern in den Torfstichen zu sehen sein würden? Oben angelangt, ist der Ausblick vergessen, denn hier oben wird alles dominiert von den beiden Glocken, einer großen und einer kleinen. Stumm und sinnlos hängen sie schwer herunter. Fast gleichzeitig haben Clara und Paula dieselbe Idee: Sie müssen läuten. Zunächst wird nur leicht und vorsichtig der Klöppel angeschlagen. Doch das ist nicht genug. Auf einmal

Paula Modersohn-Becker, Clara und Paula beim Glockenläuten

zieht Clara das Seil der großen Glocke. Paula tut es ihr nach bei der kleinen. Der Ton gefällt ihnen nicht. Sie halten sich an den Seilen fest, anstatt sie nach dem Anziehen loszulassen, und verhindern so den Klang. Aber dafür werden sie selbst mitgerissen: mit jedem Schwung in die Höhe. Zwei weiß gekleidete Frauen, die an zwei Seilen ziehen und sich abwechselnd damit in die Höhe schwingen. Sie jubeln sich zu. Ist die eine wieder am Boden, sieht sie hoch über sich das weiße Kleid der Freundin schweben.

Es tönt über die ganze Gegend, und Clara und Paula lassen sich vom Klang und von der Bewegung berauschen. Eine ganze Weile. Es ist wie ein Traum. Leider werden sie herausgerissen: Clara und Paula sind noch mitten im Schwung, als plötzlich die Gestalt des langen schlaksigen Küsters erscheint, der gerade zu einer Standpauke ansetzen will, aber durch den Anblick der beiden Frauen zum Schweigen gebracht wird. Wen hat er denn erwartet? Schnurstracks läuft er die steile Treppe wieder hinunter. Nach einer Weile folgen ihm langsam und zögernd die beiden Abenteurerinnen und werden von einer Menschenmenge empfangen, die im Kirchhof wartet. Clara und Paula haben die Feuerglocke gezogen, und nun hat man geglaubt, es brenne. Unten im Dorf ist schon alles für den Feuerwehreinsatz vorbereitet, die Spritze eingespannt. Was tun? So schnell wie möglich fort von hier. Jetzt heißt es, Schadensbegrenzung zu betreiben: Der Zeitungsdrucker muß davon abgehalten werden, die beiden Übeltäterinnen im Lokalblatt zu erwähnen. Der Pastor zischt »Sacrosanctum« hinter ihnen her.

Zu Hause wird Paula von ihren besorgten Vermietern empfangen. Sie haben fuchtbare Angst gehabt. Herr Brünjes sagt: »Oh, Fräulein, wat har ek en Angst hat, ek ben wohl hunnertmal vor de Dör wesen. Ek dacht, se haren Ehr insperrt.«

Und Frau Brünjes fügt hinzu: »Ek har all jümmer seggt, de Grote, de kann dat af, aber us Fräulein, de holt sick en Krankheit in Loch.« Das Weyerberg-Geläute ist zum Abendgespräch geworden: »Hest des Lüern hört?« – »Jo.« –

Worpswede – Versunkene Glocke 49

»Weest ok, weer das don har?« – »Nee.« – »Fräulein Westhoff und Fräulein Becker.«

Damit haben sich Clara und Paula weitreichende Berühmtheit verschafft und das Kopfschütteln der Moorbauern über die »verrückten Molerslüe« noch verstärkt. Aber auch bei ihren Malerkollegen finden sie kein Verständnis für ihre Heldentat. Zum Glück verzichtet der Kirchenvorstand auf eine Gerichtsverhandlung und fordert statt dessen von den beiden Übeltäterinnen je 100 Mark wegen groben Unfugs und Mißbrauchs der Kirchenglocken, was angesichts der prekären finanziellen Lage der Künstlerinnen eine schwere Strafe bedeutet. Das Bußgeld soll für die Kirchengemeinde verwendet werden. Sie können sich darauf einigen, daß Clara die acht Engelsköpfe ohne Honorar fertigstellt und Paula ihre Buße leistet, indem sie Sonnenblumen und Girlanden um die Köpfe der Engel malt.

Einen Höhepunkt erreichen die Worpsweder Künstlerfeste im August 1900, als zwei neue Gäste eintreffen: Carl Hauptmann und Rainer Maria Rilke. Der Bruder des Dramatikers Gerhard Hauptmann ist Otto Modersohns Gast. Rainer Maria Rilke ist von Heinrich Vogeler in dessen Barkenhoff eingeladen worden. Clara erzählt:

»Sie trugen ein gutes Teil dazu bei, die schönen Sommerwochen, die nun folgten, festlich und reich für unseren kleinen Kreis zu gestalten. Vogelers Haus, das den Mittelpunkt des Kreises bildete, versammelte uns jeden Sonntag in seinem ›weißen Saal‹. Dort wurde vorgelesen, gesungen und getanzt. Paulas Schwester Milly sang die Lieder an die ferne Geliebte von Beethoven und Schuberts ›O holde Kunst‹, das Karl Hauptmann sehr liebte. Besonders reizvoll aber war es, wenn auf Spaziergängen und Wasserfahrten Milly und Paula zweistimmig sangen. Paula sang auch wohl zur Gitarre, und ›Jean Pauls Lieblingslied‹, das Heinrich Vogeler in alten Gitarrennoten gefunden hatte, wurde in dieser Zeit auch das unsere. ›Namen nennen dich nicht, dich bilden Griffel und Pinsel sterblicher Künstler nicht nach.‹«

Rainer Maria Rilke ist ein Exot unter den Worpsweder Künstlern. Er hat gerade die Trennung von Lou Andreas-Salomé hinter sich sowie eine Rußlandreise, die ihn tief beeindruckt hat. Unter ihrem Eindruck steht er noch immer. Er scheint in ein tiefes Loch gefallen zu sein und ist nun dabei, sich langsam neu zu formieren. In dieser haltlosen, schwärmerisch rückwärtsgewandten Verfassung trifft er in Worpswede ein.

»Es ist ein seltsames Land. Wenn man auf dem kleinen Sandberg von Worpswede steht, kann man es ringsrum ausgebreitet sehen, ähnlich jenen Bauerntüchern, die auf dunklem Grund Ecken tief leuchtender Blumen zeigen.« So heißt es in Rilkes Worpswede-Monographie, in der er den Malern nachspürt, die es Ende des 19. Jahrhunderts in den kleinen Ort in Norddeutschland gezogen hat, der mitten im unwirtlichen Teufelsmoor liegt. Sie alle sind berührt von der kargen Landschaft und ihren Bewohnern, die im Torf körperliche Schwerarbeit leisten. Sie wollen dort fern von Kunstakademien und künstlerischen Konventionen ihre Studien treiben und arbeiten. Ihre Lehrmeisterin soll die Natur sein – Lehrmeisterin und Modell zugleich. Die männlichen Maler sind in einer ganz anderen Situation als die weiblichen. Nachdem sie selbstverständlich an den Akademien zugelassen und einige Semester absolviert haben, lehnen sich die kritischen und experimentierfreudigen unter ihnen auf. Ihre Ablehnung gilt sowohl dem Inhalt der akademischen Lehre, die in der Genre- und Historienmalerei verhaftet ist, als auch dem Ausstellungs- und Verbandwesen. Vom Kulturbetrieb und seinen Veranstaltungen fühlen sie sich abgestoßen. Sie wollen weg von der Großstadt, zurück zu den Ursprüngen, zur Natur und den mit ihr verbundenen Menschen, die sie mitunter idealisieren und überhöhen.

Während sich also die Frauen noch vergeblich um einen Platz an den Kunsthochschulen bemühen, kritisieren einige ihrer männlichen Kollegen längst den akademischen Kanon und entscheiden sich dafür, ihn zu verlassen. Ein paar Frauen folgen ihnen, denn sie sehen in diesen unorthodoxen Gemeinschaften, die sich gegen die Regeln des herrschenden Akademiebetriebs auflehnen, eine Chance für ihre eigene Ausbildung. Hier sind Frauen nicht ausgeschlossen.

An vielen Orten lassen sich Ende des 19. Jahrhunderts Künstlerkolonien nieder, oft in der Nähe einer großen Stadt

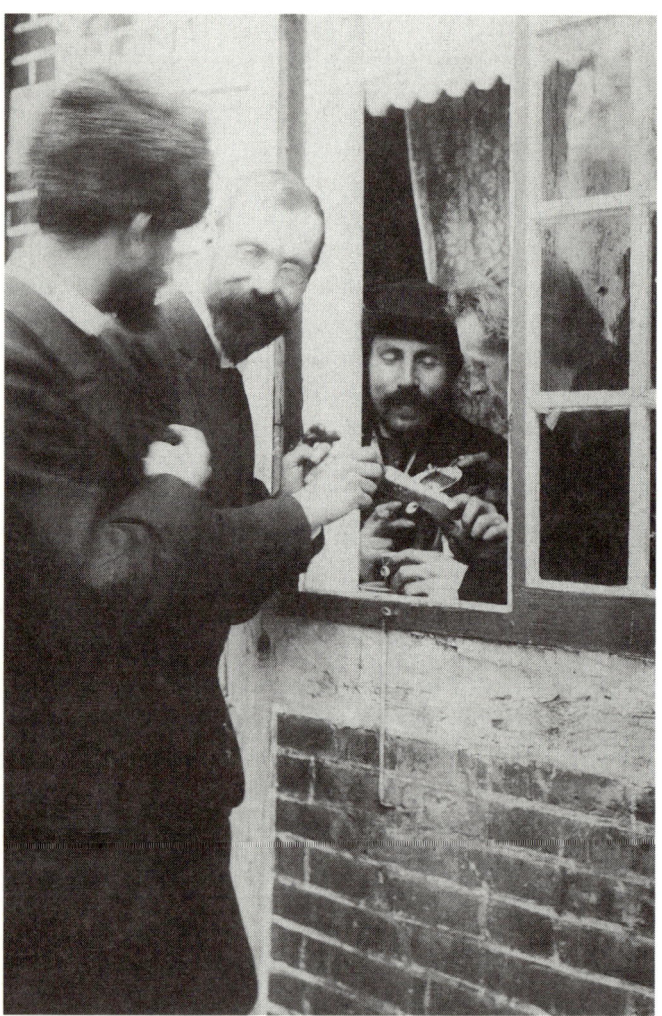

Die Worpsweder Maler: Hans am Ende, Otto Modersohn, Fritz Overbeck und Fritz Mackensen

wie Dachau bei München oder eben Worpswede, 24 km nördlich von Bremen gelegen. 1884, noch während seines Studiums an der Düsseldorfer Akademie, reist der Maler Fritz Mackensen zum ersten Mal ins Teufelsmoor. Weitere Besuche folgen in den kommenden Jahren. 1889 läßt er sich in Worpswede nieder. Im selben Jahr folgen ihm sein Düsseldorfer Kommilitone Otto Modersohn und sein Freund Hans am Ende, der in München und Karlsruhe studiert hat. Sie entscheiden sich nach einem künstlerisch ertragreichen Sommer, in Zukunft dort zu bleiben und zu arbeiten. Bald schließen sich ihnen drei weitere Studienkollegen von der Düsseldorfer Akademie an: Fritz Overbeck, Heinrich Vogeler und Carl Vinnen. Die drei stammen aus Bremen. Ihnen allen gemeinsam ist die Ablehnung des Unterrichts und der Kunstauffassungen, mit denen sie an den Akademien konfrontiert worden sind. Ansonsten sind sie sehr verschieden, sowohl was ihren Charakter als auch ihre Kunst betrifft.

1895 findet in der Bremer Kunsthalle ihre erste gemeinsame Ausstellung statt, die Carl Vinnen initiiert und realisiert hat, um den Malern endlich auch einmal Verkaufserfolge zu bescheren. In der Funktion des Geschäftsführers des »Künstler-Vereins-Worpswede« hat er der Bremer Kunsthalle eine vollständige Ausstellung angeboten. Diese sorgt zwar nicht gerade für Begeisterung der Kritik und des Publikums, aber für allgemeine Aufmerksamkeit und für die Einladung, 1895 an der »Jahresausstellung von Kunstwerken aller Nationen« im Glaspalast München teilzunehmen. Dort wird Mackensens Gemälde »Gottesdienst im Moor«, das auch schon in der Bremer Kunsthalle ausgestellt worden war, mit der Goldenen Medaille ausgezeichnet. Darüberhinaus kauft der bayerische Staat Otto Modersohns Bild »Sturm im Teufelsmoor« an. Insgesamt also ein spektakulärer Erfolg für die Worpsweder Gruppe.

Ihr Kopf ist Fritz Mackensen, der als der eigentliche Gründer der Künstlerkolonie Worpswede gilt. Geboren 1866 in Greene bei Braunschweig, hat er in Düsseldorf und München bei so berühmten Lehrern wie Wilhelm Kaulbach studiert. In seinem Schaffen steht die Landschaft nicht so sehr im Zentrum wie in den Werken seiner Kollegen. Er hat viele Porträts, Menschen, Mutter-und-Kind-Darstellungen sowie Menschenversammlungen gemalt und ist in erster Linie durch sie bekannt geworden. Es gelingt ihm, in seinen Gemälden die Geschlossenheit und den Zusammenhalt einer Gruppe darzustellen und gleichzeitig die Individualität jedes einzelnen herauszuheben. Besonders beeindruckend bei der »Trauernden Familie« aus dem Jahr 1896: Um ein totes Baby – das man für schlafend halten könnte, wäre nicht sein Gesicht gelb – hat sich die Familie gruppiert, die Mutter gottergeben leidend, der Vater still betrübt, die große Schwester nachdenklich, die kleinere Schwester ängstlich-traurig, der Bruder als einziger direkt den Betrachter anschauend mit wütendem, anklagendem Blick. Alle anderen haben die Augen gesenkt und wirken kraftlos. Einzig der Junge scheint seine Kräfte gesammelt zu haben und bündelt sie im Blick, der den Betrachter trifft.

Auch das preisgekrönte Bild aus der Glaspalastausstellung, mit dem Mackensen berühmt geworden ist, gehört zu den Personengruppenbildern. Der »Gottesdienst im Moor«, der manchmal auch als »Gottesdienst im Freien« bezeichnet wird, ist unter erheblichen Schwierigkeiten entstanden:
Die riesige Leinwand hat alle Räume gesprengt und deshalb meist draußen im Freien an der Kirchenmauer gestanden – zu jeder Jahreszeit. Nur im Winter, bei klirrender Kälte, darf Mackensen die Leinwand in der Diele eines Bauernhauses unterstellen. Er beginnt schon früh am Tag mit dem Malen, nutzt die Klarheit des kühlen Morgenlichts, nimmt Kälte und Wind in Kauf. Doch das Bild beschäftigt ihn nicht nur, wenn er daran arbeitet, sondern Tag und Nacht. Nicht nur gedanklich, sondern auch ganz praktisch. Wenn ein Sturm aufkommt, muß er dafür sorgen, daß das Bild nicht umstürzt. Also springt er manchmal sogar nachts auf, rennt zur Kirchenmauer und stützt das Bild, wartet treu bei ihm, bis der Sturm sich gelegt hat. Drei Jahre lang arbeitet Macken-

sen an diesem Bild, zu dem er angeregt worden ist durch ein Missionsfest in einem Nachbardorf von Worpswede, das er 1887 zum ersten Mal besucht hat. Begeistert hat er daraufhin an Otto Modersohn geschrieben:

»Die Leute schon so zu sehen ist famos; nun denke Dir aber diese interessantesten Leute bei einem Missionsfest, tief andächtig unter freiem Himmel. Heut morgen fuhren wir per Wagen nach einem nahen Dorf, und ich hörte bis 6 Uhr abends vier Prediger. Das heißt, ich skizzierte während dieser Predigten die andächtigen Leute. Ich bin ganz selig in dem Gedanken, später ein Bild davon malen zu können ...«

Ob er damals schon gewußt hat, was es tatsächlich bedeutet, dieses Bild zu realisieren, wie kräfte- und nervenaufreibend es sein würde, hinter den Modellen herzulaufen – das Bild versammelt immerhin ungefähr 40 Personen – und welche inneren und äußeren Kämpfe diese Arbeit mit sich bringen würde? Der Titel »Gottesdienst im Moor« bezeichnet also nicht nur das, was auf dem Bild zu sehen ist, sondern beschreibt auch treffend die Entstehung dieses Monumentalwerks.

Rilke ist erstaunt, Menschen wie Mackensen in dem abgelegenen Dorf im Teufelsmoor zu finden. Künstler, die ihr Leben ganz in den Dienst ihrer Arbeit stellen und mit dem großen Ernst arbeiten, den er selbst so oft vergeblich gesucht hat. Rilke bestaunt das seltsame Land und seine sonderbaren Bewohner. Er beginnt, sich zu Hause zu fühlen. Ein außergewöhnliches und selten gekanntes Gefühl für den rastlosen Dichter, dessen Leben auch dadurch gekennzeichnet ist, daß er ununterbrochen unterwegs ist. Hier bei den festsitzenden Malern findet er Ernst und Größe. Es gefällt ihm, daß er als Künstler des Worts auf die Farbkünstler trifft. Sie sind begierig nach Worten, obwohl selbst eher schweigsam. Worte sind nicht ihr Ausdrucksmittel, ihre Sprache ist die Farbe. Rilke hat das Gefühl, man habe auf jemanden wie ihn gewartet. Er spürt ihre Bewunderung und genießt sie. Leider gibt es Konkurrenz. Schon an einem der ersten Abende im

Barkenhoff kommt sie zwischen ihm und Carl Hauptmann zum Tragen. Zunächst beginnt ein Gespräch zweier Dichter. Um Mitternacht wird aus ihrem Gespräch ein schneller Dialog, wie es Rilke nennt. Der schnelle Dialog steigert sich zum Streit über Gelächter und Ernst, der nicht geschlichtet werden kann.

Rilke trägt ein grünes russisches Bauernhemd, rote Lederstiefel und ein byzantinisches Kreuz. Er zeigt Bilder und Ikonen aus Rußland und berichtet von dem Maler Kramskoi, der versucht hat, das Lachen zu malen. Ein Lachen, das sich in etlichen Gestalten manifestiert und vielfältig erklingt, so daß er sich davon bedrängt fühlt. Kramskoi hat Angst, davon übermannt zu werden, und sucht einen Menschen, der Einhalt gebietet und sich dem Lachen mit Ernst entgegenstellt. Carl Hauptmann unterbricht die Ausführungen Rilkes, in dem er einwendet, daß weder die Welt ein Gelächter noch das Lachen die Stimme der Welt sei. So etwas könne nur ein verkanntes Genie ersonnen haben. Im übrigen sei das Beisammensein in heiterem Gelächter ohnehin das Beste. Rilke fühlt sich angegriffen und widerspricht: Besser sei das Beisammensein in ernstem Ernst.

Die anderen Gäste sind in dieser Sequenz bloße Zuschauer, Statisten. Ein aufregender Abend: Zwei Dichter streiten um Lachen und Ernst. Vor allem Paula ist davon tief beeindruckt. Als Rilke sie später in ihrem Atelier besucht, gesteht sie ihm, daß sie viel seltener lacht, seit sie hier ist. Über dem stillen dunklen Land liege immer tiefer Ernst. Auch im Frühling, wenn es grünt, komme keine ungebrochene Freude auf, berichtet Paula. Man könne das entstehende Gefühl eher als Rührung bezeichnen. Rilke ist verblüfft: Schwermut, Schmerz, ein Wissen um den Ernst des Lebens – all das, was er mit Rußland verbindet, findet er hier in Worpswede, einem Moordorf in Norddeutschland. Das hat er nicht erwartet.

Im Sommer 1900 wird in Worpswede gefeiert. Oft und gern. Nicht das, was man sich vielleicht unter wilden Künstlerfesten vorstellt, sondern die Maler und ihre Freunde kommen zusammen, um zu diskutieren, zu singen und zu tanzen.

Lachen und Ernst liegen eng beieinander. Schauplatz ist zumeist Heinrich Vogelers Barkenhoff. Auf seinem großen Gemälde »Sommerabend«, das auch unter dem Titel »Konzert« bekannt ist, hat der Maler so eine festliche Zusammenkunft dargestellt. Es wirkt wie ein Standbild aus einem Film. Die Bewegung scheint angehalten worden zu sein, die Zeit scheint stillzustehen. Das Bild gleicht einem Tryptichon. Jeder der drei Teile kann für sich allein existieren. Der Mittelteil zeigt Martha Vogeler, die Frau des Malers. Sie steht auf der Treppe des herrschaftlichen Anwesens, vor ihr liegt ein Windhund, den sie an der Leine hält. Im linken Teil des Bildes erkennt man Paula und Clara, von Paula fast verdeckt eine rothaarige Frau – es handelt sich um die Worpsweder Arzttochter Agnes Wulff – und im Hintergrund Otto Modersohn. Im rechten Teil befinden sich die Musikanten. Der Geiger im Vordergrund ist Heinrich Vogelers Bruder Franz. Die Menschen auf dem Bild haben sich in besinnlichem Mit- und Nebeneinander zusammengefunden. Jeder scheint für sich allein, entrückt. Jeder ist von Einsamkeit umgeben, in sich versunken und wirkt wie in eine Kulisse hineingesetzt. Jeder ist austauschbar. Keine Figur fehlte, wenn sie entfernt würde, denn keine von ihnen nimmt Kontakt mit einer anderen auf.

Wie verschieden ist da das Gemälde »Hip, Hip, Hurra – Künstlerfest in Skagen« des dänischen Malers Peder Severin Krøyer, der Ende des 19. Jahrhunderts in der dänischen Künstlerkolonie Skagen lebte und arbeitete. Das Bild ist 1888 im Garten des Skagener Hotels Brondum, der Gründungsherberge der dänischen Künstlerkolonie, entstanden. Zu einem Frühstück haben sich die Künstler, ihre Frauen und ein Kind versammelt. Es gibt etwas zu feiern. Für alle miteinander. Sie heben ihre Sektgläser, prosten sich zu, schauen einander an, und einige scheinen einen Trinkspruch zu rufen. Die Sonne beleuchtet die fröhliche Runde und läßt den Champagner in den Gläsern funkeln. Ein sehr lebendiger Ausschnitt, der die Lust und die Gemeinsamkeit einfängt.

In Vogelers »Sommerabend« wird die Distanz visualisiert, die die Worpsweder Künstler zueinander pflegen. Für Rilke ist sie besonders wichtig. Weil ihm hier niemand zu nahe tritt, öffnet er sich. Er genießt es, Gäste einzuladen, und notiert am 10. September 1900 in seinem Tagebuch:

»Ich gebe wieder eine Gesellschaft. Einen schönen Augenblick gab es ... ganz in Weiß kamen die Mädchen vom Berg aus der Heide. Die blonde Malerin zuerst, unter einem großen Florentiner Hut lächelnd. Als wir eben in der dunkeln Diele standen und uns aneinander gewöhnten, kam Clara Westhoff. Sie trug ein Kleid aus weißem Batist ohne Mieder im Empirestil. Mit kurzer, leicht unterbundener Brust und langen glatten Falten. Um das schöne dunkle Gesicht wehten die schwarzen, leichten, hängenden Locken, die sie, im Sinn ihres Kostüms, lose läßt zu beiden Wangen. – Das ganze Haus schmeichelte ihr, alles wurde stilvoller, schien sich ihr anzupassen, und als ob sie oben bei der Musik in meinem riesigen Lederstuhl lehnte, war sie Herrin unter uns. Ich sah sie an diesem Abend wiederholt schön. Im Lauschen, wenn die manchmal zu laute Charakteristik des Gesichtes gebunden ist an Unbekanntes. Dann prägt sich der Rhythmus des

Clara, 1901

Clara, Heinrich Vogeler und Marie Bock, um 1900

unterdrückten horchenden Lebens in ihrer Gestalt, leise wie unter Falten, aus. Sie wartet, ganz hingegeben, auf das, was sie nun erleben soll. Da war es sehr gut, ›Die weiße Fürstin‹ zu lesen. Ich hatte selbst einen starken Eindruck von Klang und Kraft, und es war nur schade, daß das sofort einsetzende Theoretisieren Carl Hauptmanns mich zwang zu reden, wobei denn auch nichts herauskam. Die Mädchen sprachen nicht mit. Sie glaubten alle an ›Die weiße Fürstin‹.«

Immer wieder ist es Carl Hauptmann, der Rilke Anlaß zur Kritik gibt und sein Mißfallen erregt. Sein Behauptungswille gegenüber dem Kollegen ist vehement, sein Konkurrenzgefühl übersteigert. Er wirft Hauptmann vor, im falschen Moment Diskussionen anzuzetteln und gerade dann zu kommentieren, wenn es angemessen wäre zu schweigen. Das tun die Frauen, die Mädchen, wie Rilke sie nennt. Sie schweigen oder sie singen, wie Paulas Schwester Milly. An diesem Abend Mignonlieder. Je länger der Abend dauert, desto größer wird der Wunsch nach alkoholischen Getränken. Davor fürchtet sich Rilke. Als man um Mitternacht Wein aus Vogelers Keller holt und nach Trinkliedern schreit, weiß er, daß das Fest nun einen Verlauf nehmen wird, der ihm nicht entspricht.

Der Alkohol und die durch ihn erzeugte Stimmung sind ihm zuwider. Genau wie das Tanzen, das er gerade noch ertragen kann, wenn andere es tun. Ihm selbst ist es unmöglich.

»Der Tand der Tänzerinnen
ist allen so vieles wert;
zu wissen und zu gewinnen,
zu greifen mit allen Sinnen,
haben sie begehrt.
Was soll er unter ihnen
mit seiner traumverliehnen
und sanften Heiterkeit,
wie soll er zu ihnen reden,
er ist von einem jeden
hundert Wunder weit.«

Mit diesem Gedicht beschreibt Rilke in seinem Tagebuch seine eigene Entfernung inmitten der fröhlichen Runde. Er fühlt sich ausgeschlossen, aber das Abseits ist seine eigene Entscheidung: Er will sich nicht anschließen, weder den Tänzern noch den Trinkern.

»Es ist schlimm, wenn man am Ende eines Beisammenseins nach Wein sucht ... Und daß man ihn fand, machte die letzten Stunden zufallsvoll, dumm und ulkig. Da war es lieb, daß die Sängerin-Schwester sich zu mir setzte, mich nach Leopardi fragte und mit ihrer noch vom Gesange bereiten Stimme schwermütig italienische Worte wiederholte aus einem schönen Gedicht. Aber das war nur Episode. Sonst wurde getanzt; Hauptmann mit Fräulein Westhoff. Einige Male in die Runde – Walzer ... endlich blieb Dr. H. stehen, neigte den Kopf nachdenklich nach links, hob den Zeigefinger und konstatierte atemlos: ›Jetzt fang ich an, schwindlich zu werden‹, womit er seiner Dame dankte. Ich war unglaublich einsam. Mir schien, als gingen die Worte gar nicht auf mich zu, als liefen sie im Kreis um die Lachenden herum. Natürlich kam es dazu, daß man ein Gedicht zurechtfügte für Vogeler: Ulk, Ulk, Ulk ..., schauerliches Ende deutscher Geselligkeit. Aber das Ende war doch noch schön, und die Mädchen in Weiß haben das gemacht. Ich öffnete die Tür meines Zimmers, welches blau und kühl wie eine Grotte dunkelte. Ich stieß mein Fenster auf, und da kamen sie zu dem Wunder und lehnten hell in die Mondnacht hinaus, die ihre lachheißen Wangen kalt umgab. Und nun sind sie hier alle so rührend in ihrem Schauen.«

Rilke ist fasziniert von dieser besonderen Mischung aus Mädchen und Künstlerin, die er sowohl bei Clara als auch bei Paula entdeckt hat. Es ist für ihn die Verbindung von Unbewußtheit und Wissen, die eine spezielle Art von Erkenntnis möglich macht. Darum beneidet er Clara und Paula. Er beobachtet ihr Hinübergleiten vom Mädchensein ins Künstlerinnensein und steht mit Bewunderung vor diesem Geheimnis. Den Mädchen gestattet er den übermütigen Tanz, von den Künstlerinnen verlangt er das konzentrierte Gespräch oder das wissende Schweigen. Seine Erwartungen werden erfüllt: Eben noch verzerrte Lustigkeit überall und jetzt der staunende, schauende Ernst. Er ist froh, daß das Zusammensein auf diese Weise ausklingt – es ist schon lange nach Mitternacht.

Rilke hat hier in Worpswede etwas gefunden, was er dringend suchte, ohne es zu wissen. Er beschreibt es in einem Gedicht, das in diesen Tagen entsteht:

»Mädchen, Dichter sind, die von euch lernen
das zu sagen, was ihr willig seid.
Und sie lernen leben an euch. Fernen,
wie die Abende an großen Sternen
sich gewöhnen an die Ewigkeit ...

Keine darf sich je dem Dichter schenken,
wenn sein Auge auch um Frauen bat;
denn er kann euch nur als Mädchen denken,
das Gefühl in euren Handgelenken
würde brechen von Brokat.

Laßt ihn einsam sein in seinem Garten,
wo er euch wie Ewige empfing,
auf den Wegen, die er täglich ging,
bei den Bänken, welche schattig warten,
und im Zimmer, wo die Laute hing.«

Für Rilke, den Dichter, erfüllen Clara und Paula, die »Mädchen in Weiß«, eine ganz bestimmte Funktion. Sie lehren ihn zu leben. Das könnten sie nicht mehr, wenn sich ihre Beziehung zu ihm änderte, wenn sich beispielsweise eine Liebesbeziehung mit einer von beiden entwickelte (»Keine darf sich je dem Dichter schenken«), wenn er die beiden nicht mehr im Plural denken könnte. Dann könnte er nicht mehr ihr Schüler sein. Das darf nicht geschehen. Er weiß, daß er noch viel von ihnen zu lernen hat. Von Clara Westhoff und von der blonden Malerin.

Es fällt auf, daß Rilke alle Menschen, denen er begegnet, beim Namen nennt, außer Paula. Ihr Name kommt in seinem Tagebuch so gut wie überhaupt nicht vor. Für ihn ist sie immer die »blonde Malerin«. Wie kommt er zu dieser Benen-

Die beiden Freundinnen in Paulas Atelier, 1900

nung? Ihr Haar ist nicht blond, sondern rotbraun oder kastanienbraun. Neben der dunklen Clara wirkt sie allerdings hell und leuchtend. Das ist es, was er sehen will: Licht, Sonne, Klarheit. Sie hat ihn damit verzaubert. Überhaupt empfindet er die Sommertage in Worpswede als wundervoll. Wenn man in seinem Tagebuch davon liest, spürt man manchmal seine Angst, aus einem Traum herausgerissen zu werden:

»Da wohne ich einsam, wartend immer, sechs Tage lang. Und am siebenten empfange ich im weißen Saal bei zwölf Kerzen, die in hohen silbernen Leuchtern stehn, die ernstesten Männer der Gegend und sehr schöne schlanke Mädchen in Weiß, die, wenn ich sie bitte, Lieder spielen und singen und sich zusammensetzen, in feinen Empirestühlen, und die vornehmsten Bilder sind und der köstlichste Überfluß und die süßesten Stimmen dieser flüsternden Zimmer ...«

Derjenige, der es Rilke ermöglicht, die Heldenrolle in einem Märchen einzunehmen, ist Heinrich Vogeler. Er hat ihn in den Barkenhoff eingeladen, das Bauernanwesen am Weyerberg, das er gekauft und durch mehrere Umbauten nach eigenen Entwürfen vergrößert hat, um Platz für Gäste zu schaffen. Sie sollen sich wohlfühlen und bei der Verwirklichung seines Planes, hier ein kulturelles Zentrum zu schaffen, mithelfen. Viele kommen gern, vor allem Dichter und Schriftsteller. Neben Rainer Maria Rilke und Carl Hauptmann sind es Richard Dehmel, René Schickele, Otto Julius Bierbaum, Alfred Heymel, Rudolf Alexander Schröder und der Theatermann Max Reinhardt. Eine gepolsterte Kutsche pflegt die Gäste von der Bahnstation Worpswede oder aus Bremen abzuholen. Vogeler ist ein talentierter und umsichtiger Gastgeber, der es vermag, seine Feiern und Zusammenkünfte so zu arrangieren, daß sich die Gäste selbst als Träger des Festes fühlen. Rilke schreibt, nachdem er erst kurze Zeit im Barkenhoff weilt, in sein Tagebuch: »Ich gebe Gesellschaften.« Der Gast fühlt sich als Gastgeber. Meist nimmt Rilke jedoch die Rolle des Beobachters ein. Sein Interesse gilt dabei nicht nur den anderen, sondern zuallererst sich selbst.

An einem Sonntag im September findet man sich gegen fünf Uhr nachmittags zusammen. Die Dämmerung ist heraufgezogen, und Rilke zündet für seine Gäste Kerzen an. Milly Becker sorgt für die musikalische Einstimmung, so daß alles gut vorbereitet ist für die Hauptattraktion: die Lesung des Dichters. Die Musik bedeutet für ihn eine glänzende Einführung, noch nie hat er sich so angenommen und erwartet gefühlt. Er liest aus seinem »Buch vom lieben Gott« und spürt selbst, daß seine tragende Stimme die Worte erhaben klingen läßt. Er zieht ein Fazit:

»Es war die größte Wirkung, die ich je auf eine Gruppe von Menschen ausgeübt habe, eine Wirkung, vereinsamend für die einzelnen und doch irgendwie zusammenfassend hinter ihnen. Ich zitterte selbst, als es, in meine Stimme verkleidet, über mir stand, das Wort: ›Michelangelo, wer ist im Stein?‹«

Eine existentielle Frage für den Bildhauer und zugleich das Motto für den Streit zwischen Maler und Bildhauer über den Rang und die Bedeutung ihrer jeweiligen Kunst. Sitzt oder steht doch der Maler vor der leeren Leinwand, die er füllen muß, während der Bildhauer etwas aus dem Stein befreit, das sich darin verbirgt. So ist die Bildhauerei eine Form der Entpuppung, der Befreiung des Objekts aus ihrem steinernen Kokon.

Der Abend soll aber nicht mit diesen ernsten künstlerischen Fragen beschlossen werden. Man geht ins Gasthaus, und allmählich lockert sich die Stimmung. Man entscheidet, den Abend in Paulas Atelier ausklingen zu lassen. Nach einem nächtlichen Kaffeetrinken kommt einer auf die Idee, die Ziege zu melken, die nebenan im Stall steht. Rilke erzählt:

»Man trug den Petroleumkocher als Leuchte hinaus, und lange hörten wir in der Stube nichts als Unruhe im Stall, das Klirren einer Kette und die flüsternden Stimmen der erregten Mädchen. Dann kamen sie beide heiß und mit wirrem Haar zurück, zurückgedrängtes Lachen in den dunklen Stimmen, und die Blonde trug eine Steinschale zu uns heran an den Tisch. Wir schauten alle hinein und verstummten. Die Milch war schwarz. Obwohl alle erstaunt waren, wagte doch keiner, seine Entdeckung auszusprechen, und jeder dachte: Nun gut, es ist Nacht. Noch nie habe ich nachts eine Ziege gemolken. Von Einbruch der Dämmerung an dunkelt also ihre Milch, und jetzt, zwei Stunden nach Mitternacht, ist sie noch ganz schwarz. Nur nicht jetzt darüber nachdenken. Mit dieser Tatsache muß jeder allein fertig werden. Morgen ... Und alle tranken wir von der schwarzen Milch dieser dämmernden Ziege und wurden seltsam wach bei diesem geheimnisvollen Getränke.«

Maler, Lehrer, große Männer

Worpswede, Worpswede, Du liegst mir immer im Sinn. Das war Stimmung bis in die kleinste Fingerspitze. Deine mächtigen großartigen Kiefern! Meine Männer nenne ich sie, breit, knorrig und wuchtig und groß, und doch mit den feinen, feinen Fühlfäden und Nerven drin. So denke ich mir eine Idealkünstlergestalt«, schreibt Paula am 24. Juli 1897 in ihr Tagebuch. Dem Ideal des großen starken Mannes mit Sensibilität und Feinsinnigkeit, mit einer feinen Seele, diesem Ideal entspricht keiner der Worpsweder Künstler ganz, aber Paula ist trotzdem begeistert von ihnen. Es sind vor allem Heinrich Vogeler, Otto Modersohn und ihr Lehrer Fritz Mackensen, die sie besonders schätzt. Am selben Tag vertraut sie ihrem Tagebuch an, daß Heinrich Vogeler ihr ganzer Liebling sei: Vogeler, der Kommunikator, der das gesellschaftliche Leben in Worpswede initiiert, verfeinert und pflegt.

Es fasziniert sie, daß er kein »Wirklichkeitsmensch« ist, sondern in einer eigenen Welt zu leben scheint. In einer Welt, in der der Minnesänger Walther von der Vogelweide der Protagonist ist. Vogeler trägt dessen Werke mit sich herum, dazu »Des Knaben Wunderhorn«. Manchmal nimmt er seine Gitarre und spielt Lieder von Liebesglück und Liebesleid. Eine romantische Existenz. Nicht nur das: Er versucht, Kunst und Leben miteinander zu verbinden, aus dem Leben ein Kunstwerk zu machen. Der Mythos vom Künstler, der dem Leben entsagt, um sich ganz der Kunst zu widmen, ist nicht sein

Ideal. Er will sie nicht wahrhaben, die »alte Feindschaft zwischen dem Leben und der großen Arbeit«, die Rilke nicht nur beklagt, sondern sogar fordert. Vogelers künstlerisches Arbeitsethos ist ein anderes: Nicht das Leben hat sich der Kunst unterzuordnen, sondern die Kunst dem Leben, so daß das Leben selbst zu einem künstlerischen Werk, zum Kunstwerk wird. Ein revolutionärer Gedanke, aber Romantik und Revolution lagen ja zu allen Zeiten nah beieinander. Und so wundert es nicht, daß Joseph Beuys sich auf Heinrich Vogeler beruft und ihn als Bruder im Geiste betrachtet, der wie er einen erweiterten Kunstbegriff bevorzugte. Verwandt scheinen auch die Gedanken Michel Foucaults, der in seinem Spätwerk dazu auffordert, das eigene Leben zum Kunstwerk zu machen:

»Vor allem fällt mir auf, daß Kunst in unserer Gesellschaft etwas geworden ist, was nur die Gegenstände, nicht aber die Individuen und das Leben betrifft. Daß Kunst etwas besonderes ist, was allein von Spezialisten, nämlich den Künstlern gemacht wird. Doch warum sollte nicht jeder einzelne aus seinem Leben ein Kunstwerk machen können? Warum sollte diese Lampe oder dieses Haus ein Kunstgegenstand sein und mein Leben nicht?«

Heinrich Vogeler wird 1872 als ältester Sohn des Eisengroßhändlers Carl Eduard Vogeler und seiner Frau Marie Louise in Bremen geboren. Er soll Kaufmann werden, in die Fußstapfen des Vaters treten, aber die Eltern erkennen bald, daß seine Neigungen ganz woanders liegen. 1890 beginnt er sein Studium an der Düsseldorfer Kunstakademie mit den Schwerpunkten Figurenmalerei, Ornamentik und Dekoration. Dort lernt er auch Otto Modersohn und Fritz Overbeck kennen. Er ist Mitglied einer studentischen Künstlerverbindung, in der man ihn Mining nennt – ein Spitzname, den er auch in Worpswede behalten wird.

Im Mai 1894 schließt er sich der Worpsweder Künstlergruppe an, der bereits Fritz Mackensen, Otto Modersohn, Hans am Ende und Fritz Overbeck angehören. Vogeler ist allerdings viel weniger Landschaftsmaler als die anderen Worpsweder. Er verknüpft ganz verschiedene Stilarten miteinander, fühlt sich primär dem Jugendstil verpflichtet. Dabei entstehen poetische Bildkompositionen in strenger Formensprache. Die Kunst ist für ihn nichts Abstraktes und Lebensfernes, sie muß in die Alltäglichkeit hineingeholt werden, Vogeler will mit seinem kreativen Potential den Alltag durchdringen. So entwirft er Buchschmuck, Vignetten, Gebrauchsgegenstände, Möbel, Innenarchitektur. Seine bevorzugten Gestaltungsmotive sind Tulpen, Rosen, Vögel. 1895 schließt er sein Studium an der Düsseldorfer Kunstakademie ab und nimmt an den beiden wichtigen Ausstellungen der Worpsweder teil.

Am 1. Oktober 1895 schafft Vogeler in Worpswede die Voraussetzungen für eine künstlerische Gemeinde der Maler und ihrer Freunde. Er erwirbt den Grundstock des Barkenhoffs. Das ist ein strohgedecktes Bauernhaus mit drei Morgen Land am Osthang des Weyerbergs. Er installiert dort eine Kupferdruckpresse und nimmt zahlreiche Umbauten vor. Seine Intention ist die Schaffung einer nach außen abgegrenzten, im Inneren künstlerisch durchgestalteten »Insel der Schönheit«, die Ausdruck der eigenen Persönlichkeit ist und zugleich der ihr angemessene Lebensraum. Das Anwesen ist ohne Prunk eingerichtet in einer reizvollen Stilmischung aus Empire, Biedermeier und Heimatkunst. Sein Name »Barkenhoff« bedeutet Birkenhof und weist auf einen kleinen, unten an der Landstraße angepflanzten Birkenwald hin.

Vogeler hält sich 1898 in München auf und zeichnet eine Mappe mit Illustrationen zu Gerhart Hauptmanns »Die versunkene Glocke«. In diese Zeit fällt auch sein erster bedeutender Buchschmuckauftrag vom Verlag Eugen Diederichs und die Bekanntschaft mit Rainer Maria Rilke, den er in Florenz trifft. Im Oktober 1898 hat er seine erste wichtige Einzelausstellung in Dresden. Es ist eine Phase, in der er vor allem als Radierer arbeitet, fast alle seine Arbeiten sind zeichnerisch angelegt. 1899 entsteht der Gedichtband »Dir«, den er für seine spätere Frau Martha Schröder – sie heiraten 1901 – geschrieben und mit Illustrationen versehen hat. Im selben Jahr tritt er, gemeinsam mit Otto Modersohn und Fritz Overbeck, aus dem Künstler-Verein Worpswede bereits wieder aus. In München widmet er sich der graphischen Gestaltung der Zeitschrift »Die Insel«. Sein Ruf als begnadeter Buchausstatter wächst und beschert ihm in den folgenden Jahren zahlreiche Aufträge renommierter Verlage.

Blickt man in die Zukunft, so folgen die Jahre der künstlerischen Blütezeit: 1904/1905 gestaltet er die Güldenkammer im Bremer Rathaus. Sie gilt als ein Meisterwerk des Jugendstils. In dieser Zeit entsteht auch sein großes Gemälde »Sommerabend«. Das Nebeneinander der abgebildeten Personen ohne einen wirklichen Zusammenhalt kündigt die allmähliche Entfernung des Künstlers schon an: Sein Blick weitet sich, will hinaus. Er läßt sich nicht mehr in der Schönheit des idyllischen Worpsweder Künstlerlebens festhalten. Bei einer Studienreise der Deutschen Gartenstadt-Gesellschaft nach England wird Vogeler 1909 mit den Elendsvierteln von Manchester und Glasgow konfrontiert. Ein Schlüsselerlebnis, das sein zukünftiges starkes sozialreformerisches Engagement begründet. Er entwirft eine Arbeitersiedlung für die »Worpsweder Werkstätte« und Arbeiterhäuser. Nur wenige seiner Entwürfe werden ausgeführt. Auch sein eigener Lebensentwurf gerät ins Wanken. Er hat zu viel gesehen, was er damit nicht vereinbaren kann. Vielleicht hat er damals schon erkannt, was Adorno in seiner »Ästhetischen Theorie« über den Jugendstil formuliert:

»Dessen Pseudos war die Verschönung des Lebens ohne dessen Veränderung; Schönheit wurde darüber ein Leeres und ließ wie alle abstrakte Negation dem Negierten sich integrieren.«

Vogeler will nicht mehr nur Verschönung, sondern Veränderung. Er wird dazu gedrängt, denn das Interesse an seinen künstlerischen Arbeiten nimmt ab, und seine Ehe droht zu zerbrechen. 1914 meldet er sich als Kriegsfreiwilliger zu den Oldenburger Dragonern. Eine Zeitlang versucht er, das

Kriegsgeschehen zu verarbeiten, indem er es darstellt, verharmlost oder überhöht, aber nach einigen Fronterlebnissen funktioniert diese Verdrängungsstrategie nicht mehr: Vogeler wird zum radikalen Kriegsgegner. Am 23. Januar 1918 richtet er aus Worpswede einen Friedensappell an den Kaiser, das »Märchen vom lieben Gott«, und wird daraufhin zur Untersuchung seines Geisteszustandes in Bremen ins Lazarett eingeliefert. Man bezeichnet ihn als »gemeingefährlichen Neuropathen«, entläßt ihn aus dem Heeresdienst und stellt ihn im Barkenhoff unter Polizeiaufsicht. Vogeler unterzieht sich selbst einer politisch-weltanschaulichen Neuorientierung und nimmt Kontakte zu Bremer Sozialisten auf. Er unterstützt die Bremer Räterepublik, gründet die Kommune Barkenhoff, die später zur Arbeitsgemeinschaft Barkenhoff, 1921 zur Arbeitsschule Barkenhoff e. V. und 1923 zum Kinderheim wird, das die »Rote Hilfe« übernimmt. Im selben Jahr reist Vogeler zum ersten Mal in die soeben gegründete Sowjetunion, wo er sich eine neue künstlerische und politische Existenz aufbaut und eine neue Heimat findet, in der er 1942 sterben wird.

Diese Lebensgeschichte, deren Fluchtlinie von Worpswede nach Moskau führt, hat wohl in der Zeit der Künstlerfeste im Barkenhoff zu Beginn des 20. Jahrhunderts niemand für möglich halten können. Seine Freunde beschreiben Vogeler eher als rückwärtsgewandten Romantiker und nicht als vorwärtsgerichteten Revolutionär.

»Vogeler ist da ... seine Gestalt leicht und ruhig. Die Augen dunkel, glanzlos. Der hochgeknöpfte Hals mit der feinen Kamee, die hohe Sammetweste ... ein Bild. Ein unendlich fernes Ahnherrnbild, aber diesmal ohne Rahmen auf einer Trödelkammer«, schreibt Rilke in sein Tagebuch.

Der Ahnherr sollte zum Apologeten der klassenlosen Gesellschaft und des neuen Menschen werden, Romantiker und Revolutionär sollten sich vereinigen.

Waren es 1895 in der Bremer Ausstellung noch die lebensvollen Bilder Mackensens, die Paula begeistert hatten, so

sind es 1897 bei ihrem Besuch in Worpswede vor allem Otto Modersohns Werke, die großen Eindruck auf sie machen. Paula gesteht ihrem Tagebuch:
»Ich möchte ihn kennenlernen, diesen Modersohn.« Zwei Jahre später berichtet sie ihrem Vater in einem Brief: »Modersohn aber hat mir riesig gefallen, durch und durch fein und gemütlich und mit einer Klangfarbe, zu der ich mein Geiglein auch spielen kann.«

Otto Modersohn wird 1865 als Sohn eines Baumeisters in Soest geboren. Die Familie siedelt 1874 nach Münster über. Schon früh entwickelt sich seine Liebe zu Kunst und Natur. Er geht nach Düsseldorf an die Kunstakademie und lernt Fritz Mackensen kennen. Beide rebellieren früh gegen den dort vorherrschenden Akademismus und suchen nach neuen Arbeits- und Studienplätzen fern der Hochschulen. Nachdem Mackensen Worpswede entdeckt und mehrfach besucht hat, fragt er Modersohn im Dezember 1888 in einem Brief: »Ob ich vielleicht darauf rechnen kann, daß wir zusammen in jene Gegend gehen?«

Im nächsten Sommer reisen die beiden Maler in das Moordorf. Carl Vinnen hat sie auf sein Gut eingeladen. Auf Anregung von Mackensen folgt ihnen bald Hans am Ende. Immer wieder verlängern sie ihren Aufenthalt, bis Otto Modersohn sich endlich entscheidet, ganz dort zu bleiben. In seinem Tagebuch bekennt er: »Meine Kunst soll eine Verherrlichung der Natur sein, ein geistiges Erschaffen des überall sich äußernden Naturgeistes; je einfacher, umso größer.«

Hier hat er das gefunden, wonach er gesucht hat, und er weiß nun, was zu tun ist: »Die Natur ist unsere Lehrerin, und danach müssen wir handeln ... Worpswede war uns in der Zeit so nahe gerückt, daß eine Trennung fast nicht mehr möglich schien.«

1893 schließt sich Fritz Overbeck der Gruppe an und ein Jahr später Heinrich Vogeler – damit ist die Worpsweder Künstlervereinigung komplett und kann kurze Zeit später ihre ersten Ausstellungserfolge feiern. Für Otto Modersohn ist der Ankauf seines Gemäldes »Sturm im Teufelsmoor« durch die Münchner Pinakothek eine wichtige Bestätigung.

1897 heiratet Otto Modersohn Helene Schröder. Ein Jahr später wird die Tochter Elsbeth geboren. Zu dieser Zeit kommen die ersten Malerinnen in Worpswede an: Marie Bock, Clara Westhoff, Paula Becker und Ottilie Reyländer. Es ist die Zeit der Künstlerfeste in Vogelers Barkenhoff. Die Kolonie öffnet sich für Gäste, aber im engen Kreis des Künstler-Vereins kriselt es. Die Ablehnung des Akademismus und die Hinwendung zur Natur sind die einzigen Gemeinsamkeiten gewesen, ansonsten driften ihre Wege auseinander. Jeder hat eigene künstlerische Ziele, die sich mit denen der anderen kaum vereinbaren lassen. Im Juli 1899 tritt Modersohn aus der Vereinigung Worpsweder Künstler aus. In seinem Rundschreiben »Freiheit der Persönlichkeit« begründet er diesen Schritt damit, daß ihm innerhalb des Vereins völlig fremde Kunstanschauungen zugemutet würden. Vogeler und Overbeck pflichten ihm bei und kündigen ebenfalls die Mitgliedschaft auf.

Als Rilke den Sommer und Herbst in Worpswede verbringt, existiert der Worpsweder Künstler-Verein nicht mehr, obwohl alle dort wohnen bleiben und nebeneinander arbeiten. Geblieben ist ihnen ihre Lehrmeisterin, die Natur. Ihr unterwerfen sie sich weiterhin. Davon ist Rilke beeindruckt. Modersohns Arbeitsweise schildert er im September 1900 in seinem Tagebuch:

»Er liebt, die Farben zu studieren an Pflanzen und Tieren. Gepreßte Blätter in ihrem Dunkel und Bleichwerden geben ihm ein Gefühl von dem, was die Buntheit überdauert, und er lernt an ihnen eine Tongamme, die ewiger ist als die lichten Übertöne des Sommers. Seine Farbigkeit bleibt feiner im Gefieder der toten Vögel wach. Im Atelier steht ein Glasschrank mit ausgestopften Vogelarten, – und alle, welche in der Worpsweder Landschaft sich finden, sind in der Sammlung vorhanden.«

Später wird Rilke in seiner Worpswede-Monographie schreiben:

»Und dann sah er gepreßten Pflanzen zu, wenn sie vertrockneten. An Stelle der frischen Farben traten welke, stumpfe, Farben der Erinnerung statt der Farben des Lebens. Rot dunkelte fast zu Schwarz, Blau verblich wie an der Sonne und alle Grüns nahmen eine bräunliche, dauerhafte Färbung an, die sich nicht mehr veränderte. Aber trotz dieses Wechsels ging die Harmonie nicht verloren. Jeder Ton schien vom anderen zu wissen, und nach dem Schwanken einiger Verwandlungen trat ein neues Gleichgewicht ein, ebenso eigenwillig, geheimnisvoll und reich wie die Melodie des Lebens war.«

Nicht die großen Ölbilder Modersohns sind es, die Rilke begeistern, sondern seine kleinen Kompositionsstudien. Er findet darin über die eigentümliche Worpsweder Landschaft mit ihren weiten Heideflächen, den langen Kanälen, den bizarren Bäumen und dem hohen Wolkenhimmel hinaus noch viel mehr. Sie enthalten etwas Atmosphärisches, etwas Unsagbares, von dem sich der Wortkünstler verführen läßt:

»Dies ist auf kleinen Blättern gerettet, welche M. abends zu Hause unter der Lampe mit Rötel und Kreide träumt. Diese Blättchen, jedes halb so groß wie diese Seite, geben dem Schauenden unendlich viel. Denn sie sind gebildet aus dem Überfluß dieser maßvollen Persönlichkeit und im Gegensatz zu den stark wirklichen Studien dunkel und visionär. Eine Diele in Dämmerung, ein Frühlingsmorgen im Felde, ein klarer Abend über dem Moor, eine Alte im Märchenwald (und schon sitzt ein großer, wichtiger Vogel auf einem Zweig) ... Alles das ist schon ganz in den kleinen Blättern enthalten; mit aller Ewigkeit dieser einfachen Eindrücke erfüllt, muten sie unendlich groß und unvergeßlich an. Und wo sich das einmal zufällig (Zufall im größeren Sinn gemeint) fügt, daß die Wirklichkeit und Tatsächlichkeit der Studien in einem Bilde zusammenkommt mit jenen Stimmungswerten, die auf den kleinen Blättern gerettet sind, da muß etwas sehr Großes Werk werden.«

Maler, Lehrer, große Männer

Rilke kann sich nicht satt sehen an den Beschwörungen des Phantastischen. Niemals hätte er erwartet, auf dem flachen norddeutschen Land mit seinen kühlen, wortkargen Bewohnern so viel Geheimnis zu finden. Er hat die Imaginationsfähigkeit und das Beschwörungstalent unterschätzt. Hier, wo er sich ausruhen wollte von der Vergangenheit, wo er dem Gewesenen nachspüren wollte, findet er eine Gegenwart, die ihn in ihren Bann zieht und nicht mehr losläßt.

In seiner Einschätzung der kleinen Kompositionsskizzen Modersohns findet er auch bei Paula Bestätigung. Sie wird 1903 an ihre Schwester Milly schreiben:

»Er hat sich an seinen kleinen gezeichneten Kompositionen wieder das rechte Gleichgewicht geträumt. Diese kleinen Blättchen bilden für mich das Schönste, Einfältigste, das Zarteste und Gewaltigste von Ottos Kunst. Sie sind der direkteste Ausdruck seines Gefühls. Die hat er sich angesehen, wieder und wieder angesehen, hat sie in drei verschiedene Größen eingeteilt und nun kleben wir sie mit Liebe und Sorgsamkeit auf. Wohl siebenhundert an der Zahl. Diese kleinen Dinger haben für mich so etwas Rührendes. Sie sind sein Schönstes, die meisten haben sie noch gar nicht gesehen, und die sie gesehen haben, von denen haben es die meisten noch gar nicht gemerkt.«

Kritiklos bewundert Rilke Modersohn und berichtet von einem Zusammensein in Hamburg anläßlich der Premiere eines Hauptmann-Dramas:

»Man sprach vieles durcheinander, und Modersohn erzählte: ›Es ist so schwer, Tieren eine Freude zu machen. Bei Spinnen mach ich das so: Ich nehme einer laufenden Spinne den Eiersack weg, mit dem sie sich schleppt. Da beginnt sie, ganz erregt und immer erregter hin und her zu laufen. Leise lege ich ihr den Eiersack (›Haben Sie ihr etwas hineingelegt?‹ – fragte ich) wieder in den Weg. Sie stutzt, hält, denkt: ›Da bin ich doch nie gewesen‹, dann aber, zitternd vor Freude, nimmt sie ihn auf, schultert ihn und läuft lächelnd davon. So ist in das freudlose Spinnendasein plötzlich ein neues, starkes Gefühl eingetreten, welches gewiß ungemein veredelnd auf den Charakter einer Spinne wirkt. Beitrag zur Erziehung der Spinne zur Lebensfreudigkeit. Mir wird unvergeßlich sein, wie Modersohn das erzählte, mit großen Augen, in denen man fast ablesen konnte, wie das Tier lief und stand, und die Bewegung der Hände, mit der er zeigte, wie die glückliche Spinne ihren Sack über die Schulter warf.«

Es ist erstaunlich, daß Rilke diese Begebenheit als Beweis für Otto Modersohns Sensibilität den Tieren gegenüber anführt und die Anmaßung, die in seinem Verhalten liegt, nicht wahrnimmt. Es ist nicht nur der Herrschaftsanspruch des Menschen gegenüber dem Tier, der hier ungebrochen zutage tritt, sondern darüber hinaus eine Form des kalten Beobachtens. Ähnlich einer Spinne, die entdeckt, wie sich ein Opfer in ihrem Netz verfängt, eine Zeitlang den aussichtslosen Kampf beobachtet, bevor sie zugreift, weidet sich Modersohn an der Konfusion der Spinne, genießt ihre zunehmende Verzweiflung, um sie irgenwann davon zu erlösen. Und das im Bewußtsein, dem Tier nun eine große Freude bereitet zu haben. Rilke schließt sich diesem gönnerhaften Überlegenheitsgefühl an, als er die Geschichte nacherzählt. Paula dürfte den Vorgang anders interpretiert haben, denn sie gibt sich selten mit oberflächlichen Beschreibungen zufrieden, sondern dringt tiefer ein. Sie vertraut auf ihre Menschenkenntnis, die sie nicht nur auf den Einfluß ihrer Mutter zurückführt. Ihrem Bruder Kurt schreibt sie im Juni 1899:

»Ich lerne, glaube ich, viel im Lesen, nämlich die Art Menschen anzusehen, was dann wieder zurück auf meine Kunst wirken wird.«

Wie hat sie Otto Modersohn wohl damals in Hamburg angesehen, als er sein Spinnenabenteuer zum besten gab?

Während Paula sich anfänglich kaum über Modersohn äußert und nur gesteht, daß er ihr Interesse geweckt hat, hält sie sich mit ihrer Einschätzung Mackensens nach ihrem ersten Aufenthalt in Worpswede im Juli 1897 nicht zurück. Sie bemerkt über den »Mann mit den goldenen Medaillen«:

Maler, Lehrer, große Männer

»Er malt Charakterbilder von Land und Leuten, je charakteristischer der Kopf, desto interessanter. Er versteht den Bauern durch und durch. Er kennt seine guten Seiten, er kennt ihn alle, er kennt auch seine Schwächen. Mir deucht, er könnte ihn nicht so gut verstehen, wäre er nicht selbst in kleinen Verhältnissen aufgewachsen. Es klingt hart von mir, grausam hart, es liegt ein großer Dünkel darin, und doch muß ich es sagen. Dies ›In kleinen Verhältnissen Aufgewachsensein‹ ... ist sein Fehler, für den er ja selbst nichts kann. Daß der Mensch es doch nie abschütteln kann, wenn er mit dem Groschen gekämpft hat, auch später nicht, wenn er im Wohlstand lebt, der edle Mensch wenigstens nicht.«

Hier kommt die etwas hochmütige Tochter aus »gutem Hause« zu Wort, die meint, all das genossen zu haben, was den einfachen Leuten abgeht. Sie beklagt das Fehlen von Großzügigkeit, einer Haltung, die wohl beim Kampf ums Überleben auf der Strecke geblieben ist. Der Mangel an Geld hat denjenigen, die an ihm leiden, die Flügel beschnitten, so daß sie am Boden bleiben, selbst dann, wenn sie hoch hinaus wollen. Bei Mackensen vermißt sie das Große, Unbefangene, das unabhängig Stürmende, »das Stück Prometheus«, und bedauert diesen Mangel. Trotzdem wird sie ein Jahr später seine Schülerin, die jedoch bald über seine Korrektur spottet:

»Mir soll die Natur größer werden als der Mensch. Klein soll ich mich fühlen vor ihr Großen. So will es Mackensen. Das ist das A und O seiner Korrektur. Inniges Nachbilden der Natur, das soll ich lernen. Ich lasse zuviel meinen eigenen kleinen Menschen in den Vordergrund treten.«

Was sie fasziniert und teilt, ist seine Begeisterung für die Kunst und seine Demut vor der Natur, die in krassem Widerspruch steht zu seiner Härte und Strenge gegenüber den Menschen. Seine Ergriffenheit berührt Paula, und sie setzt sich immer wieder mit Mackensens Kunstauffassungen auseinander. Im Januar 1899 schreibt sie:

»Mackensen sagt: Die Kraft ist das Allerschönste; am Anfang war die Kraft. Ich denke und erkenne es auch. Und doch wird in meiner Kunst die Kraft nicht Leitton sein. In mir fühle ich es wie ein leises Gewebe, ein Vibrieren, ein Flügelschlagen, ein zitterndes Ausruhen, ein Atemanhalten: wenn ich einst malen kann, werde ich das malen.«

Im Dezember 1902 zieht sie ein Fazit:

»Die Art, wie Mackensen die Leute hier auffaßt, ist mir nicht groß genug, zu genrehaft.«

Claras Verhältnis zu ihrem Lehrer Mackensen ist längst nicht so kompliziert. Nirgends erfährt man etwas über Diskussionen zu unterschiedlichen Kunstauffassungen. Clara füllt die Rolle der Schülerin viel eindeutiger aus als Paula, die das Kunstgespräch sucht und eigene Vorstellungen formuliert. Clara will etwas lernen. Deshalb ordnet sie sich dem erfahrenen Lehrer unter. Mackensen weiß ihre Aufmerksamkeit und ihren Fleiß zu schätzen. Er ermutigt und protegiert sie, mehr als sie es jemals erwartet hätte. Im Sommer 1899 schreibt Clara aus Worpswede an ihren Vater:

»Jedenfalls bin ich ihm ganz ungeheuer dankbar und kann das nicht genug betonen. Denn es ist allein Mackensens Verdienst, wenn ich es binnen einem Jahr dazu gebracht habe, daß ich vollständig weiß, was ich brauche und muß und will.«

Mackensen, der selbst plastische Arbeiten anfertigt, erkennt augenblicklich das Talent seiner Schülerin und will es fördern. Er setzt sich mit den Bildhauern Max Klinger und Carl Seffner in Verbindung und versucht, sie in deren Atelier unterzubringen, damit sie dort in Leipzig ihre Studien fortsetzen kann.

Clara ist tief bewegt und teilt es ihrem Vater im Juni 1899 mit:

»Und es ist wirklich rührend, wie er für mich sorgt. Erstens, daß ich bei Klinger ankomme – dann, daß er meine Büste ausstellt und den Leuten noch besonders zeigt und dann führt er doch jeden Menschen, der nach Worpswede kommt, in mein Atelier. Neulich erst wieder Konsul Susemiehl aus Bremen und jetzt Carl Hauptmann, den Bruder von Gerhart Hauptmann.«

Maler, Lehrer, große Männer

Clara empfindet es als großes Glück, zu Klinger nach Leipzig reisen und in seinem Atelier arbeiten zu dürfen, aber es ist ihr fast ein bißchen unheimlich, den berühmten Bildhauer kennenzulernen. Sie kann es kaum glauben, daß sie bald die Gelegenheit haben wird, ganz in seiner Nähe zu arbeiten. Sie fiebert der Abfahrt mit Spannung entgegen, denn sie hat außerdem gehört, daß Klinger ein strenger Lehrer sei und Frauen gegenüber von unerbittlicher Skepsis.

Damit ist er auch ein Kind seiner Zeit, das die vorherrschenden Vorurteile repräsentiert: Innerhalb der bildenden Kunst gesteht man den Frauen Ende des 19. Jahrhunderts gerade noch ein zeichnerisches oder malerisches Talent zu, spricht ihnen aber jede Begabung in der Bildhauerei oder Architektur ab. Gestalten, Konstruieren, Bauen sind Tätigkeiten, die eindeutig männlich konnotiert und Männern vorbehalten sind. Max Klinger gilt sogar als ausgesprochen konservativ in dieser Beziehung. Man sagt ihm eine feindliche Haltung gegenüber Bildhauerinnen nach, die er bloß als körperlich schwache Wesen ohne manuelle und physische, geschweige denn schöpferische Fähigkeiten betrachtet.

Clara berichtet ihren Eltern im Mai 1899:

»Klinger hat sich eine Personalbeschreibung machen lassen, von wegen der Marmorblöcke. Da hat Mackensen gesagt, ich wöge 160 Pfund, worauf Klinger sehr beruhigt gewesen sein soll.«

Trotz der Empfehlung Mackensens begegnet Klinger der Schülerin mit Mißtrauen. Als sie ihm ihre Pläne bezüglich der Bildhauerei vorstellt, schüttelt er sorgenvoll den Kopf und meint, er glaube nicht, daß sich das realisieren lasse. Clara gibt nicht auf, erzählt ihm von den Schwierigkeiten, die sie bisher schon überwunden habe. Sie weist ihn auf ihr Durchhaltevermögen hin. Klinger schaut auf ihre Hände und fragt, ob sie diese ruinieren wolle. So eine schöne junge Frau. Die könne doch etwas ganz anderes tun. Etwas Besseres. »Gibt es etwas Besseres?« fragt Clara schnell, freut sich über ihre Schlagfertigkeit und blickt den Meister fordernd an. Jetzt gibt er auf, kann die abweisende Haltung, zu der er sich gezwungen hat, nicht mehr länger aufrechterhalten. Mit dieser Hartnäckigkeit und diesem Durchsetzungswillen hat er nicht gerechnet. »Warten Sie bitte einen Augenblick.« Er geht in die kleine Kammer neben dem Atelierraum und kommt kurze Zeit später zurück – mit einem Stück Marmor. »Wir wollen sehen, ob Sie mir aus diesem feinen Stein eine Hand herausschlagen können.« Clara kann ihren Jubel kaum unterdrücken. Schnell reißt sie den Marmor an sich, lacht und ruft: »Ich werde die Hand aus dem Stein befreien.«

Sie wendet sich an Klingers Mitarbeiter Carl Seffner, läßt sich von ihm das Abgießen ihrer Hand zeigen.

»Und jetzt stehe ich in einem der unteren Räume von Klingers Atelier und punktiere meine in Gips abgegossene Hand aus dem Stein heraus; was gar keine leichte Arbeit ist. Klinger sagt, er habe mir den Block nur zum Abschrecken gegeben und wundert sich sehr über meine Konsequenz und Ausdauer, mit der ich mir die Hände zerschlage«, schreibt sie am 9. August 1899 aus Leipzig an die Eltern und zehn Tage später an Paula:

»Er hat mir ein Stück Marmor zur Verfügung gestellt und einen Raum bei ihm, da klopfe ich jetzt. Ich lerne das Übertragen in den Marmor mittels Punktiermaschine und auch das Ausführen. Ich habe meine Hand in Gips abgegossen und arbeite danach. Sie kommt in die eine Ecke des Marmors. Später modelliere ich ein Relief dafür. Ich finde es riesig nett, daß ich hier direkt für mich unter Anleitung Klingers eine Studie in Marmor mache, nachher weiß ich von allem Bescheid und kann allein weiterfinden. Das Studium auf diese Weise – ohne direkt Schülerin zu sein, macht sehr viel Freude.«

Clara arbeitet nun täglich in dem Nebenraum von Klingers großem Atelier an der marmornen Hand. Am letzten Tag ist sie so eifrig bei der Sache, daß sie Hunger und Müdigkeit vergißt. Sie will dem Meister beweisen, daß sie es ernst meint und daß ihre Entscheidung für die Bildhauerei keinesfalls die bloße Laune eines jungen Mädchens ist. Sie wird es ihm zeigen. Manchmal muß sie innehalten, den Gipsabdruck genau betrachten, bevor sie seine Form in den Stein meißelt. Die Arbeit am Stein ist irreversibel, endgültig. Sie erfordert höchste Aufmerksamkeit und Konzentration, eine ruhige entschiedene Hand und ein scharfes Auge. Noch eine Kontur verstärken, eine Linie ergänzen, dann ist das Werk vollendet. Vorher will sie sich eine kleine Pause gönnen. Für einen Moment die anstrengende Haltung aufgeben, sich hinlegen. Clara sinkt auf den Boden nieder und schläft sofort ein. Hier findet sie Klinger, als er spät abends den Raum betritt. Er weiß nicht, was ihn mehr beeindruckt, die marmorne Hand oder ihre eigenwillige Schöpferin, die bis zum Umfallen gearbeitet hat.

Von nun an darf Clara in Klingers Atelier arbeiten. Als Schülerin wird sie nicht angenommen – aus zeitlichen Gründen, heißt es. Klinger will sich nicht zur Lehre oder zur Korrektur verpflichten. Da Clara in den Briefen an den Vater aus dieser Zeit niemals um Geld für die Ausbildung bittet, ist anzunehmen, daß Klinger nichts von ihr verlangt hat. Das Honorar einer Privatschülerin wäre sehr hoch gewesen. An den bildhauerischen Projekten Klingers, an denen die Schüler üblicherweise mitarbeiten, ist sie nicht beteiligt. Trotzdem erweist sich Claras zweimonatiger Aufenthalt als produktiv. Carl Seffner bringt ihr verschiedene Gußverfahren bei, während sie bei Klinger die Bearbeitung des Steins lernt. Ende August fertigt sie das Relief eines Knaben an – heimlich, niemand hat davon gewußt. Klinger und Seffner sind aufrichtig begeistert, als sie ihnen das Tonmodell zeigt.

Sie erzählt ihren Eltern am 26. August 1899 in einem Brief von ihrer Präsentation:

»Nun habe ich unterdessen, nach einigen Modellschwierigkeiten – der Junge wollte erst nicht Akt stehen – ein Relief modelliert, nebenbei zu Hause. Seffner sagte, ich soll das Relief mit zu Klinger bringen. Gestern Abend um sieben Uhr war das Stelldichein. Beide Herren waren schon da, als ich kam und auf meine Anmeldung kamen sie sogleich herunter. Und da hat ihnen dann das Relief sehr gefallen. Nun habe ich aber, glaube ich, dadurch ihr ganzes Interesse erobert, denn sie waren alle beide ganz Feuer und Flamme, sagten, das Relief wäre reizend komponiert etc. Klinger hat mir gestern besonders nett die Hand gedrückt und mir gesagt, daß ich soviel Ausdauer und Geschick bewiesen hätte – ›Talent haben Sie, das ist keine Frage, aber lernen müssen Sie noch viel.‹ Und komponiert wäre das Ding reizend, ganz famos, und Stimmung hätte es. – Natürlich war dennoch vieles, was anders sein muß – aber das fehlte nur an der Zeichnung, an der Wiedergabe der Knochen und Gelenke – so einiges, was ich ja aber auf jeden Fall lerne – und schon gelernt habe.«

Im selben Brief teilt sie Mutter und Vater ihre Zukunftspläne mit:

»Mein Plan ist der, nach der Fertigstellung des Reliefs wieder nach Worpswede zu gehen, – aber vorher Klingers Interesse soweit zu wecken, daß er mir erlaubt, ihm von dort aus, immer mal was von meinen Sachen zu schicken oder auf irgendeine Art zu zeigen, um seinen Senf zu hören.«

Von ihrem Vorhaben, nach Worpswede zurückzukehren, ist Klinger jedoch alles andere als angetan, denn:

»Worpswede halte ich augenblicklich doch nicht so für angebracht – die Herren haben doch andere Interessen und Sie müssen was sehen, Kollegen haben und sich mal aussprechen können.«

Er empfiehlt ihr, eine Akademie zu besuchen und Kurse in Aktzeichnen und Anatomie zu belegen. Er weiß auch schon, wo: entweder in München an der Privatschule des ungarischen Malers Simon Hollósy oder in Paris an der Académie Julian. Clara entscheidet sich für Paris. Vor ihrer Abreise dorthin beteiligt sie sich im Dezember 1899 an der Deutschen Kunstausstellung in der Bremer Kunsthalle mit der Büste der »Alten«, ihrer ersten plastischen Arbeit, mit dem Relief eines Knaben, der bei Klinger und Seffner in Leipzig entstanden ist, und mit einer Büste Paula Beckers.

Arthur Fitger, der damals wichtigste Kunstkritiker Bremens, nennt sie ein ausgesprochenes Talent und lobt ihre Studien, läßt es sich aber nicht nehmen, die Ausstellungsberechtigung von Anfängern im allgemeinen und die von Anfängerinnen im besonderen in Frage zu stellen. In seinen Kritiken vom 13. und 20. Dezember 1899 in der »Weser-Zeitung«, in der er vor allem Paula Becker und Marie Bock in Grund und Boden stampft und ihre ausgestellten Werke mit großer Häme niedermacht, gibt er über Clara Westhoff zu bedenken:

»Die Künstlerin ist, wie wir hören, eine noch sehr junge Dame; dafür scheint uns ihre Kunst schon ein bißchen dreist. Dreistigkeit steht nur ganz kleinen Kinder wohl, hernach, und namentlich junge Mädchen, kleidet eine zarte Schüchternheit viel anmutiger, bis dann bei reiferen Jahren die kindliche Dreistigkeit als jugendliche Kühnheit wieder hervortreten und alle Herzen bezaubern mag.«

In Arthur Fitger konzentrieren und personifizieren sich alle Vorurteile, die man Künstlerinnen zu dieser Zeit entgegenbringt. Auffällig ist, daß es in seiner Kritik nicht nur um die Werke geht, sondern in erster Linie um das Auftreten der Schöpferinnen. Wenn sie sich schon zu diesem künstlerischen Beruf entschließen, dann sollten sie ihre weiblichen Verhaltensweisen nicht aufgeben. Das sind zum Beispiel Schüchternheit, Vorsicht und Zurückhaltung. Das Wartenkönnen auf die männliche Anerkennung beispielsweise wäre eine wünschenswerte Tugend. Aber wer hätte sich wohl je auf diese Weise durchgesetzt? Hätte Clara nicht beharrlich insistiert, hätte auch Klinger ihr keine Chance gegeben.

Es ist übrigens erstaunlich, daß Klinger, der als experimentierfreudiger Künstler gilt und beispielsweise Auguste Rodins Warnung vor dem Gebrauch von Farben in der Bildhauerei in den Wind geschlagen hat, gegenüber Frauen eine so konservative Haltung einnimmt. Während Rodin die Farbe in der Plastik als Tabuverletzung betrachtet und noch 1913 im Gespräch mit Henri Charles Etienne Dujardin-Baumetz darüber sagt: »Das ist ein Ausdruck, den ein Bildhauer nie gebrauchen sollte. In der Skulptur gibt es keine Flecken; da gibt es nur exakte Formen; die Natur selbst verteilt die Lichter«, schreibt Max Klinger in seinen kunsttheoretischen

Schriften, die 1895 unter dem Titel »Malerei und Zeichnung« erschienen sind:

»Die Farbe muß auch hier zu ihrem Recht kommen, muß gliedern, stimmen, sprechen. Und ganz mit Unrecht fürchtet man in dieser farbigen Plastik das Übergreifen des Realismus. Nichts verleitet mehr zum Zuviel, zur Übertreibung der Technik, als das schrille Weiß eines Materials. Durch künstliche Behandlung, durch Aufsuchen der einzelnen Zufälligkeiten im Gegenstand sucht der Bildhauer seinerseits zu einer Farbigkeit im einheitlichen Ton zu gelangen; meist auf Kosten seiner plastischen Empfindung.«

Seine künstlerischen Auffassungen korrespondieren übrigens stark mit denen, die Paula für sich formuliert hat. Weg von der Naturtümelei und Naturkünstelei, hin zur Struktur, die bestimmt wird durch die eigene Empfindung. Hin zum Wesentlichen. Darum geht es Paula. Sie findet es allerdings nicht in Worpswede, sondern – wie Clara – in Paris.

Den Bildhauer Max Klinger hat Paula schon früh persönlich kennengelernt. Es ist eine beeindruckende Begegnung für sie. 1897, als ihre Studienzeit in Berlin zu Ende geht, besucht sie, zusammen mit mehreren Tanten und einer Cousine, sein Atelier in Leipzig. Die Cousine weiß, wie man sich bei solchen Anlässen verhält. Die Tanten wissen es sowieso. Man betreibt Konversation mit dem berühmten Künstler. Einzig Paula hält sich zurück. Unsicher über ihr Äußeres und überhaupt eher schüchtern, läßt sie der elegant gekleideten Cousine den Vortritt. Sie selbst geht indessen unbeobachtet und wie traumwandlerisch durch das Atelier, öffnet sich ganz den Werken Klingers und setzt sich auf diese Weise ungestört mit ihnen auseinander. Ein intensives Erlebnis, das allerdings einen Moment später noch übertroffen wird. In ihrem Brief vom 1. Dezember 1900 aus Worpswede erzählt sie Rilke davon: »Nur als ich Klinger beim Gehen die Hand gab, blickte ich ihn an, den Mann mit der braunen Joppe und dem roten Bart. Und mit diesem Blick hatte ich das Gefühl, als lege ich meinen ganzen Menschen in seine Hände. Er hätte mit mir damals machen können, was er wollte. Und er blickte mit einem langen liebevollen Blick tief in mich hinein, so daß es drinnen zitterte.«

Rose und Schwan

Vielleicht ist das alle Gemeinsamkeit: in Begegnungen zu wachsen. Auf weitem Weg, dessen Ende keiner absehen konnte, kamen wir zu diesem Augenblick Ewigkeit. Erstaunt und schaudernd schauten wir uns an, wie zwei, die unvermutet vor dem Tor stehen, hinter dem schon Gott ist ...«, schreibt Rainer Maria Rilke am 15. September 1900 in sein Tagebuch. Er hat diese Erkenntnis zusammen mit Paula gewonnen. Vor allem die Begegnung mit ihr ist es, die ihn ganz gefangennimmt und gleichzeitig weiterbringt. Sein Vorhaben, in Worpswede seiner Vergangenheit nachzuspüren, kann er nicht mehr verwirklichen, es ist auch nicht mehr sein Bedürfnis, seit er die beiden »sehr schönen, schlanken Mädchen in Weiß« getroffen hat. Clara und Paula beanspruchen seine Aufmerksamkeit in der Gegenwart. Zunächst ist es die »blonde Malerin«, die ihn mit ihrer Helligkeit und Lebhaftigkeit anzieht. Mit ihr kann er reden und schweigen. Dann scheint es ihm, als ob nicht nur zwei Menschen innehielten, sondern die ganze Welt um sie herum. Eine große Ruhe breitet sich aus. Die braucht er, um seine Gedanken und Pläne zu ordnen. Er besucht Paula oft im »Lilienatelier«. So nennt er ihren Arbeitsraum bei Brünjes, den sie mit einem Gobelin geschmückt hat, der mit Lilien ornamentiert ist. Sie trinken zusammen Tee. Wenn er in seinem Tagebuch davon berichtet, formen sich seine Worte manchmal zum Gedicht.

»Zu solchen Stunden gehn wir also hin
und gehen jahrelang zu solchen Stunden;
auf einmal ist ein Horchender gefunden –
und alle Worte haben Sinn.

Dann kommt das Schweigen, das wir lang erwarten,
kommt wie die Nacht, von großen Sternen breit:
zwei Menschen wachsen wie im selben Garten,
und dieser Garten ist nicht in der Zeit.

Und wenn die beiden gleich darauf sich trennen,
beim ersten Wort ist jeder schon allein,
sie werden lächeln und sich kaum erkennen,
aber sie werden beide größer sein ...«

Im Gedicht vermag Rilke die Intensität seiner Gefühle zu kondensieren und damit zu konzentrieren. Eine Kunst, die er kultiviert und durch seinen eigenen Vortrag noch verstärkt. Er wächst an der Beziehung zu Paula. Wenn er ihr von seinen Eindrücken in dieser ihm bisher unbekannten schroffen Landschaft und von seiner Traurigkeit erzählt, fühlt er sich verstanden. Sie, die selbst so gern lacht, teilt seine Empfindungen und sein Ideal des künstlerischen Ernstes. Davon will er nicht abweichen, denn es bietet ihm einen Haltepunkt. Er hat dieses Ideal schon in seiner Jugend errichtet und über die Jahre hinübergerettet.

Rainer Maria Rilke wird am 4. Dezember 1875 in Prag geboren. Damals ist sein Rufname René. Sein Vater Josef Rilke ist Magazin-Chef bei der k. u. k. Turnau-Kralup-Eisenbahngesellschaft. Seine Mutter Phia entstammt einer großbürgerlichen Deutschprager Familie. René ist ein schwächliches Kind. Die Mutter ist ängstlich um ihn besorgt, denn sie hat schon eine schlimme Erfahrung hinter sich: Ein Jahr zuvor ist ihre Tochter wenige Tage nach der Geburt gestorben. Nun nimmt der Sohn ihre Stelle ein. Fünf Jahre lang wird er von der Mutter wie ein Mädchen behandelt, trägt zarte lange Kleider und spielt mit Puppen. Der Vater ist damit nicht einverstanden, kann sich aber gegen seine Frau nicht durchsetzen. Allerdings gelingt es ihm, den Sohn auch für das Spiel mit Zinnsoldaten zu begeistern. Schon früh lernt René das Rollenspiel, den Wechsel von einer Rolle in die andere, die Verkleidung. Mal ist er davon abgestoßen, mal genießt er es. Als Jugendlicher beginnt er, Gedichte zu schreiben und vorzutragen. Die Mutter hat ihn mit der Literatur vertraut gemacht. Als er neun Jahre alt ist, trennen sich die Eltern und lösen das Zuhause auf. Der Sohn wird in ein Internat gesteckt, besucht vier Jahre lang die Militärakademie von St. Pölten in Niederösterreich, die für ihn zu einem Synonym für die Hölle wird. Er leidet unter starken Gemütsschwankungen, wechselt zwischen Euphorie und Depression. Sie werden ihn sein Leben lang begleiten. Nach einem anschließenden Jahr in der Militäroberrealschule in Mährisch-Weißkirchen verläßt er 1891 endgültig die militärischen Ausbildungsstätten. Sein Entschluß, Schriftsteller zu werden, steht zwar fest, aber er sieht ein, daß er seine künstlerische Existenz durch einen Brotberuf absichern muß. All seine diesbezüglichen Versuche, wie der Besuch der Handelsakademie in Linz, scheitern früher oder später. Er nimmt Privatunterricht und holt 1895 sein Abitur in Prag nach. Ein Jahr zuvor ist sein erster Gedichtband, »Leben und Lieder«, erschienen. Rilke beginnt in Prag mit dem Studium der Kunstgeschichte, Literaturgeschichte und Philosophie und übersiedelt 1896 nach München. Dort lernt er im Mai 1897 als 21jähriger Student Lou Andreas-Salomé kennen. Eine Begegnung, die für ihn schicksalhaft wird. Die 15 Jahre ältere verheiratete Frau beeindruckt ihn zutiefst. Sie führt ein ungewöhnliches Leben in intellektueller und erotischer Freiheit. Sie reist, schreibt, studiert, sucht den Kontakt mit den Geistesgrößen ihrer Zeit, hat Liebhaber und besteht auf ihrer Unabhängigkeit. Auch Rilke wird ihr Geliebter und Reisebegleiter. Er zieht nach Berlin in ihre Nähe. Sie bestärkt Rilke in seiner schriftstellerischen Arbeit und fordert ihn auf, auf Reisen ein Tagebuch für sie zu verfassen. Nicht zuletzt deshalb scheinen Rilkes Tagebucheintragungen immer eine Ansprechpartnerin zu haben. Lou Andreas-Salomé wird seine leidenschaftliche und strenge Muse. 1899 reisen sie zusammen mit Lous Mann, dem Iranologen Friedrich Carl Andreas, nach Rußland, ein Jahr später ein weiteres Mal, diesmal nur zu zweit. Rußland wird für Rilke zur existentiellen Erfahrung. Er öffnet sich der Kultur des Landes, seiner Malerei, seiner Literatur. Er lernt Tolstoi kennen und ist überwältigt von den Eindrücken, die er auf dieser Reise sammelt. Sie führt allerdings auch zur Trennung von seiner Geliebten. Lou kann seinen Gefühlsüberschwang, der manchmal an Hysterie grenzt, nicht länger ertragen. Nach seiner Rückkehr bleibt Rilke nur einen Tag in Berlin und folgt dann gleich der Einladung Heinrich Vogelers, ihn in seinem Barkenhoff zu besuchen. Worpswede wird für Rilke zum Fluchtort, an dem er sein bisheriges Leben Revue passieren lassen will. Er ist froh, an einen abgelegenen Ort zu reisen, von dem er sich nichts als Einkehr und Ruhe erwartet. Aber es kommt anders, als er gedacht hat. Er lernt die dort ansässige Künstlergruppe kennen, darunter die beiden »Mädchen in Weiß«. Die »blonde Malerin« geht ihm nicht mehr aus dem Kopf. Er sucht so oft wie möglich ihre Nähe und scheint anfangs nicht zu wissen, was mit ihm geschieht, wenn er sie in den Abendstunden in ihrem Atelier besucht. Die Welt um ihn herum verändert sich.

»Die roten Rosen waren nie so rot
als an dem Abend, der umregnet war.
Ich dachte lange an dein sanftes Haar ...
Die roten Rosen waren nie so rot.

Es dunkelten die Büsche nie so grün
als an dem Abend in der Regenzeit.
Ich dachte lange an dein weiches Kleid ...
Es dunkelten die Büsche nie so grün.

Die Birkenstämme standen nie so weiß
als an dem Abend, der mit Regen sank;
und deine Hände sah ich schön und schlank ...
Die Birkenstämme standen nie so weiß.

Die Wasser spiegelten ein schwarzes Land
an jenem Abend, den ich regnen fand;
so hab ich mich in deinem Aug erkannt ...
Die Wasser spiegelten ein schwarzes Land.«

Das Gespräch mit der »blonden Malerin« hat einen starken Nachhall erzeugt und dem Dichter eine ganz neue Sichtweise eröffnet. Er nimmt die Farben seiner Umgebung wahr. Das hat er seiner Gesprächspartnerin zu verdanken. Rilke hat gleich erkannt, daß er von ihr Dinge lernen kann, denen er bisher ignorant oder unbeholfen gegenüberstand. »Wieviel lerne ich im Schauen dieser beiden Mädchen, besonders der blonden Malerin, die so braune schauende Augen hat!« schreibt er in sein Tagebuch.

Die Malerei, die bildende Kunst überhaupt hatte ihn schon in Rußland in ihren Bann gezogen. Hier in Worpswede entwickelt sich sein Interesse weiter und wird durch seine Lehrerin Paula vertieft. Ihre Ausführungen werden durch die Farben der Landschaft gleichsam illustriert und vertieft. Rilke staunt darüber, daß die Farben auch am Abend, nachdem die Sonne untergegangen ist, ihre Strahlkraft und Intensität behalten, obwohl sie von keiner äußeren Lichtquelle beleuchtet werden. Für das Zunehmen ihrer Stärke benutzt er allerdings das Wort eines Dichters: Er beobachtet das »Lauterwerden« der Farben. Paula erklärt ihm das Verhältnis der hier ansässigen Maler zu diesem Phänomen. Rilke läßt sich von ihr zum Betrachten der Landschaft mit Maleraugen verführen: Die Farben rot, grün, weiß, schwarz dienen ihm nunmehr als Ausdrucksmittel für die Stimmung, die er nach einem Abend mit Paula empfindet. Mit Hilfe der Farben gelingt es ihm, die Dimensionen seines Empfindens zu beschreiben: die Frische, die Unschuld, die Tiefe und die Liebe.

Es tut ihm gut, so zu fühlen, und er versucht, so oft wie möglich mit der »blonden Malerin« zusammenzutreffen.

Als er am 16. September 1900 von einem Nachmittag mit ihr heimkommt, sinnt er in seinem Tagebuch nach:

»Dann war ich im Lilienatelier. Tee erwartete mich. Eine gute und reiche Gemeinsamkeit in Gespräch und Schweigen. Es wurde wundersam Abend; wovon die Worte gingen: von Tolstoi, vom Tode, von Georges Rodenbach und Hauptmanns ›Friedensfest‹, vom Leben und von der Schönheit in allem Erleben, vom Sterbenkönnen und Sterbenwollen, von der Ewigkeit und warum wir uns Ewigem verwandt fühlen. Von so vielem, was über die Stunde hinausreicht und über uns. Alles wurde geheimnisvoll. Die Uhr schlug eine viel zu große Stunde und ging ganz laut zwischen unseren Gesprächen umher. – Ihr Haar war von florentinischem Golde. Ihre Stimme hatte Falten wie Seide. Ich sah sie nie so zart und schlank in ihrer weißen Mädchenhaftigkeit. Ein großer Schatten ging durch die Stube ... erst über mich, den Redenden, über meine wandernden Worte, dann über ihre helle Gestalt und über die glänzenden Dinge alle. Wir schauten nach den westlichen Fenstern hin. Aber es war niemand nah vorbeigegangen. – Gleich darauf ging ich von dem blonden Mädchen, das mit warmen Wangen und stillen Augen am Tische sitzen geblieben war, hinaus in den blonden Abend, der von wundersamer Weite und Klarheit war.«

Paula und Rilke sind sich sehr ähnlich in ihren existentiellen Fragestellungen zu Leben und Tod und in ihrem Ringen um die Kunst. Zwischen ihnen herrscht ein Gleichklang, der an diesem Abend zu einer Vereinigung ihrer Wahrnehmungen führt: Sie haben dieselbe Vision. Hat Rilke Paulas Empfindungen aufgenommen oder umgekehrt? Es ist nicht mehr zu rekonstruieren, Geben und Nehmen verschmelzen miteinander. Jeder ist Medium. Eine neue Erfahrung für den Dichter, der in seinen bisherigen Beziehungen eindeutige Rollenverteilungen kennengelernt hat. Lou war seine Lehrerin, die ihm Aufgaben erteilte wie das Tagebuchschreiben, über deren Ausführung wachte und gefürchtete Urteile sprach. Sie hatte Erfahrung im Umgang mit Genies – eine kräfteraubende Beziehung zu Nietzsche lag hinter ihr – und sich daher eine gewisse Klarheit und Strenge angewöhnt. Rilke will sich nach der Trennung von Lou jedoch nicht so schnell wieder auf einen einzigen Menschen einlassen. Er fühlt sich zwar zu Paula hingezogen und ihr nah, fürchtet aber gleichzeitig, daß sie ihm *zu* nahe kommen könnte. Allmählich lockert sich ihre Zweisamkeit und öffnet sich anderen.

An einem Sonntag im September 1900 gibt es eine Abendgesellschaft in Fritz Overbecks Haus. Um zwei Uhr nachts klingt das Beisammensein aus, Rilke geht ein Stück mit Clara, die ihr Fahrrad die ganze Strecke lang schiebt. Als sie an Vogelers Haus, wo Rilke zu dieser Zeit wohnt, ankommen, macht er keine Anstalten, sich von ihr zu verabschieden, sondern begleitet sie heim ins Nachbardorf Westerwede, wo sie seit ihrer Rückkehr aus Paris lebt. Die »dunkle Schwester« hat es geschafft, sein Interesse zu erwecken.

Ende September 1900 beschließen Clara, Paula und ihre Schwester Milly, Marie Bock, Rilke, Modersohn, Heinrich Vogeler und sein Bruder Franz, sich in Hamburg die Uraufführung von Carl Hauptmanns Schauspiel »Ephraims Breite« anzuschauen. Sie verabreden sich vor der Vorstellung im Café de l'Europe. Rilke berichtet, wie er am Samstagnachmittag zusammen mit Paula in der Kutsche nach Bremen fährt, um dort die Eisenbahn nach Hamburg zu nehmen. Die Kutsche ist geschmückt mit Blumen: roten Georginen, riesigen Sonnenblumen und Levkojen. Rilke und Paula sitzen sich gegenüber. Sie sprechen über das Stück, das sie erwartet. Carl Hauptmann hat bereits daraus vorgelesen. Rilke kritisiert ein weiteres Mal die Unfähigkeit des Kollegen, zu schweigen, wenn es angemessen ist. »Es ist eine Kunst, in der Sie Meisterin sind«, erklärt er Paula bewundernd und nimmt ihre Hand. Bevor diese etwas erwidern kann, wird ihr Blick abgelenkt durch eine Bewegung außerhalb der Kutsche. »Clara!« Paula entdeckt die Freundin, die auf ihrem Fahrrad neben der Kutsche herrast und versucht, den Kutscher zum

Rose und Schwan

Halten zu bringen. Endlich hat er verstanden und hält an. Clara springt vom Rad, ihre Augen blicken dunkel und fast ein wenig drohend, ihr Mund zittert. Es dauert eine Weile, bis sie spricht. Sie reicht Rilke einen Heidekranz mit den Worten:

»Den sollten Sie eigentlich haben für gestern ...« Ohne Paula anzuschauen, besteigt sie ihr Fahrrad und fährt wieder davon. Rilke winkt ihr nach, aber Clara dreht sich nicht um. Er schreibt in sein Tagebuch:

»So fuhr ich mit Clara Westhoffs großem Heidekranz und mir gegenüber saß die blonde Malerin mit einem wundervollen Pariser Hut (leichtes schwarzes Stroh mit ziemlich hoher geschweifter Kopfform und breiter, groß geschwungener Krempe, auf welcher dunkelrote, etwas müde Rosen, ohne Betonung, wie eben von einsamer Hand fortgelegt, ruhten). In ihren frohen braunen Augen sah ich viel von dem bewegten wandernden Land, welchem ich den Rücken zugekehrt hatte, und auch dieses Gefühl, welches sie mit diesem Lande verband, schenkte mir ihr offener Blick. Gerade bei der blonden Malerin empfinde ich wieder, wie ihre Augen, deren dunkler Kern so glatt und hart war, sich entfalten, wie sie, gleich gefüllten Rosen, im Aufgehen weich und warm werden und sanfte Schatten halten und zarte Lichter wie auf dem Bug und der Brust von kleinen sich zurücklehnenden Blätterschalen. – Also diesen Augen gegenüber saß ich in der rotsamtenen Landkalesche und trug den großen Heidekranz Claras. Um die Biegung der ins Rund gezwungenen Äste spielte noch die einfache fromme Kraft ihrer Bildhauerhände. Und so genoß ich die Stärke des einen Mädchens mit meinen hochgehaltenen Händen, und aus dem lieben Gesichte der anderen kam mir etwas Mildes und zu aller Demut Mutiges zu.«

Clara hat es geschafft. Sie hat dramatische Mittel eingesetzt und damit Erfolg gehabt: Der Dichter hat sie wahrgenommen. Paula steht nicht mehr allein im Mittelpunkt seines Interesses. Er beginnt nun, seine Aufmerksamkeit auf beide Frauen zu verteilen. Dabei schiebt sich die dunkle Bildhauerin immer stärker in den Vordergrund. Hinter ihr scheint alles nach und nach zu verschwinden, die Menschen werden zu Statisten, die Landschaft gerät zur bloßen Kulisse für Claras Auftritt. Am 1. Oktober 1900 schreibt er einige Verse, in denen er den seidengrauen Sonntag und das weiche Land als Hintergrund für eine Frau im grünen Kleid bezeichnet. Dann erzählt er von einer Zusammenkunft der Freunde:

»Sehr dunkel und stumpf stand die Heide da, sanft wie japanische Seide das schüttere Gras, metallisch rot das gemähte Buchweizenfeld, dunkel und schwer das umgeackerte Land. Breit war der Wind. Und vor alle Farben stellten sich die hellen Kleider und die weißen Bewegungen der Mädchen, und einmal stand Clara Westhoffs licht schilfgrüne Schlankheit vor Landschaft und umgeben von grau dämmernder Luft, so unsagbar rein und groß, daß wir alle vereinsamten und jeder ganz ergriffen war und hingegeben an reines Schauen. Ich konnte mich kaum mehr zu den anderen zurückfinden, so sehr hatte mich dieser Eindruck aus allen Zusammenhängen gehoben, hatte mich von den Menschen fort unter die Dinge gestellt, die einander stumm erdulden. Seit das mir begegnete, ging ich weit hinter den anderen her, die (bis auf Mackensen) mein Alleinsein unterstützten; und hinter den anderen zurückbleibend, empfand ich sie immer bildhafter, schöner und landschaftlicher.«

Claras Anblick läßt den Dichter zum reinen Betrachter werden, der sich herausnimmt aus der Szene. Den Spaziergang der Freunde empfindet er als Prozession. Eine Menschenschlange bewegt sich durch das Land. Sie gehen jeweils zu zweit nebeneinander her, vertieft ins Gespräch, die anderen vor und hinter sich nicht beachtend. Sie steigen Hügel hinauf und durchqueren die Ebene. Rilke fühlt sich an alte Devotionalienbilder erinnert, auf denen lustwandelnde Menschengruppen den Hintergrund bilden. Er ahnt, daß es irgendwo eine Hauptfigur gibt, für die die Freunde und er selbst das Beiwerk bilden. Aber wo ist sie? Und wer ist sie?

Rilke ist auf dem Weg zu einer neuen Identität. Nachdem er die Rolle des gelehrigen Schülers, die ihm Lou Andreas-

Salomé zugedacht hatte und die er zunächst auch in Worpswede weiterspielte, aufgegeben hat, entscheidet er sich nun für eine neue Existenzform. Die Rollensuche ist vorerst beendet. Der Sänger betritt die Bühne.

Nach dem Hamburg-Ausflug am 3. Oktober 1900 schreibt Rilke ein langes Gedicht, das er Paula widmet und ihr noch am selben Abend in ihr »Lilienatelier« bringt. Er gesteht ihr, daß es gar nicht vorhanden sei, wenn sie es nicht besitze. Es heißt darin:

>»Du blasses Kind, an jedem Abend soll
>der Sänger dunkel stehn bei deinen Dingen
>und soll Dir Sagen, die im Blute klingen,
>über die Brücke seiner Stimme bringen
>und eine Harfe, seiner Hände voll.
>
>Vergangenheiten sind in dich gepflanzt,
>um sich aus dir wie Gärten zu erheben.
>Du blasses Kind, du machst den Sänger reich
>mit deinem Schicksal, das sich singen läßt:
>so spiegelt sich ein großes Gartenfest
>mit vielen Lichtern im erstaunten Teich.
>Im dunklen Dichter wiederholt sich still
>ein jedes Ding, ein Stern, ein Haus, ein Wald;
>und viele Dinge, die er feiern will,
>umstehen deine rührende Gestalt.«

In der Rolle des Sängers, so wie Rilke sie versteht, ist es nicht notwendig, sich für eine Frau zu entscheiden. Er singt für alle und findet in allen das Weibliche schlechthin, *die* Frau, die er immer wieder aufs neue preist. Naturgemäß hat der Sänger viele weibliche Fans. Für sie ist es wichtig, daß er nicht an eine Frau gebunden ist, sondern Projektionsfläche für ihre Wünsche und Träume bleibt. Hier wird seine Entschlußlosigkeit also nicht kritisiert, sondern im Gegenteil belohnt. Wirft man einen Blick in die Zukunft, stellt man fest, daß Rilke diese Rolle sein Leben lang beibehalten wird. Er scheint sich auf einer permanenten, nie enden wollenden Tournee von Schloß zu Schloß zu befinden und sich durch immer neue Varianten des Weiblichen zu stimulieren. Nach einer gewissen Zeit verliert er das Interesse an seiner jeweiligen Gastgeberin. Eine neue Muse muß her, auf die er seine Liebe zum weiblichen Geschlecht konzentrieren kann: Er kann nur Dichter sein, wenn er ein Gegenüber weiß, das ihm zuhört. Er kann nur überleben, wenn er liebt und schreibt. Diese Tatsache verurteilt ihn zur lebenslänglichen Tournee, im Sinne von Leonard Cohens Satz »But love's the only engine of survival«.

Rilke wechselt die Aufenthaltsorte und damit das Publikum. Mit seinen Geliebten und Mäzeninnen bleibt er verbunden. Die Fans sollen ihren Star weiterhin lieben, die Beziehung soll sich wandeln, aber nicht abbrechen. Er wird keiner gehören, er wird alle verlassen, doch er wird keine vergessen. Und er will nicht vergessen werden, deshalb schenkt er ihnen seine Verse:

»Lösch mir die Augen aus: ich kann dich sehn,
wirf mir die Ohren zu: ich kann dich hören,
und ohne Füße kann ich zu dir gehn,
und ohne Mund noch kann ich dich beschwören.«

So heißt es in einem an Lou Andreas-Salomé gerichtetes Gedicht, das im »Stundenbuch« enthalten ist. Es erinnert an Leonard Cohens Lied »If it Be Your Will« aus dem Album »Various Positions«:

»If it be your will
That I speak no more
And my voice be still
As it was before
I will speak no more
I shall abide until
I am spoken for
If it be your will«

Rose und Schwan

Auch Cohen wandert auf dem Grat zwischen großer Emotion und Kitsch. Hier trifft er Rilke. Zwei Minnesänger, die Raum und Zeit überwinden. Während Rilke seine Gedichte singt, spricht Cohen seine Lieder. Das Gefühl, das dabei beschworen wird, überdauert die Zeit und ist unabhängig von ihr, wie der Erfolg der aktuellen CD »Rilke Projekt – Bis an alle Sterne« zeigt. Rilkes Texte, rezitiert von namhaften Schauspielern wie Otto Sander oder aktuellen Stars der Musikszene wie Xavier Naidoo, scheinen immer zu funktionieren, um Empfindungen auszudrücken, für die man schon lange vergeblich nach Worten gesucht hat.

Eine Metapher, die sich durch Rilkes dichterisches Werk zieht, ist die der Rose, doch er greift nicht nur in seiner Dichtung auf die von ihm so sehr verehrten Blumen zurück, sondern auch im Leben. Über die Hamburg-Reise, die er mit seinen Worpsweder Freunden gemacht hat, schreibt er beispielsweise: »Wir waren nie ohne Rosen in diesen Tagen.« Im Laufe seines Lebens wird er Freundinnen und Geliebten immer wieder Rosen schicken, manchmal per Expreß oder als »Muster ohne Werth«. In Hamburg überbringt er sie selbst:

»Am Morgen nach der Hauptmann-Premiere trug ich den Mädchen viele rote Rosen zu, und sie tranken fast alle aus an diesem städtischen Tage, der sehr rasch verging. Auf einem hohen, vierspännigen Gesellschaftswagen machten wir eine Rundfahrt durch Hamburg, an die sich eine Fahrt durch den Hafen anschloß. Jeder von uns hatte eine von meinen Rosen, an denen wir uns wiedererkannten, wenn einer von uns sich in seinem Nachsinnen verloren hatte. Ich erfand mir eine neue Zärtlichkeit: Eine Rose leise auf das geschlossene Auge zu legen, bis sie mit ihrer Kühle kaum mehr fühlbar ist und nur die Sanftmut ihres Blattes noch über dem Lid ruht wie Schlaf vor Sonnenaufgang.«

Zur Metapher der Rose gesellen sich andere – es sind bei den Minnesängern zu allen Zeiten die gleichen: Hände und Schwäne kommen immer wieder vor, nicht nur besungen in

Gedichten und Liedern, sondern auch gemalt und gezeichnet in Bildern und Vignetten. Bei Heinrich Vogeler, dem »Meister Frauenlob«, wie ihn Paula einmal genannt hat, hat der Code der romantischen Symbole seinen festen Platz. Und in Leonard Cohens Song »The Traitor« heißt es:
»Now the swan, it floated on the English river.
Ah, the rose of high Romance, it opened wide.«
Die Rosenmetapher verliert bei Rilke bis zu seinem Tod nicht an Bedeutung.

Kurz bevor er am 29. Dezember 1926 an Leukämie stirbt, vertraut er seinen Freunden an, der Dorn einer Rose habe ihm den tödlichen Stich versetzt. Oscar Wildes Märchen »Die Nachtigall und die Rose« wird ins Leben hineingeholt. Der Dichter hat sich mit seiner Lieblingsmetapher vereinigt wie Cohen in seinem Lied:
»But the rose I sickened with a scarlet fever,
And the swan I tempted with a sense of shame.«

Ein Schwan ist es, der Clara und Rilke während der Hamburg-Reise eine Botschaft überbringt. Am Tag der Hauptmann-Premiere gehen die beiden an der Alster spazieren. Es kommt ihnen seltsam vor, eben noch im Stadtgewühl gesteckt zu haben und nach wenigen Schritten vor einer weiten Wasserfläche zu stehen, in der sich die Lampen, die sie umrahmen, golden spiegeln. Plötzlich erscheint auf dem dunklen Wasser wie aus dem Nichts ein majestätischer Schwan. Er gleitet geradewegs auf sie zu, nähert sich unaufhaltsam dem Ufer, ohne Körperbewegung, nur die leichten Wellen heben und senken ihn, so daß der Eindruck entsteht, er verneige sich. Als er ganz nah ist, hebt er den Kopf und sieht zu dem Paar auf. Claras Augen sind dem weißen Tier durch das schwarze Wasser wie hypnotisiert gefolgt. Jetzt schaut sie Rilke an, dann wieder den Schwan und sagt leise: »Es ist so, als ob er etwas sagen will.« Und Rilke ergänzt: »Ja, es bedeutet etwas. Wir dürfen es nicht vergessen. Es ist ein Rätsel wie im Märchen. Eines Tages werden wir die Auflösung kennen.«

Rose und Schwan

Am 5. November 1900 schreibt Rilke ein langes Gedicht an Clara, das mit den Strophen beginnt:

»Erinnern Sie sich jenes schönen Schwanes?
Aufeinmal wurde Nacht und Alster weit:
Und er verhieß uns viel Nochnichtgetanes,
sein zu uns steigendes Gefühl (wir sahn es)
ermunterte uns zur Gemeinsamkeit.

Und diese Stunde, da wir unbewegt
und tief und still und Vieles wissend waren,
hat leisen Keimes Kraft in uns gelegt.
Und wenn es blühen wird, vielleicht nach Jahren,
komm ich zu dem gemeinsam schönen Tag,
zu dieser Stunde köstlichem Ertrag
mit allem was ich habe hingefahren –
an welchen Wassern ich auch wohnen mag.«

Als er dieses Gedicht an Clara schickt, hält er sich schon seit einem Monat wieder in Berlin auf. Hat er kurz nach dem Besuch in Hamburg am 27. September 1900 noch in sein Tagebuch geschrieben: »Da entschloß ich mich, in Worpswede zu bleiben«, so reist er eine Woche später, am 5. Oktober, im Morgengrauen ab, ohne Ankündigung und Abschied. Paula hinterläßt er einen Brief und sein Skizzenbuch mit der Bitte, es für ihn aufzubewahren. Es enthalte die Verse, die ihm die liebsten seien. Seinen überstürzten Aufbruch begründet er nicht, sondern erwähnt nur vage eine anstehende Rußlandreise und die voraussichtliche Zusammenarbeit mit einigen Russen. All das wirkt nicht sehr plausibel. Jedenfalls, so schreibt er, hätten sich seine Pläne geändert. Er müsse früh in Berlin sein, schon morgens um 5 Uhr losfahren und habe daher keine Zeit, sich zu verabschieden.

Ausführlicher schreibt er erst am 18. Oktober 1900 an Clara. Anknüpfend an ein Gespräch mit ihr erklärt er, er sei schon an wichtige Dinge gebunden gewesen, bevor er nach Worpswede kam, und habe dort unerwartet eine Heimat gefunden. Darin habe er eine Chance für sich selbst gesehen. Er erinnert an die gemeinsamen Gespräche, Ausflüge, Feiern, in denen er sich den neuen Freunden sehr nahe gefühlt habe. Diese Nähe habe ihn auf der anderen Seite aber entfernt von seinem eigentlichen Auftrag. Nach der Hamburg-Reise sei er endlich erwacht und habe erkannt, daß er für das Leben in Worpswede noch nicht reif sei, obwohl all seine Sehnsucht dorthin weise. Aber bevor man sich in den wohligen Zustand aus Behagen und Vergnügen fallen lassen dürfe, müsse man seine Arbeit tun.

Rilkes Begründung der Abreise aus seinem Arbeitsethos heraus, der Begriffe wie Genuß und Entspannung nicht vorsieht, überzeugt nicht und erklärt vor allem nicht seine überhastete Flucht. Schließlich hatte er sich in Worpswede bereits ein Haus gemietet, in dem er die nächste Zeit wohnen wollte.

Es muß Lou Andreas-Salomé gewesen sein, die ihn zunächst leise und dann immer eindringlicher gemahnt hat, seine eigentliche Bestimmung nicht ganz aus den Augen zu verlieren. Wahrscheinlich hat sie klarer als er gesehen, daß er sich in komplizierte Beziehungen zu den beiden »Mädchen in Weiß« zu verstricken drohte. Die Muse ermuntert den Dichter, an seinen Schreibtisch zurückzukehren. Sie verlangt es von ihm im Namen der Kunst.

In Worpswede vermißt man ihn und schreibt Briefe, wie Paula am 25. Oktober 1900:

»Wir warten auf Sie in der Dämmerstunde, mein kleines Zimmer und ich und auf dem roten Tische stehen herbstliche Reseden und die Uhr tickt auch nicht mehr. Aber Sie kommen nicht. Wir sind traurig. Und dann sind wir wieder dankbar und froh, daß Sie überhaupt sind. Dieses Bewußtsein ist schön. Clara Westhoff und ich, wir sprachen neulich darüber, daß sie eine lebendig gewordene Idee von uns seien, ein erfüllter Wunsch.«

Drei Wochen später, am 12. November 1900, hält sie es für nötig, ihm etwas mitzuteilen, was bisher noch nicht ausgesprochen wurde: ihre Gefühle für Otto Modersohn.

»Und dies ist alles, alles Nebensache und kleiner Kram und Sachen, womit man die Zeit totschlägt. Das Eine für mich, das Ganze, das Große, das Feststehende für mich ist meine Liebe zu Otto Modersohn und seine Liebe zu mir. Und die ist was Wundervolles und segnet mich und überströmt mich und singet und geiget um mich und in mir. Und ich hole tief, tief Atem und gehe dahin wie im Traum. Sie wissen davon, nicht wahr. Es ist schon lange; schon vor Hamburg. Ich habe Ihnen nicht davon gesprochen. Ich dachte, Sie wüßten. Sie wissen ja immer und das ist so schön. Und heute mußte ich Ihnen es fromm in die Hände legen, auf daß Sie Pathe stehen. Denn Ihre Hände bringen gutes. Und Sie lieben die Blumen. Sie sind ja auch so schön. Und sie machen uns besser.«

Hat sie damals wirklich angenommen, daß Rilke davon wußte? »Sie wissen ja immer ...« – Hat sie nicht erkannt, daß seine übergroße Sensibilität meist nicht über sich und die Kunst hinausreichte? Paula und Rilke haben intensive Momente miteinander erlebt. Zwischen ihnen ist etwas entstanden. Das müssen ihr seine Verse gezeigt haben. Sie hat nichts unternommen, um ihn in seiner Zuwendung zu bremsen. Sie hat die Nähe zu Rilke gesucht vor dem Hintergrund ihrer Liebe zu Otto Modersohn. Der ist zu diesem Zeitpunkt Vater, Witwer und schon ein etablierter Künstler und bedeutet für sie Ruhe und Sicherheit, während Rilke noch auf dem Weg ist zum anerkannten Dichter, ein Unruhiger, Suchender – so wie sie. Sie muß die Verwandtschaft gespürt haben, aber ihr Ideal war zu keiner Zeit die Beschränkung der Gefühle auf nur einen Menschen, einen Mann, der ihr alles sein sollte und dem sie folglich auch alles sein mußte. Also gibt es für sie lange Zeit nichts zu enthüllen. Erst nachdem Rilke mit seiner überstürzten Abreise eine neue Realität geschaffen hat, entschließt sich Paula, ihm von ihrer eigenen zu schreiben. Es ist erstaunlich, daß sie es ihm nicht während der gemeinsamen Worpsweder Tage gesagt hat; Gelegenheiten hätte es genug gegeben. Es hat sicher nicht nur an Rilkes Egozentrik gelegen. Vielleicht hat sie selbst noch nicht genau gewußt, wohin ihre Gefühle sie tragen würden. Erst als der

Dichter fort ist, trifft sie die Entscheidung, sich zu Modersohn zu bekennen und Rilke aufzuklären.

Rilke antwortet ihr am 14. November 1900 geradezu postwendend mit einem Gedicht, das den Titel »Brautsegen« trägt. Es ist ihm befremdlich, als junger Mensch zu segnen. Dennoch ist es sein Wunsch. Die Hände sind die Protagonisten dieses Gedichts. Er möchte seine Hände ausruhen lassen in ihren. Er bittet sie, ein gutes Angesicht zu diesen Händen zu finden und gesteht schließlich:

»Denn sehn Sie, meine Hände sind viel mehr
als ich, in dieser Stunde da ich segne.
Da ich sie aufhob, waren beide leer,
und da ich mich mit einer Angst, die lähmte,
für meine leichten, leeren Hände schämte,
da, hart vor Ihnen, legte irgendwer
so schöne Dinge in die armen Schalen,
daß sie mir fast zu schwer
geworden sind und fast zu sehr
mit großem Glanze überladen, – strahlen.«

Die Hände des Dichters sind leer. Die Hand, die er gehalten hatte, ist ihm entglitten. Die »blonde Malerin« hat sie ihm entzogen und einem anderen versprochen. Der Dichter verharrt jedoch nicht lange in der Haltung des Verlassenen. Er weiß, daß er sich nun vom gefährlichen Terrain des Lebens in das sichere der Kunst begeben muß. Darin gibt es für ihn keinen Mangel und keine Leere. Nie wird der Dichter arm an Worten sein. Er hat sogar dann ein Ausdrucksmittel zur Verfügung, wenn es ihm im Leben an allem zu mangeln scheint. Er ist in der Lage, seinen Schmerz zu artikulieren. Goethe nennt es die »Disproportion des Talents mit dem Leben« und läßt seine Dichterfigur Torquato Tasso sagen:

»Und wenn der Mensch in seiner Qual verstummt,
Gab mir ein Gott, zu sagen, wie ich leide.«

Rilke will den Ursprung seiner Gabe nicht genau benennen und läßt sie verhüllt im Vagen. Wichtig ist, daß sie ihm zur rechten Zeit zur Verfügung steht und er der Freundin seinen Segen schenken kann:

> »So nehmen Sie, was mir ein Überreicher
> im letzten Augenblick verhüllt verlieh, –
> er kleidete mich, daß ich wie ein Gleicher
> bei Bäumen bin: die Winde werden weicher
> und rauschen in mir, und ich segne Sie.«

Wächter der Einsamkeit

Draußen leben wir eine stille Gemeinde: Vogeler und seine kleine Braut, Otto Modersohn und ich, und Clara Westhoff. Wir nennen uns: die Familie. Wir sind immer Sonntags beieinander und freuen uns aneinander, und teilen viel miteinander. So mein ganzes Leben zu leben ist wunderbar.«

Das schreibt Paula am vorletzten Tag des Jahres 1900 an ihre Tante Marie Hill. Paula ist froh über ihre neue »Familie« in Worpswede. In Martha Schröder, Heinrich Vogelers Braut, sieht sie eine kleine Schwester. Sie genießt die liebevolle Atmosphäre, die das Paar umgibt. Weil die junge Frau gar so zart und blumenhaft ist, wahrt Paula allerdings etwas Distanz zu ihr. Sie ist unsicher, wie sie ihr begegnen soll, hat Angst, sie zu erschrecken oder gar zu verletzen. Sie betrachtet sie als etwas Kostbares, das gut behütet und gepflegt werden muß.

Heinrich Vogeler berichtet in seinen »Erinnerungen«, wie er Martha Schröder kennengelernt hat. Er war mit einigen seiner Malerkollegen zusammen auf dem Weyerberg. Sie saßen um den Obelisk des Findorf-Denkmals herum, ruhten sich aus und lasen einander Gedichte vor.

»Während der letzten Verse kam aus dem Eichengebüsch ein hellgekleidetes schlankes Mädchen mit hängenden Zöpfen. Auf der Hand trug es eine zahme Elster. Vierzehn Jahre mochte es sein. Ein jüngeres rothaariges Kind folgte ihr. Sie setzten sich zwischen uns. Das muß Martha Schröder sein, die jüngste Tochter der alten Lehrerswitwe, fühlte ich sofort. Der Eindruck dieser jungen elastischen Mädchengestalt wirkte auf mich wie etwas tief in mein Leben Eingreifendes.«

Es ist die ruhige und freundliche Ausstrahlung des Mädchens, ihre stille Blondheit, die ihn berührt. Martha ist das jüngste von zehn Kindern der Lehrerfamilie Schröder. Der Vater verstarb schon früh. Die Mutter zieht ihre Kinder allein groß. Sie verdient das Geld mit einer kleinen Landwirtschaft. Als Martha heranwächst, gilt sie als Dorfschönheit und wird umschwärmt. Sie bedient mittags im Gasthaus »Stadt Bremen«, wo die Maler zum Essen hingehen. Makkensen wohnt bei Schröders zur Miete. Vogeler besucht ihn oft, um Martha zu sehen. Sie geht ihm nicht mehr aus dem Kopf und findet sich auch bald in seinen Bildern: eine wunderschöne junge Frau mit dunklen träumenden Augen, sinnlichem Mund und langen goldblonden Haaren, die sie manchmal offen und dann wieder hochgesteckt trägt. Sie wird für den Künstler verschiedene Rollen einnehmen. Zwischen silbernen Birkenstämmen lauscht sie dem Lied eines Vogels auf dem Gemälde »Frühling«. Als Ritterfräulein empfängt sie ihren Liebsten auf dem Bild »Heimkehr«. Als »Dornröschen« ist sie in tiefen hundertjährigen Schlaf gefallen und wartet auf den Erlöser. Voller Hingabe wendet sie sich dem Engel der »Verkündigung« zu, und verführerisch lockt sie als »Melusine«.

1898 bringt Vogeler die Angebetete nach Dresden ins Haus einer mütterlichen Freundin, wo sie die Webkunst, Französisch und Italienisch lernt und klassische Musik hört. 1899 verfaßt Vogeler den Gedichtband »Dir«, den er illustriert und ihr widmet. Er hat es nicht leicht mit seiner Werbung um Martha, denn die Verbindung eines Künstlers mit einem Bauernmädchen wird damals argwöhnisch betrachtet. Aber er gibt nicht auf, am 3. März 1901 findet die Hochzeit statt. »Für mich ist das Verhältnis zu zart und träumerisch, als daß es so einen Allerweltsschluß haben sollte«, kommentiert Paula.

Wann hat sie sich selbst zum »Allerweltsschluß« der Heirat entschlossen? Wann hat ihre Beziehung zu Otto Modersohn begonnen?

Gefallen hat er ihr von Anfang an. Als sie 1900 zum ersten Mal in Paris ist, schreibt sie ihm und seiner Frau Helene lange intime Briefe. Paula ist in der Neujahrsnacht nach Paris gereist und schon von Clara erwartet worden, die im Dezember 1899 die Reise antrat, um bei Rodin zu studieren, wie es ihr Klinger empfohlen hatte. In ihren Briefen an das Ehepaar Modersohn schwärmt Paula von der Stadt und der Kunst. Sie sind im Ton überschwenglich, temporeich, quellen über vor Begeisterung. Und fast immer fordert sie darin zum Kommen auf.

Keine drei Wochen nach ihrer Ankunft schreibt sie bereits: »Da habe ich Sie schon oft herbeigewünscht, Herr Modersohn, und habe es richtig als Unrecht empfunden, daß ich dies alles sehe und Sie nicht.« Anfang Mai drängt sie regelrecht: »Sie müssen einfach herkommen. Sie dürfen dies gar nicht an sich vorbei gehen lassen.«

Im selben Brief bittet sie Helene Modersohn, die schon eine Weile schwer lungenkrank ist, ihren Mann doch allein reisen zu lassen, wenn sie sich selbst eine solche Anstrengung nicht zutrauen würde.

»Er wird natürlich nicht wollen ohne Sie, sein Sie aber unerbittlich und streng. Geben Sie ihm nicht nach. Eine Woche genügt. Dann kehrt er voll von Eindrücken zu Ihnen heim. Herr Modersohn, schreiben Sie mir doch umgehend, wann Sie kommen.«

Ihr Bitten und Drängen hat schließlich Erfolg. Am 3. Juni 1900, Pfingstsonntag, überbringt Paula ihren Eltern die frohe Nachricht:

»Am zehnten kommen die Worpsweder: Modersohn und Overbecks. Sie bleiben zehn bis vierzehn Tage. Und dann fahren wir miteinander heim. Hurrah.«

Sie kommen tatsächlich, die Worpsweder. Sie wollen sich die Weltausstellung anschauen und sich von ihren beiden Kolleginnen durch die Stadt führen und in die Geheimnisse des französischen Savoir Vivre einführen lassen. Die unbeschwerte gemeinsame Zeit währt nur wenige Tage. Am 14. Juni 1900 wird für Herrn Modersohn ein Telegramm abgegeben. Die Nachricht aus Worpswede lautet, seine Frau sei gestorben. Er reist sofort heim. Paula teilt ihren Eltern am nächsten Tag das traurige Ereignis mit.

»Dies ist ein sehr trauriger Schluß meiner Pariser und auch meine nächste Worpsweder Zeit wird schwer und traurig sein. Ich habe in diesen Tagen so viel von Modersohn gehabt.«

Paula kehrt Ende Juni zurück nach Worpswede. Die Beerdigung von Helene Modersohn hat ohne sie stattgefunden. Paula ist erschöpft, fühlt sich krank, muß sich ausruhen. Otto Modersohn besucht sie häufig und liest ihr vor. Paula erholt sich allmählich, Gäste kommen in die Kolonie, die Zeit der Feste im Barkenhoff beginnt. Am 12. September 1900 fahren Otto Modersohn, Paula und einer der Gäste, Rainer Maria Rilke, mit einem Kahn die Hamme entlang. Es ist ein zauberhafter Ausflug. Otto und Paula trennen sich erst in den frühen Morgenstunden, nachdem sie sich heimlich verlobt haben. Die Geheimhaltung halten sie für erforderlich, weil Helene Modersohn erst vor drei Monaten gestorben ist. Paula ist in dieser Nacht über die Maßen glücklich.

Nur fünf Tage später erhält Otto einen Brief von ihr, der ihn irritiert. Paula schreibt, sie habe über alles nachgedacht, und ihr sei klargeworden, daß sie sich nicht auf dem richtigen Weg befänden.

»Sieh, wir müssen erst ganz, ganz tief in uns gegenseitig hineinschaun, ehe wir uns die letzten Dinge geben sollen oder das Verlangen nach ihnen erwecken. Es ist nicht gut, Lieber. Wir müssen uns erst die tausend anderen Blumen unseres Liebesgartens pflücken, ehe wir uns in einer schönen Stunde die wunderbare tiefrote Rose pflücken.«

Paula braucht Zeit. Sie will sich nicht hineinstürzen in die Beziehung zu Otto. Deshalb bittet sie um sein Verständnis dafür, die Liebesnacht, die die beiden wohl verabredet haben, noch zu verschieben. Sie ist es gewesen, die die Verbindung angeregt und forciert hat, schon zu einem Zeitpunkt, als Ottos Frau noch lebte, und sie möchte auch in Zukunft die Geschwindigkeit ihrer Annäherung bestimmen. Paula ist jung, elf Jahre jünger als der Witwer Otto. Mit Männern hat sie noch nicht viel Erfahrung. Harmlose Flirts, ausgelassene Tänze, heiße Blicke, Jungmädchenträume, Liebesphantasien, Bewunderung und Schwärmerei für große Künstler bringt sie mit. Und Neugier.

Es liegt noch so viel vor ihr. Sie ist gespannt und offen. Gerade sind zwei Dichter in Worpswede eingetroffen. Es ist aufregend, mit ihnen zu sprechen. Paula liebt es, Menschen um sich zu haben, mit denen sie reden und sich vergnügen kann. Die enge Zweierbeziehung ist nicht ihr Ideal. Auch nicht unbedingt die Familie. Wie soll man Kunst und Kinder miteinander vereinbaren? Als Frau ist es hundertfach schwer. Das muß alles geklärt werden, bevor sie sich Otto ganz zuwendet.

Sie treffen sich häufig, haben einen Platz außerhalb des Orts in einem Waldstück »zwischen zitternden Föhren« dafür ausgewählt. Paula erzählt ihrer Tante Marie Hill im Oktober 1899 davon:

»Er ist wie ein Mann und wie ein Kind, hat einen roten Spitzbart und ist siebzehn Zentimeter größer als ich. Er hat eine große tiefe Intensität des Gefühls. Daraus besteht eigentlich der ganze Mensch. Kunst und Liebe, das sind seine beiden Stücklein, die er geigt. Er hat eine ernste, fast schwermütige Natur bei einer großen Freude an Sonnenschein und Frohsinn. Ich kann ihm viel sein. Das ist ein wundervolles Glück. In der Kunst verstehen wir uns sehr gut, der eine sagt meist, was der andere empfindet. Ich will auch meine Kunst nicht an den Nagel hängen. Wir wollen nun vereint weiterstreben. Bei seiner großen Einfachheit und Tiefe wird mir fromm zumut. Ich bin ein solch komplizierter Mensch, so ewig zitternd, da tut solch eine ruhige Hand so viel Gutes.«

Ruhe, das ist es, was Paula so nötig bräuchte. Die findet sie auch bei Clara, doch die Freundin verschließt sich manchmal zu sehr. Dann weiß Paula überhaupt nicht, wie sie zu ihr vordringen soll. Clara ist in solchen Augenblicken wie abgetrennt von der Außenwelt und von einem undurchlässigen Kokon umgeben. Sie schweigt zwar, ist aber nicht wirklich ruhig. Innerlich trägt sie Kämpfe mit sich aus. Die Atmosphäre um sie herum ist wie elektrisch geladen. Wann wird die drohende und erlösende Explosion endlich erfolgen? Paula ist ratlos, wenn sich die Freundin in diesem Zustand befindet, in dem ihre ganze Energie eingeschlossen zu sein scheint. Wie kann sie sie daraus befreien?

Otto Modersohns Ruhe ist eine ganz andere. Ihr positives Moment ist die Sicherheit, ihr negatives die Initiativlosigkeit. Die macht Paula bald zu schaffen. Otto scheint manchmal so mit dem Leben und sich selbst zufrieden zu sein, daß Paula um so nervöser wird. Dann will er nichts hören und nichts sehen und läßt die begeisterte und mitteilsame Paula auflaufen. So hat sie ihn einmal gemalt: ohne Augen, ohne Mund, ohne Nase. Ein schreckliches Bild. Auf anderen stellt sie ihn schlafend oder lesend dar, jedenfalls meist introvertiert, ganz auf sich selbst bezogen und sich selbst genügend. Diese träge Ruhe ist ihr fremd. Sie will hinaus, die Welt und die Menschen kennenlernen, ihre Neugier befriedigen. Die Tatsache, daß sie sich verheiratet, soll schließlich nicht bedeuten, daß sie ihre Malerei vernachlässigt und ihr Ziel, eine anerkannte Künstlerin zu werden, aufgibt. So will sie die Ehe nicht verstanden wissen. Trotzdem unterbricht sie Anfang 1901 ihre Studien, um in Berlin einen Kochkurs zu absolvieren. Die Eltern haben sie dazu gedrängt. Ihre Tochter soll wissen, was eine Hausfrau zu tun hat. Sie wollen ihren Schwiegersohn nicht mit einer völlig unfähigen und des Kochens gänzlich unkundigen Gattin konfrontieren.

Der Vater erteilt seiner Tochter Ratschläge für ihr zukünftiges Leben als Ehefrau. In seinem Geburtstagsbrief schreibt er am 7. Februar 1901, nach ihrer Heirat sei es ihre Pflicht, ganz im Familienleben aufzugehen. Sie müsse das Wohl des Mannes im Auge haben, seine Wünsche erfüllen und die selbstsüchtigen Gedanken in den Hintergrund drängen. Carl Woldemar Becker stellt fest:

» Die Aufgabe der Frau ist es aber im Eheleben Nachsicht zu üben und ein waches Auge für alles Gute und Schöne in ihrem Mann zu haben und die kleinen Schwächen die er hat auch durch ein Verkleinerungsglas zu sehen.«

Paula betrachtet ihre neue Rolle mit einer Mischung aus Humor und Ungeduld. In ihrem ersten Brief an Otto Modersohn, gleich nach ihrer Ankunft in Berlin am 13. Januar 1901, berichtet sie ihm, daß ihr die Stadt nicht gefällt. Sie fühlt sich eingeschlossen zwischen Teppichklopfen und Türenschlagen, hat das »Gefühl von beschnittenen Flügeln« und hofft, ihr Leben bald geordnet zu haben zwischen Kunst und Kochen. Sie wird aber durchhalten, wie das Paar in der »Zauberflöte«, das einen Parcours von Prüfungen bestehen muß, bis es endlich für immer beieinander sein darf.

Zum Glück lebt jemand in Berlin, der ihr helfen wird, die Zeit zu überstehen: Rainer Maria Rilke. Sie sucht ihn sofort auf und tritt in die ihr vertraute Welt ein, in der die Kunst die Hauptrolle spielt: die Literatur, das Theater und die Malerei. Paula und Rilke knüpfen an ihre Stunden im »Lilienatelier« an und nehmen ihre innigen und intellektuellen Gespräche wieder auf. Darüberhinaus besucht Paula die Museen und ist besonders beeindruckt von Arnold Böcklin, von seinem Frühlingsbild mit den drei Lebensaltern, von den Nymphen und den Faunen. Seine Werke begleiten sie in Berlin. Sie erwähnt sie fast in jedem Brief an Otto Modersohn. Da stirbt Böcklin – genau in der Zeit, in der sie sich ihm so nah fühlt. Sie ist betroffen, fast erschüttert, schickt Reproduktionen seiner Bilder an Otto und stellt einige in ihrem Berliner Zimmer auf.

An der Wand ihres Zimmers hängt auch ein Foto, das Clara, Paula und Otto zeigt, und so schaut sie ihm jeden Morgen in die Augen, ihrem »König Rother«, wie sie ihn in den Briefen nennt. Sie berichtet ihm von ihren Fortschritten in dem Bereich, der den eigentlichen Grund für ihren Berlin-Aufenthalt bildet. Bisher standen in der Kochschule auf der Speisekarte: Pellkartoffeln, Salzkartoffeln, Kartoffelmus, Bouillon, Saucen, Rindfleisch, Puterbraten, Falscher Hase, Kalbsfrikassee und Mohrrüben. Die Zubereitung der Gerichte macht ihr mittlerweile Spaß, denn die Köchin, die den Unterricht erteilt, ist eine famose Person.

Am meisten jedoch gefällt ihr das Zusammensein mit Rilke: »Rilke sehe ich jeden Sonntag bis jetzt. Dann besuche ich ihn in seinem großen Zimmer in Schmargendorf und wir haben schöne, stille Stunden«, schreibt sie an Otto Modersohn am 26. Januar 1901 und fragt zum Schluß: »Und Clara Westhoff, kommt sie wohl bald? Schön, Lieber, daß Ihr Euch so viel seht. Mir ist für die Zukunft so wohl, wenn Ihr Euch gut versteht. Und sie ist solch ein feines Geschöpf.«

Ja, Clara kommt. Endlich. Paula hat es kaum erwarten können. Clara, die wie sie Paris im letzten Sommer verlassen hat, lebt seitdem in Westerwede und erzählt nun viel von daheim, von Worpswede, von Otto Modersohns Atelier und von seiner Arbeit. Aber das Wichtigste ist, daß sie in Berlin ist. Paula hat sie so vermißt, die Freundin und Eingeweihte, der sie gleich am Anfang ihre Beziehung zu Otto Modersohn gestanden hatte. Ihr und Heinrich Vogeler. Das sind ihre Vertrauten. Sie braucht sie vor allem im Glück, denn dann ist sie mitteilsam. Nicht so sehr im Unglück. Da schweigt sie.

Die beiden Freundinnen nehmen das kulturelle Angebot der Großstadt wahr: Sie gehen zusammen ins Museum und gedenken Böcklins vor seinen Gemälden. Sie besuchen Konzerte, Theateraufführungen und gehen zum Tanzen. Sie mokieren sich über die Frauenrechtlerinnen, die man jetzt häufiger trifft, und verbringen schöne Abende bei Rilke.

Kurz vor Paulas 25. Geburtstag, Anfang Februar 1901, schreiben Rilke und die beiden Frauen zu dritt ein Gedicht für Heinrich Vogeler, in dem sie ihn einladen, sie doch in Berlin zu besuchen.

»Vielleicht wird die Ferne wieder klein,
die wir wachsen und wachsen ließen, –
und die Abende, die wir heilig hießen,
finden sich schimmernd wieder ein.

Wir wollen einen wie viele empfinden
wenn sich alle entschließen in Winterwinden
zu dem Stück Worpswede zu kommen,
das Berlin in die Hand genommen,
ohne ihm etwas zu leid zu thun.
Also fragen und bitten wir: Nun?«

In den Versen schwingen die gute Laune, der Übermut und die Freude darüber mit, sich hier in Berlin wiedergefunden zu haben. Dieses Glück möchten sie gern mit Vogeler teilen. Er soll kommen. Sie wollen, daß der Freund, der sie zusammengebracht hat, mit dabei ist, wenn die Ferne »wieder klein« wird. Für sie ist die Entfernung jetzt bedeutungslos. Es ist so, als lägen die gemeinsamen Wochen in Worpswede nur wenige Tage zurück. Paula fühlt sich wohl. Eingebettet in Freundschaft, vergißt sie für kurze Zeit sogar die Trennung von Otto. Sie kostet den unbeschwerten Nachmittag mit den beiden ihr so lieben Menschen aus und hofft, daß es noch viele Stunden wie diese geben wird.

Am 15. Februar 1901 soll sich alles ändern. Als Paula am Nachmittag wie verabredet zu Rilke kommt, teilen ihr dieser und Clara ihre Verlobung mit. Paula ist erschrocken. Sie schreibt am nächsten Tag an Rilke:

»Als ich gestern bei Ihnen beiden im Zimmer stand, war ich weit, weit ferne von Ihnen Beiden. Und es überfiel mich eine große Traurigkeit, die auch heute über mir lag, und mein Lebensmütlein dämpfte. Heute im Schlaf aber ist sie von mir gewichen und ich fühlte, daß es eine kleinliche Traurigkeit war. Nun freue ich mich ihrer, daß sie weg ist, und freue mich meiner und des Lebens, dies wollte ich Ihnen sagen, und freue mich über Sie und reiche Ihnen die Hand.«

Paula ist jetzt in einer ähnlichen Lage wie Rilke vor noch gar nicht langer Zeit, als sie ihm von ihrer Liebe zu Otto Modersohn geschrieben hatte. Warum hat sie nicht gespürt, was zwischen Rilke und Clara entstanden ist? Und wieso hat es ihr die Freundin nicht gesagt? So wie Paula ihr gleich von ihrer Verbindung mit Otto Modersohn erzählt hat. Warum hat Clara sie nicht ins Vertrauen gezogen? Warum dieser Alleingang?

Paula muß jetzt allein sein, um über all das nachzudenken und um Ordnung zu schaffen in der Verwirrung ihrer Gedanken und Empfindungen. Sprechen mag sie nicht. Mit niemandem. Im Brief an Otto Modersohn, den sie noch am selben Tag schreibt, kommt die Offenbarung des neuen Paars nicht vor. Alles deutet darauf hin, daß sie nicht nur von Clara enttäuscht ist, sondern auch von Rilke. Sie leidet unter dem Eindruck, viel verloren zu haben.

Die Künstlerfreunde in Worpswede erfahren die Neuigkeit, als Clara und Rilke nach Worpswede kommen, um sich ein Haus anzuschauen, in dem sie vielleicht wohnen werden. Alle sind überrascht von dem Entschluß des in jeder Hinsicht ungleichen Paars. Otto Modersohn macht sich in einem Brief an Paula lustig: »Und am Freitag nachmittag – wer kam da? Du ahnst es schon: Clara W. mit ihrem Rilkchen unterm Arm.«

Auch Paulas Mutter ist verblüfft und teilt es ihrer Tochter mit:

»Clara und Rainer Maria! Ich bin so voll Staunen und Verwunderung, es scheint auf den ersten Blick ein so ungleiches Paar, aber Milly ist glückselig und kann sich nichts Schöneres denken als das Worpswede der nächsten Zukunft.«

Sie berichtet weiter, Clara habe ihr erzählt, daß sie sich in Berlin noch nicht ganz sicher gewesen sei. Auf der Heimreise habe sie jedoch gemerkt, daß sie eine Trennung von Rilke nicht aushielte. Da habe sie ihm von unterwegs aus Hamburg einen Brief geschrieben und ihre Zustimmung noch einmal bekräftigt. Sie wisse selbst nicht, wie es dazu gekommen sei, vor vierzehn Tagen hätte sie noch darauf geschworen, es sei nur Freundschaft.

Allmählich entschließt sich Paula zur Freude über die Verbindung. Sie schreibt am 23. März 1901 an ihre Tante Marie Hill:

»In unserer Nachbarschaft ist so viel Glück. Heinrich Vogeler kommt in diesen Tagen mit seinem blonden schlanken Mädel von der Hochzeitsreise heim, und Clara Westhoff heiratet in den nächsten Wochen den Dichter Rainer Maria Rilke, unser aller Freund.«

Wie hat es angefangen mit dem ungleichen Paar?

Während Rilke sich anfangs in Worpswede spontan zu der »blonden Malerin« hingezogen gefühlt hatte, ist im Laufe der Zeit Clara in den Vordergrund getreten. Nach Rilkes überstürzter Abreise hat sie ihm am 5. Oktober 1900 Weintrauben geschickt, zusammen mit einem Brief, in dem es heißt:

»Hier sind Weintrauben aus meiner Laube. Ich wollte Ihnen schon längst welche schicken, aber merkwürdigerweise dachte ich immer, die schönsten wären schon fort und es ginge nicht mehr. Nun habe ich genommen, was es noch gab. Sie hat nur noch wenige Blätter und es sieht ein ruhiger Winterhimmel durch ihre kahlen Ranken. Heute Morgen standen viele Goldbäume leer. Es war so eine kalte Nacht, die Schritte klangen auf dem hartgefrorenen Wege und der Mond glitzerte auf bereiften Ranken und Gestrüpp. Ich habe bei G... im Wirtshaus am Fuße des Berges getanzt, ganz spät noch, als ich von Vogeler nach Hause ging, kehrte ich dort noch ein, um mit meinem Hauswirt zu tanzen.«

Einen Monat später antwortet ihr Rilke mit dem Gedicht »Bei Empfang der Trauben von Westerwede«, das mit den Strophen beginnt:

»... Jetzt weiß ich auch, warum die Sommernacht,
die wir zusamm' durchwandert und durchwacht,
so leise wurde in der Weinblattlaube:
damals stieg diese Süße in die Traube.

Da bangen alle Dinge, sich zu rühren,
in solchen Stunden, wo so leise Türen
zu so geheimen Dunkelheiten führen,
da fürchten alle Winde sich zu wehn,
die Uhren schauern, wenn sie schlagen müssen,

die Wasser flüstern in den Wiesenflüssen, –
sonst bleibt das Sanfteste im Safte stehn ...«

Welche Briefe noch ausgetauscht worden sind, bevor Clara im Januar 1901 in Berlin auftaucht, ist nicht bekannt. Es ist jedenfalls schwer vorstellbar, daß Paula nicht geahnt hat, daß die Freundin nicht allein ihretwegen gekommen ist. Vielleicht war ja ihr eigener Wunsch, sie zu sehen, so stark, daß er andere Überlegungen gar nicht zuließ. Aber Claras Interesse für Rilke dürfte ihr doch spätestens nach der Hamburg-Reise nicht verborgen geblieben sein. Es gab schließlich schon auf der Hinfahrt die dramatische Szene, als Clara die Kutsche stoppte, in der Paula und Rilke saßen, um dem Dichter einen Heidekranz zu überreichen. Wie konnten Paula die Gefühle der Freundin entgehen, ihr, die doch über ein gehöriges Maß an Menschenkenntnis und Einfühlungsvermögen verfügt? Mit diesen Fragen wird sie sich stark beschäftigt haben.

Clara und Rilke entschließen sich zur Ehe. Bevor Rilke am 15. März 1901 in Westerwede bei Clara eintrifft, besucht er seine Mutter in Arco in der Nähe des Gardasees. Jedem Brief an Clara legt er in dieser Zeit ein Liebesgedicht bei. Er will die Rolle des Bräutigams gut spielen, aber es kommt anders: Er erkrankt an Scharlach, wird bei Claras Eltern in Bremen gepflegt und braucht sehr lange, bis er sich erholt hat. Er kann in dieser Zeit so gut wie überhaupt nicht schreiben. Noch am Tag der Hochzeit ist er so schwach, daß er sich nicht auf den Beinen halten kann. Deshalb findet die Trauung nicht wie geplant in einer Kirche, sondern im Eßzimmer der schwiegerelterlichen Wohnung statt. Er muß sich dort furchtbar eingezwängt und den familiären Belangen ausgeliefert gefühlt haben. Und Clara ist schwanger. Die Flitterwochen verbringt das junge Ehepaar in Dr. Lahmanns physiatrischem Sanatorium »Weißer Hirsch« in der Nähe von Dresden. Claras Großmutter hat ihnen diesen Aufenthalt geschenkt, und so beginnt die Ehe mit einer verordneten Kur.

Ende Mai 1901 beziehen sie ihr neues Heim, ein Bauernhaus in Westerwede. Es ist sehr alt, efeubewachsen, strohgedeckt und liegt einsam mitten im Moor.

Heinrich Vogeler und andere Worpsweder Künstlerfreunde helfen bei der Innenausstattung und beim Bau der Möbel. Clara richtet sich ein Atelier ein, Rilke ein Schreibzimmer. Platz gibt es genug. Ideale Voraussetzungen für eine Künstlerehe. Rilke beginnt sich immer mehr für Claras Bildhauerei zu interessieren. Sie arbeitet intensiv. Ihre Skulpturen finden sich bald nicht mehr nur in ihrer Werkstatt, sondern beleben das ganze Haus. Das gefällt dem Dichter, dessen eigene Kunst viel weniger sichtbar ist.

Die erste Zeit im gemeinsamen Zuhause ist für beide überaus produktiv. Die Geldsorgen werden verdrängt. Rilke glaubt an die Beziehung mit Clara und will alles dafür tun, daß sie Bestand hat. Mit Lou Andreas-Salomé hat er abgeschlossen, das heißt, eigentlich ist sie es gewesen, die ihm den »Letzten Zuruf« schickte, als sie von der bevorstehenden Heirat erfahren hat. Und das Verhältnis mit Paula ist abgekühlt.

Rilkes Einstellung zur Ehe ist erstaunlich nüchtern im Vergleich zu seinen sonstigen romantischen Verklärungen als Dichter. Zwar gestalte man als Ehepaar das Leben gemeinsam, räumt er ein, aber das müsse nicht zwangsläufig grenzenlose Vertrautheit bedeuten. Er versucht, sich dem Druck des Glücks zu entziehen, und schreibt darüber an den in München lebenden Dichter Emanuel Freiherr von Bodmann:

»Im übrigen bin ich der Meinung, daß die ›Ehe‹ als solche nicht so viel Betonung verdient, als ihr durch die konventionelle Entwicklung ihres Wesens zugewachsen ist. Es fällt niemandem ein, von einem einzelnen zu verlangen, daß er ›glücklich‹ sei, – heiratet aber einer, so ist man sehr erstaunt, wenn er es nicht ist.«

Die Nüchternheit wechselt mit dem Überschwang: Zeitweise vergöttert er Clara und möchte dieses Gefühl konserviert wissen. Er wendet sich an den Maler Oskar Zwintscher, einen gemeinsamen Bekannten, der in Meißen lebt, und gibt Claras Porträt in Auftrag. Ihre Kinder und Großkinder sollen wissen, wie schön Clara ist und welche Güte sich in ihren Zügen spiegelt.

»Die Kinder müssen unter den schönen Jugendbildnissen ihrer Mütter aufwachsen, dann werden die Zeiten wieder besser werden: die Kinder werden ein besseres Kindsein und die Mütter ein sanfteres, unverstörteres Altern haben«, schreibt er an Zwintscher.

Die Geburt seines Kindes erwartet er mit Freude und Spannung. Im November 1901 weiht er seine Freundin Franziska zu Reventlow ein: »Bald, um Weihnachten bekommen wir unser Kind, das ist jetzt das Wichtigste: das, wonach sich alles richten muß; die ganze Welt, Paris und Konstantinopel.«

Am 12. Dezember 1901 wird Clara gegen ein Uhr in ihrem Haus in Westerwede von einer Tochter entbunden. Das Kind ist ungewöhnlich groß und stämmig. Es erhält den Namen Ruth. Kaum ist es auf der Welt, schon beginnen die Schwierigkeiten – vor allem die finanziellen lassen sich nicht mehr länger bagatellisieren. Rilke erhält eine Hiobsbotschaft: Die Unterstützung, die er seit Jahren von den Erben seines Onkel Jaroslav erhält, wird eingestellt. Die kleine Familie gerät in dramatische Geldnöte. Rilke versucht, Aufträge von Zeitschriften, Verlagen, Museen, Theatern zu bekommen, hat jedoch nur spärlichen Erfolg damit. Clara ist mit ihrem Baby beschäftigt und kann nicht wirklich zur Entspannung der finanziellen Lage beitragen.

Rilke erkennt, daß er sich in Westerwede zu stark isoliert und den Anschluß an das kulturelle Leben verliert. Er ahnt, daß er sich bald von seiner Familie trennen müssen wird, wenn er Geld verdienen will. Der Gedanke bedeutet für ihn sogar eine Erleichterung. Zwar gefällt ihm das Leben zu dritt, das Haus, der Garten, die Idylle, aber das Alltagsleben mit dem häufigen Kindergeschrei geht ihm zunehmend auf die Nerven. Da kommt ihm die Fluchtmöglichkeit, die sich noch dazu vernünftig begründen läßt, gerade recht.

Clara zieht sich immer mehr zurück. Zu Beginn ihrer Ehe geschieht es zwangsläufig, weil Rilke auf Grund seiner Krankheit sofort die Aufmerksamkeit absorbiert und verlangt. Alles dreht sich um ihn. Der sensible Dichter muß wieder zu Kräften kommen. Clara scheint diese im Übermaß zu haben. Niemand kommt auf die Idee, daß sie sich überlastet fühlt. Und Clara beklagt sich nicht. Sie schweigt, wie es ihre Art ist. Ihre Sorgen mag sie niemandem anvertrauen. Sie versucht, allein damit fertig zu werden, so wie sie es immer getan hat, schon als junges Mädchen. Das ist jetzt viel schwieriger geworden. Sie muß nun mit den eigenen Energien haushalten. Das war früher nicht nötig, da hat sie sich mit Ungestüm in alles hineingeworfen, ist mit ihren Kräften verschwenderisch gewesen, vom Tanzen konnte sie zum Beispiel nie genug bekommen. Ist das jetzt vorbei?

Paula leidet unter dem Rückzug der Freundin. Doch nicht nur sie registriert Claras Veränderung. Otto Modersohn schreibt in sein Tagebuch:

»Wie hat sie ganz ihre Individualität eingebüßt. Wo sie vor einem Jahr tobte, in ihrem einfachen bäuerlichen Kram saß, zwanglos und ungeschlacht – da sitzt sie nun, ein Vogel, dem man die Flügel geschnitten, still in ihrem Sessel, in einem kühl, äußerst pedantisch, übermäßig ordentlichen Zimmer ...«

Carl Hauptmann bestätigt das in einem Brief an Modersohn:

» ... und die wundervolle, hohe, fliegende Clara Westhoff ist still geworden und saust nicht mehr einher wie ein Sturmwind ...«

Rudolf Alexander Schröder findet:

»Es war ein seltsam ungleiches Paar. Die junge Frau, ein stolzes hochgewachsenes Menschenkind ... in der glühenden Lieblichkeit ihrer Reife anzuschauen wie ein übervoller Kirschbaum; der Mann in allem das Gegenteil, in allem Äußeren völlig unscheinbar. Neben der Frau erschien er klein.«

Und Heinrich Vogeler erinnert sich:

»Als Clara Westhoff und Rainer Maria Rilke sich zusammenfanden, erwachte in Paula ein mächtiger Widerwille gegen den Dichter. Das waren keine Gefühle, die man etwa mit Eifersucht bezeichnen könnte. Die Veränderungen in dem lebensfrohen, freien, offenen Charakter der Freundin, ihr neues Leben, das von Rilke zur ewigen Weihestunde gemacht wurde und die natürlichen, einfachen Gefühle dieser stark veranlagten Frau verschüttete, waren für Paula ein bitteres Erlebnis. Dem frohen und freien Grundsatz ihres Charakters hatten sich nun, als Frau des Dichters Rilke, der ihre Freiheit einmauerte, wesensfremde Formen aufgeprägt.«

Während sich die anderen mit Claras Wandlung abfinden, versucht Paula, zu ihr vorzudringen. Am 13. Mai 1901 schreibt sie einen Brief nach Dresden, wo die Freundin gerade mit ihrem Ehemann die Flitterwochen im Sanatorium verbringt. Er beginnt mit den Worten:

»Liebe Clara Westhoff, ich fange schon beinahe an mich daran zu gewöhnen, Sie nicht zu sehen und mit Ihnen über alle diese Dinge zu reden. Aber ganz geht es doch nicht und ich fühle, wie manches in mir unausgesprochen bleibt, weil Sie nicht da sind.«

Sie gesteht der Freundin, daß sie sie sehr vermißt und daß ihr die Sonntage im Barkenhoff ohne sie unvollständig vorkommen. Dann berichtet sie von ihrer eigenen bevorstehenden Hochzeit und schließt mit den Sätzen:

»Liebe Clara Westhoff, es wird schön, wenn wir wieder zusammen sind. Ich möchte Ihnen noch so viele liebe Dinge sagen, aber dann will so vieles nicht aufs Papier und es wird wohl gut sein so zwischen uns beiden, daß manche letzten Dinge aus Scheu unausgesprochen bleiben.«

Clara kommt der Freundin nicht entgegen, so daß diese im September 1901 einen weiteren Versuch unternimmt:

»Ist es Ihnen nicht manchmal, als ob Sie in eine kleine Stube bei Hermann Brünjes in Ostendorf eintreten müßten. Da warten viele Dinge auf Sie und eine junge Frau. Der wird das Warten aber sehr lang und traurig.«

Weil auch diese vorsichtige Einladung von Clara ausgeschlagen wird, vertraut Paula am 22. November 1901 resigniert ihrem Tagebuch an:

»Clara Westhoff hat nun einen Mann. Ich scheine zu ihrem Leben nicht mehr zu gehören. Daran muß ich mich erst gewöhnen. Ich sehne mich eigentlich danach, daß sie noch zu meinem gehöre, denn es war schön mit ihr.«

Zwei Tage nach ihrem Geburtstag, am 10. Februar 1902, erhält Paula endlich einen langen Brief von der Freundin aus dem Nachbardorf Westerwede. Clara bedauert, Paulas Geburtstag vergessen zu haben und erst am Tag danach auf eine Tagebucheintragung gestoßen zu sein. Das habe Erinnerungen wachgerufen, besonders an ihre Feier vor zwei Jahren in Paris. Nach dem Rückblick wendet sie sich ihrer aktuellen Situation zu und schildert diese so:

»Ich bin (in diesem Falle: leider) – so sehr ans Haus gebunden, daß ich nicht, wie früher, mich einfach aufsetzen kann und fortradeln. Ich kann nicht mehr wie früher mein ganzes ›Um und Auf‹ auf den Rücken nehmen, um es in eine andere Häuslichkeit zu tragen und mein Leben dort für eine Weile weiterzuführen – sondern ich habe jetzt Alles um mich, was ich sonst draußen suchte, habe ein Haus, das gebaut werden muß – und so baue und baue ich – und die ganze Welt steht immer um mich her. Und sie läßt mich nicht fort. Alle Bausteine müssen im Hause bleiben, wenn es fest werden soll, und dürfen nicht fortgetragen werden da und dorthin. Darum kommt die Welt zu mir, die ich nicht mehr draußen suche, und lebt mit mir in allen Dingen, die um mich sind. Und diese Dinge, die wohl wissen, welche Wege mich zu ihnen führten, und die sie lieb haben, da sie immer auf sie zugingen, – diese Dinge, die so weise sind, wie die reifste Stunde meines Lebens – standen eine Weile und gedachten Ihres Festtages und sandten Ihnen einen Gruß.«

Paula fühlt sich tief getroffen. Nicht nur, daß die Freundin ihren Geburtstag vergessen und erst einen Tag später mit dem Schreiben begonnen hat, dieses sogar noch einmal unterbricht, um den Brief erst am übernächsten Tag zu beenden – nein, es ist vor allem der Ton des Schreibens, der ihr nicht gefällt und in dem sie Clara überhaupt nicht erkennt. Sie fühlt sich zurückgesetzt. Sie versteht nicht, warum ihr die Liebe entzogen wird, und fragt in ihrem Antwortbrief, den sie sofort nach Erhalt von Claras Zeilen verfaßt:

»Ist Liebe denn nicht tausendfältig? Ist sie nicht wie die Sonne, die alles bescheint. Muß Liebe knausern. Muß sie Einem alles geben und andern nehmen.«

Aus Paulas Worten sprechen Gekränktheit und Verzweiflung. Diese Gefühle haben ihr Innerstes aufgewühlt und lassen sie schließlich einen Generalangriff auf denjenigen starten, den sie für den Schuldigen hält:

»Aus Ihren Worten spricht Rilke zu stark und flammend. Fordert das denn die Liebe, daß man werde wie der andere?

Paula Modersohn-Becker, Clara, um 1902

Nein und tausendfach nein. Ich weiß wenig von Ihnen Beiden, doch wie mir scheint, haben Sie viel von Ihrem alten Selbst abgelegt und als Mantel gebreitet, auf daß Ihr König darüber schreite. Ich möchte für Sie, für die Welt, für die Kunst und auch für mich, daß Sie den güldenen Mantel wieder trügen. Lieber Rainer Maria Rilke, ich hetze gegen Sie. Und ich glaube es ist nötig, daß ich gegen Sie hetze. Und ich möchte mit tausend Zungen der Liebe gegen Sie hetzen, gegen Sie und gegen Ihre schönen bunten Siegel, die Sie nicht nur auf Ihre feingeschriebenen Briefe drücken.«

Damit hat Paula die Methode des Dichters entlarvt, Menschen, die ihm wichtig sind, ganz eng an sich zu binden, von anderen Menschen so fern wie möglich zu halten und von ihrer Umgebung zu isolieren. Er wird das im Laufe seines Lebens immer wieder tun. Aber Paula wehrt sich tapfer dagegen und gibt zu bedenken, daß sie und ihre Aufrichtigkeit es nicht verdient hätten, mit Füßen getreten zu werden. Am Schluß ihres Schreibens stellt sie Fragen für die Zukunft der »Familie«, die ihr so sehr am Herzen liegt:

»Geht denn das Leben nicht, wie wir sechs es uns einst dachten? Können wir denn nicht zeigen, daß sechs Menschen sich lieb haben können. Das wäre doch eine erbärmliche Welt, auf der das nicht ginge!«

Nicht Clara antwortet postwendend am 12. Februar 1902 auf Paulas in höchster Erregung geschriebenen Brief, sondern Rilke. Sein Ton ist kühl und arrogant:

»Wollen Sie mir glauben, daß es mir schwer fällt zu verstehen, wovon Sie eigentlich reden. Es ist doch nichts geschehen – oder vielmehr: es ist viel Gutes geschehen, und das Mißverständnis beruht darin, daß Sie, was geschehen ist, nicht gelten lassen wollen. Alles soll sein, wie es war und doch ist alles anders als es gewesen ist. Wenn Ihre Liebe zu Clara Westhoff jetzt etwas thun will, dann ist ihre Arbeit und Aufgabe diese: nachzuholen was sie versäumt hat. Denn sie hat versäumt zu sehen, wohin dieser Mensch gegangen ist, sie hat versäumt, ihn zu begleiten auf seiner weitesten Entwicklung, sie hat versäumt sich auszubreiten über die neuen

Wächter der Einsamkeit 121

Weiten, die dieser Mensch umfaßt, und sie hat nicht aufgehört, ihn dort zu suchen, wo er an einem gewissen Punkte seines Wachstums war, sie will mit Hartnäckigkeit eine bestimmte Schönheit festhalten, die er überschritten hat, statt, im Vertrauen auf künftige neue gemeinsame Schönheiten, auszuharren.«

Paula glaubt ihren Augen nicht zu trauen, als sie Rilkes Zeilen liest: Er spricht sie mit »Frau Modersohn« an und wirft ihr, die in ihrem Bemühen um die Freundin niemals müde geworden ist, Versäumnisse vor. Er lastet ihr an, sie halte krampfhaft am Alten fest und wolle Veränderungen nicht zulassen.

»Sie müssen fortwährend Enttäuschung erfahren, wenn Sie erwarten, das alte Verhältnis zu finden, aber warum freuen Sie sich nicht auf das neue, das beginnen wird, wenn Clara Westhoffs neue Einsamkeit einmal die Thore aufthut, um Sie zu empfangen? Auch ich stehe still und voll tiefen Vertrauens vor den Thoren dieser Einsamkeit, weil ich für die höchste Aufgabe einer Verbindung zweier Menschen diese halte: daß einer dem anderen seine Einsamkeit bewache.«

Aber es kommt sogar noch schlimmer: Rilke erinnert sie daran, daß sie ihm Einblicke in ihr Tagebuch gewährt hat. Er habe darin gelesen, daß ihr Clara manchmal fremd und von einer eigenartigen Einsamkeit umgeben zu sein schien. Paula habe nicht gewußt, wie sie sich der Freundin nähern sollte. Claras Rückzug sei also keine neuerliche Entwicklung, sondern liege in ihrem Wesen begründet.

»Denken Sie daran, als Sie Clara Westhoff kennen lernten: da wartete Ihre Liebe geduldig auf ein aufgehendes Thor, dieselbe Liebe, die jetzt ungeduldig an die Wände pocht, hinter denen Dinge sich vollziehen, die wir nicht kennen, die ich ebensowenig kenne wie Sie, – nur daß ich das Vertrauen habe, daß sie mich tief und verwandt berühren werden, wenn sie sich mir einmal offenbaren.«

Es ist nicht ganz nachvollziehbar, was Rilke zu dieser Argumentation veranlaßt, genausowenig wie die Tatsache, daß er die Beantwortung des Briefs, der an Clara gerichtet ist, an sich reißt. Und warum hat diese es zugelassen? Bestimmt ist sie von Paulas Schreiben tief berührt gewesen. Sie hat dann ihren Mann um Rat gefragt, und der übernimmt nicht nur den Part ihres Verteidigers, sondern schlüpft gar in die Rolle des Anklägers. So als habe er selbst eine alte Rechnung zu begleichen. Er stellt nicht nur die aktuelle Situation, sondern auch die Vergangenheit an den Pranger. Darüberhinaus tut er das Schlimmste, was er in dieser Situation tun kann, er gibt vor, nicht wirklich zu verstehen, was Paula überhaupt meint. Er, über den und zu dem sie einmal gesagt hatte, er wisse ja immer, tritt ihr nun als Ignorant entgegen. Das verletzt Paula tief. Sie fühlt sich verraten. Nach all den intensiven Gesprächen, die sie einander nahegebracht haben, kündigt Rilke nun die Gemeinsamkeit auf. Nachträglich, und das ist so bitter. Er, der sie einst an sich herangezogen hat, bestimmt nun den Grad der Distanz, die er braucht, um mit der emotional aufgeladenen Situation fertig zu werden. Dabei nimmt er in Kauf, das Bild zu demontieren, das Paula sich bis jetzt von ihm gemacht hat. Sie wird sich von nun an nicht mehr blenden und schon gar nicht einschüchtern lassen von diesem wortreichen Mann und seine Aussprüche und »Herrlichkeiten« in Frage stellen. Am 2. Mai 1902 reflektiert sie in ihrem Tagebuch:

»Rilke schrieb einmal, die Gatten hätten die Pflicht, die gegenseitige Einsamkeit gegenseitig zu bewachen. Sind denn das nicht oberflächliche Einsamkeiten, die man bewachen muß? Liegen die wahren Einsamkeiten nicht völlig offen und unbewacht?«

Das vordringliche Problem des Ehepaars Rilke wird zu dieser Zeit allerdings nicht so sehr in der gegenseitigen Bewachung der Einsamkeiten bestanden haben, sondern in der Lösung der finanziellen Probleme. Auf ihre reale Lebenssituation, das ungewohnte Zusammenleben, das Kind, den Geldmangel, weist Rilke in seinem Brief nur kurz und verbrämt hin. Dabei ist die Not wirklich groß und der Erfolg ihrer Bemühungen um Arbeit ziemlich klein. Zunächst schreibt Rilke an einer Monographie über Worpswede, ein Auftrag, den er im Januar 1902 erhalten hat. Er beschränkt sich darin auf fünf Maler: Fritz Mackensen, Otto Modersohn, Fritz Overbeck, Hans am Ende und Heinrich Vogeler. Marie Bock, Ottilie Reyländer, Clara Westhoff und Paula Becker kommen nicht vor.

Endlich trifft ein neues Angebot ein, das in die Zukunft weist: Der Breslauer Kunsthistoriker Richard Muther schlägt Rilke vor, ein Buch über Rodin zu schreiben. Die Fluchtlinie scheint also nach Paris zu führen. Sie könnte auch Clara eine Existenzmöglichkeit bieten, denn sie möchte die Verbindung zu Rodin schon seit längerem wieder aufnehmen. Rilke beginnt sofort, mit Rodin zu korrespondieren. Clara konzentriert sich nicht allein auf diese Perspektive. Sie bewirbt sich zeitgleich um ein Reisestipendium nach Rom und zwei Stipendien, die in Bremen vergeben werden. Keines wird ihr zugeteilt. Trotz aller Widrigkeiten ist die Westerweder Zeit für Clara produktiv, denn sie arbeitet, wann immer sie sich die Zeit dafür nehmen kann. Viele Zeichnungen entstehen und die Büsten von Martha und Heinrich Vogeler, von Rainer Maria Rilke, von ihrem jüngeren Bruder Helmuth und von der kleinen Ruth.

Aber die Idylle bröckelt. Das gemeinsame Zuhause wird nicht länger aufrechtzuerhalten sein. Ausgerechnet zu diesem Zeitpunkt und ein halbes Jahr nach Rilkes Anfrage erfolgt Oskar Zwintschers Zusage, Clara zu malen. Da man ihm kein Honorar zahlen kann, lädt man ihn und seine Frau als Gegenleistung nach Westerwede ein. Sie folgen der Einladung am 2. Marz 1902 und bleiben vier Wochen. Die Besucher genießen den Frühling in der wilden Moorlandschaft und die Zusammenkünfte der Künstler. Zwintscher malt nicht nur Claras Porträt, sondern auch eines von Rilke und Vogeler. Als Claras Bildnis fertig ist, hängt es Zwintscher im Wohnzimmer in Westerwede auf und ist gespannt auf die Reaktion. Die Präsentation wird nicht gerade begeistert aufgenommen. Der Auftraggeber Rilke ist mit dem Ergebnis nicht zufrieden, doch da sein Interesse daran längst nicht mehr so akut ist wie bei der Auftragserteilung, äußert er sich diplomatisch. Er hat jetzt andere Dinge im Kopf. Sein Parisaufenthalt muß vorbereitet werden. Als die Gemälde ganz getrocknet sind, schickt Clara sie wie vereinbart zum Rahmen an Zwintscher nach Meißen. Sie schreibt: »In diesen Tagen werden Sie mich und Rainer Maria, in einer Kiste verpackt, zu sich ins Haus bekommen.«

Es ist Mitte Mai, und die Vorbereitungen für die Auflösung des Haushalts Rilke-Westhoff in Westerwede haben begonnen. In Claras Brief heißt es weiter:

»Wir sprechen oft von Ihnen und was Sie wohl machen, besonders in den letzten Tagen, da wir von Ihren beiden, uns sehr lieben Bildern Abschied nehmen mußten, aber wir freuen uns, daß sie überhaupt existieren und daß sie beide eines Tages in irgend einem schönen güldenen Gewand wieder bei uns einziehen werden und bei uns bleiben. Daß sie von allen zukünftigen Wänden immer auf uns herabsehen werden und die stillen Zuschauer unserer Tage sein. Wie freuen uns auf sie.«

In dieser Phase stehen die Chancen für ein zukünftiges gemeinsames Heim schlecht, doch das will Clara nicht zugeben, und vielleicht hofft sie ja im Stillen auf eine glückliche Fügung. Sie hat sich selbst ganz zurückgenommen. Das ist auch deutlich auf dem Gemälde Oskar Zwintschers zu erkennen. Sie wirkt gezähmt und kraftlos. Sehr schön, in hochgeschlossenem Kleid, geschmückt mit einer auffälligen Kette, deren Anhänger den Heiligen Georg im Kampf mit dem Drachen darstellt. Sicher ist es kein Zufall, daß Rilke kurz vorher die Novelle »Der Drachentöter« geschrieben hat.

Am 30. Mai verläßt Rilke seine Familie. Er hält sich bis zu seiner endgültigen Abreise nach Paris hauptsächlich auf dem Schloß des Prinzen und der Prinzessin Schönaich-Carolath in Haseldorf auf, wo er in einem still gelegenen Arbeitszimmer mit Blick auf den Park ungestört seiner Dichtung nachgehen kann. Es ist das erste Mal, daß Rilke als Ehrengast auf einem Schloß lebt und so behandelt wird, wie es ihm gefällt: als bedeutender Schriftsteller, der in seiner Kunst gefördert werden muß. Es wird die Rolle seines Lebens werden. Und Schlösser werden dafür die angemessene Kulisse sein.

Am 26. August 1902 besteigt Rilke in Bremen den Fernzug nach Paris. Clara bleibt allein zurück mit ihrer kleinen Tochter und einer furchtbaren Aufgabe: Sie räumt das Haus, stellt die Bilder, Bücher und Möbel, von denen sie sich nicht trennen will, bei den Eltern in Oberneuland und im Barkenhoff unter und läßt den Rest im Herbst auf einer Auktion versteigern. »Trümmer einer Vergangenheit, aber hoffentlich auch Bausteine einer Zukunft«, schreibt Rilke aus Paris an Zwintscher.

Es muß für Clara entsetzlich schwer gewesen sein, das voller Hoffnung, ja, voller Illusionen selbst aufgebaute Heim nun mit eigener Hand zu demontieren und einige liebgewonnene Gegenstände für immer wegzugeben. Noch dazu, weil sich keine realistische Perspektive eröffnet, die für alle drei Familienmitglieder zusammen eine Existenzmöglichkeit bietet. Wie könnte das Leben in Paris mit dem kleinen Kind aussehen? Wer sollte Ruth betreuen, wenn Clara ihren Studien bei Rodin nachgehen würde? Fragen, denen Clara so gut wie ganz allein gegenübersteht. Zwar kümmert sich Rilke aus der Ferne um seine Familie, aber der direkten Konfrontation weiß er sich immer zu entziehen. Hilfe findet Clara einzig bei Heinrich und Martha Vogeler. Rilke bedankt sich dafür und schreibt Mitte September 1902 aus Paris:

»Ich höre (Clara Westhoff schreibt es mir): – Sie beide sind gut zu ihr, helfen ihr, thun ihr wohl. – Gott, Sie wissen ja, was das mit uns geworden ist, Sie sehen, wie alles, was wir versucht haben, mißlungen ist. Sie haben es nahe an uns, fast mit uns erlebt, und so muß ich Ihnen gar nichts sagen, lieber Freund. Sie wissen alles. So muß ich Ihnen auch nicht sagen, wie lieb, gut und wichtig alles Hilfreiche ist, was Sie jetzt tun. Bitte, bitte, Sie beide: raten Sie Clara Westhoff und helfen Sie ihr mit Ihrem Dasein und Beistehn in den Tagen, wenn sie anfangen wird, ohne unsere liebe Ruth, im zerstörten Haus zu wohnen.«

Eine Horrorvision: Das Haus leert sich, der Tag der Abreise nach Paris naht, Ruth wird nach Oberneuland zu den Großeltern gebracht. Claras Eltern sind vor einiger Zeit ganz in ihren einstigen Sommerwohnsitz gezogen und haben die Bremer Wohnung aufgegeben. Wenigstens weiß Clara, daß ihr Kind in einer Umgebung leben wird, die sie sehr liebt und in der sie selbst die glücklichste Zeit ihrer Jugend verbracht hat. Aber das ist nur ein schwacher Trost, denn ihre Eltern hält sie nicht gerade für die besten Großeltern, und es tut ihr weh, Ruth zu verlassen. Gibt es keinen anderen Weg?

Rilke wendet sich mit dieser Frage an Ellen Key, eine berühmte schwedische Frauenrechtlerin, zu der er anläßlich seiner Rezension ihres Buchs »Das Jahrhundert des Kindes« Kontakt aufgenommen hat. Er schreibt ihr im September 1902 einen Brief aus Paris, in dem er die schwierige Situation Claras schildert:

»Sie muß nach Paris, wo sie das Glück haben wird, unter Rodins Rat zu arbeiten. Natürlich wollte sie unsere liebe Ruth mitnehmen; ein Gedanke an Trennung von ihrem Kinde kam ihr nie. Aber allmählich, bei ruhiger Überlegung, stand eine Unmöglichkeit nach der anderen auf. Wir hatten ohnehin viele kleine Sorgen und Bangnisse, nun kam noch diese große Sorge hinzu. Meine Frau wird in Paris mit sehr wenig Geld leben müssen und wird sich selbst manche Entbehrung auferlegen, um die Modelle bezahlen zu können. Ich kann ihr nicht helfen; meine Bücher und Dramen tragen nichts ... Sie wird nur ein kleines Atelier mieten können, und wie soll es da mit dem Kinde sein?«

Zum Schluß stellt Rilke unverblümt die Frage, ob Ellen Key nicht einen hilfreichen Menschen wisse, der auf eigene Kosten oder für sehr wenig Lohn mit nach Paris käme, um Ruth zu betreuen. Er und Clara müßten jedenfalls unbedingt in Paris arbeiten, denn ihnen beiden sei die Ausübung und Entfaltung ihrer Kunst das Wichtigste im Leben.

Clara vermißt in dieser schweren Zeit Paula, die sich seit dem unerfreulichen heftigen Briefwechsel zurückgezogen hat. Hat sie die Freundin für immer verloren? Die Verluste summieren sich für Clara, und sie steht diese harte Zeit nur durch, weil sie ständig etwas zu tun und zu organisieren hat. Diese Aktivitäten drängen die Sorgen und Zukunftsängste in den Hintergrund. Aber für wie lange?

Als sie zufällig Otto Modersohn begegnet, notiert dieser am 15. September 1902 in seinem Tagebuch:

»Heute morgen traf ich Frau Rilke. Wie düster, wie ein schlimmes Buch wirkt deren Erzählung auf mich und Paula. Er in Paris bei Rodin – sie geht in vierzehn Tagen; wenn sie Geld hat. Kind zu den Eltern in Oberneuland. Zukunft ganz ungewiß. Haus bis zum Frühjahr vermieten, dann kündigen sie. Möbel wollen sie verkaufen z. T. Wie schrecklich. Erst zu heiraten, Kind zu haben und dann an den brotbringenden Beruf zu denken! Immer in Not zu sitzen.«

Clara folgt ihrem Mann im Oktober 1902 nach Paris, doch sie wird nie wieder mit ihm und ihrer Tochter als Familie zusammenleben. Schon in Paris geht jeder seine eigenen Wege. Die Ehe wird zwar niemals geschieden, existiert aber bald nur noch auf dem Papier. Bis heute findet sie in der Rilke-Literatur bloß marginal Erwähnung, wird bagatellisiert oder sogar ganz verschwiegen. Dazu trägt sicher auch Clara Rilke-Westhoffs Verfügung bei, ihre Briefe an Rainer Maria Rilke nicht der Öffentlichkeit zur Verfügung zu stellen. Sie wollte nicht eingereiht werden in den Reigen der Briefeschreiberinnen an den berühmten Dichter. Trotzdem ist es erstaunlich, daß die Verbindung der beiden Künstler allgemein so wenig gewürdigt wird, denn es ist offensichtlich, daß Rilke dadurch entscheidende Impulse für sein Werk erhalten hat.

Verlust der Schwesternseele

O welches Glück ist es doch für mich, daß ich meine Paula gefunden, ein nicht hoch genug zu schätzendes Glück für mich. Gerade so ein Mädchen thut mir noth«, schwärmt Otto Modersohn am 26. November 1900 in seinem Tagebuch. Er ist fasziniert von ihrer Vitalität, der Vielfalt ihrer Interessen und ihrer Lebensbejahung. Er läßt sich gern mitreißen und fühlt sich dann leicht und fröhlich. Die junge Frau erfrischt und verjüngt ihn. Seine Phasen der Stimmungslosigkeit mag sie nicht. Sie versucht, sie zu vertreiben, was ihr meistens gelingt. Alles Schwere und Grüblerische fällt von ihm ab, wenn er mit ihr zusammen ist. Darüberhinaus ist sie der Kunst mit Ernst und Verständnis zugewandt, sowohl in ihrer eigenen Arbeit als auch in der Auseinandersetzung mit den Werken anderer Maler. Sie kann sich in Böcklin und in die alten Meister einfühlen, und es ist anregend, mit ihr darüber zu sprechen. Otto Modersohn ist hingerissen von dieser Mischung aus alltäglicher Heiterkeit und künstlerischem Ernst. Dafür nimmt er Unstimmigkeiten und kleine Differenzen in Kauf. Wenn es einmal dazu kommt, dann läßt er in der Regel die elf Jahre jüngere Frau gewähren, nimmt die Rolle des Überlegenen ein, der gern Nachsicht übt. Aber immer schwingt die Gewißheit mit, daß er es ist, der weiß, wie die Dinge zu sein haben.

Als Paula im Frühjahr 1901 nach Berlin reist, um kochen zu lernen, fügt er sich ins Unvermeidliche. Zwar bedeutet das eine zweimonatige Trennung, aber er wird einmal davon profitieren. Mit ihren Briefen aus Berlin ist er allerdings nicht zufrieden. Sie schreibt ihm zuviel vom Malen, von Böcklin, von ihrer Lektüre, von Besuchen bei Rilke und anderen Erlebnissen. Was er vermißt, sind heiße Liebesschwüre. Ihre zärtlichen Worte reichen ihm nicht. Er entschließt sich, ihr nun seinerseits nicht nur seltener, sondern auch zurückhaltender zu schreiben. Paula ist betrübt:

»Schreibe ich Dir immer nur von lauter Malen und nichts anderem. Steht nicht Liebe in den Zeilen und zwischen den Zeilen, leuchtend und glühend, und still und minnig, so wie ein Weib lieben soll und wie Dein Weib Dich liebt? Lieber. Ich kann mein Letztes nicht sagen. Es bleibt scheu in mir und fürchtet das Tageslicht.«

Sie hält Ottos Vorwürfe für nicht gerechtfertigt, kennt Angriffe dieser Art allerdings schon von ihrer Familie. Ihre Zielstrebigkeit, ihre ungeteilte Hinwendung an die Kunst und das Leben sind stets mißverstanden und als Egoismus und Lieblosigkeit gewertet worden. Bezüglich ihres Berlin-Aufenthaltes macht ihr etwas anderes zu schaffen: Sie findet es ungerecht, daß es immer die Frauen sind, denen Proben wie dieser Kochkurs auferlegt werden, während die Männer für die Ehe nichts dazulernen müssen, sondern bleiben dürfen, wie sie sind. Paula ist zwar fast immer kompromißbereit, kann jedoch nur eine begrenzte Zeit gegen ihren Willen leben. Sie hält es nicht lange aus, ohne zu malen, und schreibt am 8. März 1901 an ihre Mutter, daß sie nun, nach zwei Monaten Hauswirtschaftslehre, die Heimreise antreten wird. Sie schließt den Brief mit den Worten: »Es ist gut, sich aus Verhältnissen loszulösen, die einem die Luft benehmen.«

Sie hat genug von diesem Leben, das überhaupt nicht ihres ist und in dem Tätigkeiten die Hauptrolle spielen, deren Notwendigkeit sie zwar akzeptiert, die sie aber nicht für wichtig hält. Mit Bedauern erkennt sie, daß die Kunst dabei ins Hintertreffen gerät. Das will sie um jeden Preis verhindern. Lieber will sie den Haushalt in eigener Praxis und Regie daheim in Worpswede weiterbetreiben.

Paula und Otto Modersohn zu Hause, 1901

Am 25. Mai 1901 heiraten Paula Becker und Otto Modersohn. Auch ihre Trauung findet nicht, wie geplant, in der Kirche statt, sondern am Krankenbett von Paulas Vater in der Wohnung der Familie Becker in Bremen. Ziele der Hochzeitsreise sind Berlin, Dresden und Schreiberhau, wo das frischgebackene Ehepaar eine Woche bei Gerhart Hauptmann und seiner Frau zu Gast ist. Die Reise führt weiter über Prag, München und Dachau. Am 19. Juni 1901 kehren sie zurück nach Worpswede.

Paula veranlaßt, daß Modersohns Haus nach ihren Plänen umgebaut und mit originellen Möbeln versehen wird. Sie möchte schöne Dinge um sich haben. Sie will sich ein Heim schaffen, in dem sie sich wohlfühlt. Nach kurzer Zeit hat sie ihren Alltag so organisiert, daß die Kunst im Vordergrund steht, die häusliche Arbeit jedoch nicht vernachlässigt wird. Ihre Schwester Herma beschreibt Paulas Tagesablauf:

»Um sieben wurde aufgestanden, bis neun einiges Häusliche erledigt. Dann verschwand sie auf ihrem kleinen Pfad durch die Wiesen hinter der Lehmkuhle durch nach dem Atelier, die Landstraße mit ihren Begegnungen meidend. Um ein Uhr wurde zu Mittag gegessen. Nach zehn Minuten Schlafes erschien sie frisch und arbeitsfroh beim Kaffee und um drei ging das Malen weiter bis nach sieben.«

Wichtig ist für Paula, daß Elsbeth, die knapp dreijährige Tochter Ottos aus erster Ehe, nicht zu kurz kommt. Es ist für sie ein Gewinn, mit dem Kind zusammenzusein. Annemarie Hosenfeld-Krummacher, eine Freundin Elsbeths, erinnert sich im »Buch der Freundschaft«:

»Von einem besonderen Zauber umwoben war das Märchenspielen bei Modersohns. Ich erinnere mich eines dämmernden Abends. Wir waren der wilden Spiele draußen müde, und Frau Modersohn rief uns in ihr eigenes behagliches Wohnzimmer. Eine große Truhe wurde herangeschleppt, deren Inhalt unsere Herzen höher schlagen ließ. Was kam da alles zum Vorschein an seidenen und samtenen Prachtgewändern und buntem Theaterkram! Jedes Kind wurde seiner Rolle entsprechend von Elsbeths Mutter angekleidet. Die blonde Meta erhielt als Prinz ein blausilberschimmerndes Pagenkostüm, Elsbeth als Schneewittchen ein weißes Atlaskleid, ich als Dornröschen wurde in Rosarot gesteckt. Das Rotkäppchen, meine kleine Schwester, staffierte man mit einem roten Mützchen und rotem Mieder aus. Der seltsame Staat hing ein wenig lang, steif und ungewohnt an uns, aber desto gehobener und feierlicher war uns zumute. Dennoch war dieses Stegreifspiel mit uns, den nüchternen norddeutschen Dorfkindern, nicht so einfach. Manchmal schob man uns wie Marionetten hin und her. Die Phantasie und Gestaltungskraft der Spielleiterin verlieh diesem kindlichen Spiel erst Leben. Die meisten Rollen spielte sie selbst, ohne Kostumierung, allein durch Sprache und Mimik überzeugend. Wie konnte sie im Spiel mit Kindern aufgehen!

Wir waren bei der Aufführung von Rotkäppchen. Da meldete man Besuch, nämlich meinen und Rotkäppchens Vater. Frau Modersohn begrüßte den Gast mit ausgestreckten Händen: ›Aber das paßt ausgezeichnet, daß Sie jetzt kommen! Uns fehlt gerade noch der Wolf!‹ Ohne sich im Spiel unterbrechen zu lassen, wurde dem Besucher ein schwarzer langhaariger Bettvorleger umgesteckt, das Gesicht mit Kohle geschwärzt. Der Wolf war fertig! Auf allen vieren tappte und kroch er durch das Zimmer und wirkte echt und unheimlich dazu.«

Paula ist gern mit ihrer kleinen Stieftochter zusammen. Sie liebt es, mit ihr zu spielen und sie zu porträtieren. Auf einem Gemälde, das 1902 entstanden ist, steht Elsbeth ganz in sich versunken auf einer Blumenwiese in Brünjes' Garten, neben sich die hohe Blütendolde eines Fingerhuts. Im Hintergrund laufen Hühner herum. Paula hat auf diesem Bild einen Moment festgehalten, der ihre Fähigkeit eindrucksvoll dokumentiert, sich in magische Dimensionen der Kindheit zurückzuversetzen. Sie hat diese geheimnisvollen Augenblicke selbst einmal erlebt und möchte sie ihrer Stieftochter nun

Paula und Elsbeth im Garten, um 1902

auch ermöglichen. Dafür ist ihr keine Mühe zuviel. Diese Aufgabe übernimmt sie mit Begeisterung.

Was ihr allerdings auch nach einem Jahr nicht gefallen will, sind die häuslichen Tätigkeiten, die mit der Eheschließung selbstverständlich von ihr erwartet werden. Überhaupt hat sie sich das Leben nach der Heirat anders vorgestellt, wie ihre Aufzeichnung vom 30. März 1902 deutlich macht:

»Es ist meine Erfahrung, daß die Ehe nicht glücklicher macht. Sie nimmt die Illusion, die vorher das ganze Wesen trug, daß es eine Schwesternseele gäbe.

Man fühlt in der Ehe doppelt das Unverstandensein, weil das ganze frühere Leben darauf hinausging, ein Wesen zu finden, das versteht. Und ist es vielleicht nicht doch besser ohne diese Illusion, Aug' in Auge einer großen einsamen Wahrheit? Dies schreibe ich in mein Küchenhaushaltebuch am Ostersonntag 1902, sitze in meiner Küche und koche Kalbsbraten.«

Otto Modersohn scheint also nicht das »Wesen« zu sein, das Paula gesucht hat, jedenfalls keine Schwesternseele. Es ist erstaunlich, daß sie dieses Wort in einem Zusammenhang benutzt, in dem es um die Verbindung mit ihrem Ehemann geht. Wahrscheinlich schwingt hier ein ganz anderer Verlust mit, der immer schwerer auf ihrem Herzen lastet: Clara ist aus ihrem Leben verschwunden. Es ist also die Erkenntnis eines zweifachen Verlustes, die Paula am Ostersonntag beim Kochen übermannt.

Otto zeigt Verständnis für die Situation seiner Frau, zumindest was ihre Kränkung bezüglich Claras und Rilkes Verhalten angeht. In seinem Tagebuch klagt er an:

»Nie wird nach ihrer Arbeit gefragt, nie hat Clara Westhoff sie besucht – die ihre Freundin sein wollte. Welcher Hochmut liegt in Rilkes Worten, daß P. warten soll vor der Tür, bis seine hohe Gattin und große Künstlerin die Tore auftut. P. hat versäumt, ihr zu folgen in ihre hohen Regionen.«

Aber es ist nicht nur das Ehepaar Rilke, das Paula unterschätzt und ihre Arbeit ignoriert. Auch ihre Eltern, die Geschwister und die Tanten nehmen sie nicht ernst und scheinen eine stillschweigende Übereinkunft getroffen zu haben, daß aus Paula nichts wird. Die Worpsweder Maler interessieren sich nicht ernsthaft für ihre Bilder, und Vogeler hat sogar verlauten lassen, für eine Frau dürfe die Kunst nicht im Vordergrund stehen. Otto Modersohn ist empört, denn er weiß, daß Paula die anderen Worpsweder Maler in künstlerischer Hinsicht längst überholt hat. Sie hat nicht nur Kraft und Phantasie, sondern auch Witz. Das macht ihre Gemälde lebendig. Dazu ein ausgeprägtes Farb- und Formempfinden. Otto Modersohn bewundert Paulas Zielstrebigkeit und Urteilsvermögen, auch im Hinblick auf seine eigenen Bilder. Da liegt sie mit ihrer Einschätzung meistens richtig. Überhaupt ergänzt sich das Paar in der Malerei trefflich:

»Wenn sie weiter kommt im Intimen, ist sie eine syperbe Malerin. Ich bin voller Hoffnung. Wie ich ihr von dem Intimen geben kann – so sie mir vom Großen, Freien, Lapidaren. Ich mache immer zuviel, dadurch werde ich leicht kleinlich und ich hasse die Kleinlichkeit, ich will Größe. Darin regt mich Paula riesig an. Wundervoll ist dies wechselseitige Geben und Nehmen; ich fühle, wie ich lerne an ihr und mit ihr. Unser Verhältnis ist zu schön, schöner als ich je gedacht, ich bin wahrhaft glücklich, sie ist eine echte Künstlerin, wie es wenige gibt in der Welt, sie hat etwas ganz Seltenes – sie ist innerlich künstlerischer wie Fritz Mackensen oder Heinrich Vogeler oder Fritz Overbeck, geschweige denn Carl Vinnen und Hans am Ende. Keiner kennt sie, keiner schätzt sie – das wird anders werden. Ich wirke leicht zu niedlich, nett, angenehm und so etwas – während mein Ideal Größe ist«, schreibt Otto Modersohn am 15. Juni 1902 in sein Tagebuch, und in den folgenden Wochen häufen sich die Eintragungen voller Respekt für Paulas Kunst und Freude über die Zusammenarbeit:

7. Juli 1902

»Meine Paula ist doch eine feine Deern. Eine Künstlerin durch und durch. Ihr Farbensinn – wie bei keinem hier; ich komme zur Zeit nicht mit. Ich bin einfach paff darüber. Mir ist das nie passirt, außer hie und da bei Fritz Mackensen am

Anfang. Mir ist das riesig gut. Das rüttelt mich auf. ›Diese kleine Deern soll besser malen wie Du, der Deubel, das wäre doch‹. Junge, Junge, jetzt fange ich an. Mir sind die Augen offen. Das wird ein Wettlauf.«

8. Juli 1902

»Durch den letzten Kater über Paulas Studie mit den Glaskugeln bin ich endlich, endlich ganz aufgewacht aus meinem siebenjährigen Schlaf. Wie Schuppen fällt es mir von den Augen. Gott sei Dank, daß ich endlich klar, ganz klar sehe, worauf es ankommt. Paula verdanke ich das, dieser verdeubelten Deern.«

9. Juli 1902

»Ich will mich vertiefen, sammeln zu tiefer, großer Kunst. Nur das beschäftigt mich. Paula ist mein Kamerad. Paula ist ein geniales Frauenzimmer, die begabteste hier und überhaupt selten, sie allein hat großen Gesichtspunkt, fühlt worauf es ankommt, ist Künstlerin durch und durch. Alle anderen ziehen abwärts, alle.«

Neben den lobenden Einträgen, die sich vor allem auf den künstlerischen Wettbewerb der beiden Eheleute beziehen, finden sich aber auch zunehmend kritische, in denen sich Otto Modersohn über Paulas Rücksichtslosigkeit und Egoismus beklagt. Als Grund dafür vermutet er ihre intensive Nietzsche-Lektüre. Das Ehepaar Rilke hält er ebenfalls für infiziert von dieser modernen Krankheit. Er wirft ihnen Arroganz und Herzlosigkeit im Kontakt mit anderen Menschen vor. Und auch Paula sei in ihrem Urteil oft sehr schroff und ablehnend. Modersohn fragt sich in seinem Tagebuch:

»Ob wohl alle begabten Frauenzimmer so sind? Begabt in der Kunst ist Paula ja sehr, ich bin erstaunt über ihre Fortschritte. Wenn sich damit doch mehr menschliche Tugenden verbänden. Das muß das schwerste für ein Frauenzimmer sein: geistig hoch, intelligent und doch ganz Weib. Diese modernen Frauenzimmer können nicht wirklich lieben oder sie fassen Liebe nur von der animalischen Seite, die Psyche nimmt nicht daran teil. Wie fern sind sie doch vom wirklich hohen Ziele. Sie stolpern über ihre eigenen Beine. Mit all ihrer Intelligenz kommen sie immer weiter vom Ziele ab. Für das beste halten sie Egoismus, Selbständigkeit, Selbstgefälligkeit und das kann keine glückliche Ehe werden. Der Mann ist natürlich in mittelalterlichen tyrannischen Gelüsten befangen, wenn er erwartet, daß seine Frau ihm zu Liebe etwas tut, mit ihm lebt, auf sein Interesse eingeht. Eine Frau würde da ja ihre Rechte, ihre Persönlichkeit opfern. So argumentieren sie und machen sich und ihre Männer unglücklich.«

Otto Modersohns Einstellung zu Paula ist widersprüchlich und heftigen Schwankungen unterworfen. Er erkennt ihre Begabung, freut sich über deren Entfaltung und wird dadurch selbst angespornt, nicht in altbewährten Fertigkeiten steckenzubleiben, sondern Neues auszuprobieren und sich immer weiter zu vervollkommnen. Gleichzeitig ist er jedoch von Paulas Unabhängigkeitssinn überfordert und fühlt sich als Ehemann vernachlässigt. Und nun plant sie auch noch eine neue Paris-Reise und nutzt jede Gelegenheit, Otto von der Wichtigkeit dieser Unternehmung zu überzeugen. Er versteht zwar, daß sie Museen, Kunsthandlungen und Galerien besuchen und sich weiterbilden möchte, aber muß es denn wirklich Paris sein? Als er sie danach fragt, beginnt Paula von dieser Stadt und ihrem Flair zu schwärmen. Da wird Otto deutlich, daß es nicht nur die Kunst ist, nach der sich Paula sehnt, sondern das Leben selbst. Sie hat es damals mit Clara so ausgekostet und kann gar nicht aufhören, davon zu erzählen. Otto kann ihre Euphorie nicht nachvollziehen. Natürlich hat er seine Aufenthalte dort auch als interessant und bereichernd empfunden, aber jedesmal ist er schon nach wenigen Tagen von dem bunten chaotischen Treiben in der Metropole erschlagen gewesen. Zu laut, zu schnell, zu wild. Mit seinem eigenen Leben hat diese Stadt wenig zu tun. Er braucht die Stille und Weite und Schwere der Moorlandschaft und könnte es in Paris nicht aushalten. »Sehen, genießen, was sie an Kunst aufspeichert und dann schnell fort in die Stille zurück.« So charakterisiert er seine Begegnungen mit der französischen Weltstadt.

Paula dagegen fühlt sich in Worpswede manchmal sehr

abgeschieden und vom pulsierenden Leben isoliert. Vielleicht könnten sporadische aber regelmäßige Paris-Reisen dieses Defizit kompensieren. Sie beginnt, Paris als ein mögliches Pendant zu Worpswede zu betrachten. Mit ihrem Fernweh nimmt ihre Überzeugungsfähigkeit zu, und so willigt Otto endlich ein. Paula *darf* reisen. Am 10. Februar 1903, kurz nach ihrem 27. Geburtstag, trifft sie in Paris ein. Einer ihrer ersten Wege führt sie zu Clara und Rilke, die seit Ende letzten Jahres dort leben. Paula möchte das Schweigen, das sich zwischen ihr und den Freunden ausgebreitet hat, wieder mit Gesten und Worten füllen. Zwar sind die Konflikte nicht vergessen, aber sie versucht eine Annäherung und wird freundlich aufgenommen. Das Leben der beiden Eheleute ist so eingerichtet, daß die Arbeit alles dominiert. Getrennte Arbeit. Jeder geht seiner eigenen Berufung für sich allein nach. Clara hat ein Atelier gemietet. Gemeinsame Unternehmungen können, wenn überhaupt, dann nur am Sonntag stattfinden, an den Werktagen sind sie nicht vorgesehen. Rilke setzt hier sein rigides Arbeitsethos kompromißlos durch. Paula spottet in einem Brief an Otto:

»Da Rodin zu Rilkes gesagt hat: ›Travailler, toujours travailler‹ nehmen sie das wörtlich, wollen Sonntags nicht mehr aufs Land gehen, sich scheinbar nicht mehr ihres Lebens überhaupt freuen.«

Paula empfindet das Paar als von Ängsten geplagt und in gedrückter Stimmung nebeneinander herlebend. Sie fürchtet, von der Freudlosigkeit und dem Trübsalblasen angesteckt zu werden. Clara scheint sich zwanghaft in die Arbeit zu stürzen, ganz wie es Rilke und Rodin, die beiden Männer, die sie nach wie vor als Vorbilder betrachtet, fordern. Sie geht früh in ihr Atelier und bleibt bis zur Dämmerung dort. Am Wochenende widmet sie sich vorwiegend den Briefen aus Oberneuland, in denen ihre Eltern von Ruth erzählen. Sie vermißt das Kind, hat Sehnsucht nach ihm, weiß jedoch nicht, wie sie ein Zusammenleben realisieren könnte, denn in finanzieller Hinsicht tut sich keine Zukunftsperspektive auf.

Und Rilke ist wieder einmal krank. Er wird von Influenza-Anfällen geplagt. Das Pariser Klima tut ihm nicht gut, und so faßt er den Entschluß, in den Süden zu reisen. Paula begrüßt das sehr, denn sie spürt, wie Clara durch ihn belastet wird. Auch in Paris stehen er und seine Belange wieder im Mittelpunkt. Paula betrachtet ihn zunehmend mit Skep-

Rainer Maria Rilke und Clara, 1903

sis, gepaart mit Ironie. Ihr Verhältnis zu Rilke hat sich völlig verändert. Seit er vor fast genau einem Jahr ihren Brief an Clara so eloquent verletzend beantwortet hat, hat er in Paulas Augen an Größe verloren, auch an dichterischer Größe. Eine Entzauberung hat stattgefunden. Paula schreibt an Otto, sie gehe zwar höflich mit ihm um, »aber ich mag ihn auf einmal nicht mehr leiden. Ich schätze ihn nicht mehr hoch ein. Er hält es mit jedem. Über sie kann man garnicht urteilen. Sie ist in einem Zustande, der nicht anhalten kann, da muß man einfach warten, was daraus wird. Nur setzt sich glaube ich ein Posten Selbstanbetung in ihrem Gemüte fest, der wohl drinnen bleiben wird. Mich läßt das alles völlig kalt, sodaß ich mich selbst wundere.«

Die Entfremdung von Clara und ihrem Mann läßt sich durch das Wiedersehen nicht aufheben, im Gegenteil, sie verfestigt sich sogar. Alles, was Paula nun mit den beiden erlebt, bestätigt nur ihr Urteil. Auch Rilkes Worpswede-Monographie, die er ihr in diesen Tagen schenkt, betrachtet sie kritisch und entdeckt bei einem ersten Überfliegen, daß darin »viel Gutes und Liebes und viel künstlerisch Schiefes Hand in Hand zu gehen« scheint. Nachdem sie sich genauer damit beschäftigt hat, konstatiert sie, es sei nicht die angemessene Art und Weise, über Kunst zu schreiben. Sie stört vor allem die Unentschiedenheit, mit der Rilke die einzelnen Maler vorstellt. So als wollte er eine kritische Einschätzung vermeiden, weil er fürchtet, es mit jemandem zu verderben, der ihm vielleicht später einmal nützlich sein könnte. Sie wirft Rilke Kalkül und Opportunismus vor und sieht vor allem darin den Grund für das Mißlingen seines Textes. Wahrscheinlich ist sie aber auch enttäuscht, daß sie selbst in dem Band überhaupt nicht erwähnt wird. Darüber verliert sie kein Wort. Allerdings berichtet sie Otto, Rilke habe sie Rodin mit einer kleinen Karte als »femme d'un peintre très distingué« empfohlen. Sie lächelt belustigt über diese Mißachtung, doch es tut ihr nicht mehr weh.

Aus der Enfernung denkt sie mit Wonne und Zärtlichkeit an Otto. Er scheint zwar wieder einmal seine Strategie des

Aufmerksamkeitsentzugs einzusetzen – Paula schreibt ihm, sie fange nun schon den dritten Brief an ihn an, ohne von ihm gehört zu haben – aber davon läßt sie sich nicht verdrießen. Hier, weit weg von zu Haus, fühlt sie sich Otto nah. Ihn im Hintergrund zu wissen, gibt ihr Ruhe und Sicherheit. Dafür wird der Ehering, der vorher keine Bedeutung für sie gehabt hat, plötzlich zum wichtigen Symbol. Sie betrachtet ihn mit Liebe und fürchtet sich davor, ihn zu verlieren. Obwohl sie ihn gewissenhaft trägt, wird sie oft als »Mademoiselle« angesprochen, weil man ihr angeblich die Ehefrau nicht ansieht. Das konstatiert sie mit einer gewissen Koketterie. Aus der Entfernung kann sie endlich die ersehnten Liebesgeständnisse ablegen. Im täglichen Miteinander in Worpswede ist ihr das nicht möglich gewesen. Sie fühlt sich Otto sogar so eng verbunden, daß sie in dieser Stimmung schon vorzeitig aus Paris zurückkehrt. Otto schreibt am 23. März 1903 beglückt in sein Tagebuch:

»Meine liebe Paula bringt mir – von Paris zurückgekehrt – die wunderbarsten Dinge: auf der einen Seite eine Vertiefung unserer Liebe, die ganz wunderbar ist, ich lebe wie im Traum, wahre Wonnen durchströmen mich.«

Es dauert aber nicht lange, bis wieder kritische Töne laut werden. Otto bemängelt Paulas fehlendes Zuständigkeitsgefühl für die Familie und das Haus. Das können auch ihre geistigen Interessen nicht aufwiegen, von denen sie seiner Ansicht nach sogar zuviele hat. Vielleicht sind diese sogar schädlich für ihre künstlerische Entwicklung. Otto kritisiert:

»Paula haßt das Konventionelle und fällt nun in den Fehler, alles lieber eckig, häßlich, bizarr, hölzern zu machen. Die Farbe ist famos – aber die Form? Der Ausdruck! Hände wie Löffel, Nasen wie Kolben, Münder wie Wunden, Ausdruck wie Cretins. Sie ladet sich zuviel auf. Zwei Köpfe, vier Hände auf kleinster Fläche, unter dem thut sie es nicht und dazu Kinder. Rat kann man ihr schwer erteilen, wie meistens.«

Aber auch Paula äußert sich zunehmend kritisch über ihren Ehemann. Ihrer Schwester Milly berichtet sie von seiner Hypochondrie:

»Diesen Herbst hatte er leider ein paar nervöse beängstigende Herzklopfen, die ihn, weil er ja überhaupt ängstlicher Art ist, besonders mitnehmen und ihn in seinem Gesundheitsgefühl unsicher machen. Nun geht es ihm aber wieder gut, er flattert mit seinem braunen Mantel wieder durch die Winde und steht in seinem Atelier und malt.«

Der Winter 1903/1904 ist für Otto Modersohn künstlerisch sehr ergiebig, im Gegensatz dazu schafft Paula nicht viel in diesen Monaten. Die kalte Jahreszeit in Norddeutschland ist trostlos und ohne Inspiration für sie. Sie liest indes französische Bücher und plant insgeheim eine Paris-Reise. Anfang 1905 ist es endlich soweit. Am 14. Februar 1905 macht sie sich auf den Weg. In Paris wird sie von ihrer Schwester Herma erwartet. Diese hat im Vorjahr ihr Abitur gemacht, will Französisch studieren und stimmt sich nun mit einer Au-Pair-Stelle in Paris darauf ein. Daneben erteilt sie Deutschunterricht. Paula freut sich auf ihre jüngere Schwester, mit der sie sich immer gut verstanden und die ihr früher oft als Modell gedient hat. Paulas Aufenthalt an der Seine ist gut vorbereitet. Ihre Mutter wird während der Zeit ihrer Abwesenheit den Modersohnschen Haushalt in Worpswede führen und sich vor allem um Elsbeth kümmern. Mathilde Becker tut es gern. Seit ihr Mann im November 1901 verstorben ist, ist sie dankbar über jede Gelegenheit, sich nützlich zu machen. Außerdem ist sie froh, Paula damit diesen Aufenthalt in Paris zu ermöglichen. Die beiden Schwestern genießen ihr Zusammensein. Sie stürzen sich ins Vergnügen der Fastnachtszeit, gehen aus, flirten mit zwei Bulgaren. Paula hat zwar immer ihr Skizzenbuch bei sich, aber diesmal steht das Pariser Leben an erster Stelle. Sie schreibt Otto flammende Briefe, doch er reagiert mehr und mehr mit Verstimmung. Er ist eifersüchtig, nicht nur auf den bulgarischen Bildhauer, sondern auf die Großstadt, auf die französische Kunst, ja überhaupt auf ein Leben, in dem er seinen Platz nicht finden kann und will. Als seine Mutter in diesen Tagen stirbt und Paula sofort zu ihm kommen will, hält er sie zurück und empfiehlt ihr, in Paris zu bleiben. Zum Begräbnis fährt er allein.

Weil Paula ihn so drängt, kommt er schließlich Ende März nach Paris. Paulas Schwester Milly und die Vogelers begleiten ihn. »Die Zeit war nicht erfreulich«, bilanziert er in seinem Tagebuch. Zurück in Worpswede, berichtet Paula ihrer Schwester Herma vom Ausklang der Reise, der im Gegensatz zu ihrem übrigen Aufenthalt eher unangenehm verlaufen ist. Je mehr sie sich Worpswede genähert haben, desto deutlicher haben sich Ottos Eifersucht und Mißfallen gezeigt. Er wirft Paula noch lange vor, sie hielte nichts mehr vom Leben im Teufelsmoor und würde viel lieber in Paris wohnen. Er steigert sich hinein in Vorwürfe und trübe Gedanken. Für Paula wirkt die Pariser Zeit trotzdem positiv nach. Sie zehrt lange von den vielfältigen Eindrücken, schreibt rückblickend begeistert an Herma und bedankt sich bei ihrer Mutter für die Unterstützung.

»Ich danke Dir überhaupt, daß Du in der Zeit, da ich in der Welt herumflog, meine Stelle so lieb vertreten hast. Du hast mir dadurch ermöglicht, den Inhalt meines Lebens zu erweitern. Ich sehe diese Pariser Reisen an als Ergänzung meines hiesigen etwas einseitigen Lebens und ich fühle, wie dieses Untertauchen in eine fremde Stadt mit ihren tausend Schwingungen nach zehn ruhigen Worpsweder Monaten mir ungefähr Lebensbedürfnis wird.«

Im Herbst 1905 wird eine gründliche Aussprache des Ehepaars Modersohn notwendig. Nachdem sich Otto zunächst gegen Paulas Vorwürfe gewehrt hat, sieht er ein, daß ihr gemeinsames Worpsweder Leben in eine eintönige Sackgasse hineingeraten ist. Wie schön war es doch am Anfang. Aufregend und verheißungsvoll. Das Leben war reich an Unternehmungen, Geselligkeiten und Gesprächen. Vergnügungen unterschiedlichster Art haben dazugehört: Schwimmen und Luftbaden im Sommer, Schlittschuhlaufen im Winter, Tanz zu allen Jahreszeiten, Lesungen, Serenaden und Bootsfahrten. Immer ist Paula die Initiatorin, die treibende Kraft gewesen. Otto sieht ein, daß er sich endlich aus seiner Lethargie lösen und selbst aktiv werden muß. Er hat gute Vorsätze gefaßt, aber Paula bleibt skeptisch. Sie denkt längst wieder an eine neue Paris-Reise, wie sie ihrer Mutter am 26. November 1905 mitteilt:

»Im stillen plane ich wieder einen Ausflug nach Paris, wofür ich mir schon fünfzig Mark gespart habe. Dagegen fühlt sich Otto urgemütlich. Er braucht das Leben nur als ein Ausruhen von seiner Kunst und kommt immer auf seine Rechnung. Ich habe von Zeit zu Zeit den starken Wunsch, noch etwas zu erleben. Daß man, wenn man heiratet, so furchtbar festsitzt, ist etwas schwer.«

Den Vorwurf, das Leben der Kunst total unterzuordnen und es dabei verkümmern zu lassen, wird auch eine andere Worpsweder Ehefrau aussprechen: Martha Vogeler wirft es demjenigen vor, dessen eigener Anspruch gerade in der Entwicklung einer Lebenskunst lag. Heinrich Vogeler schreibt in seinen »Erinnerungen«:

»›Eines weiß ich‹, kam es hart von ihren Lippen, ›was auch kommen mag, nie werde ich mit dir leben, nie, nie! Du hast keine Zeit fürs Leben, bist ein Märtyrer deiner Kunst und fühlst dich noch wohl dabei.‹ Ich konnte nicht antworten. Jedes ihrer Worte fraß an mir. Tausend Bilder stiegen in mir auf. Hatte ich dies bißchen Leben und Liebe nur als Mörtel benutzt, um zu schaffen und zu bauen?«

Die Ehe von Martha und Heinrich Vogeler wird zwar erst 1926 geschieden, die Wege der beiden trennen sich aber schon 1909.

Für Paula wird es schließlich unvermeidlich, eine Konsequenz zu ziehen. Sie spürt, daß sie sich in Worpswede immer stärker von sich selbst wegbewegt und in eine »lächerliche Einsamkeit« driftet. Diesen Sog muß sie aufhalten. Sie will sich endlich wieder auf sich zu bewegen. Als Fluchtlinie dient ihr Paris. Bevor sie sich wieder auf den Weg dorthin macht, schreibt sie am 17. Februar 1906 an Rilke:

»Ich freue mich auf ein Wiedersehn mit Ihnen, während oder nach Ihrer Tournee. Ich freue mich auf Rodin und auf hundert-tausend Dinge.

Und nun weiß ich gar nicht wie ich mich unterschreiben soll. Ich bin nicht Modersohn und ich bin auch nicht mehr Paula Becker.
Ich bin
Ich,
und hoffe, es immer mehr zu werden.
Das ist wohl das Endziel von allem unsern Ringen.«
Genau eine Woche später hat sie sich entschieden:
»Nun habe ich Otto Modersohn verlassen und stehe zwischen meinem alten Leben und meinem neuen. Wie das neue wohl wird. Und wie ich wohl werde in dem neuen Leben? Nun muß ja alles kommen.«

Herma ist überrascht, als Paula in Paris eintrifft. Sie hat geglaubt, die Schwester habe ihr Fernweh vorerst aufgegeben und sich in ihrem dreißigsten Lebensjahr zur Seßhaftigkeit entschlossen. Herma weiß nicht so recht, was sie von Paulas Plänen halten soll. Ermutigen will sie sie nicht. Und Otto tut ihr leid. Sie hat auch keine Lust, sich wie letztes Jahr mit Paula in das bunte Fastnachtstreiben zu stürzen. Das Zusammensein der beiden Schwestern gestaltet sich in diesen Tagen nicht gerade leicht. Dazu tragen auch Ottos Briefe bei. Diesmal schreibt er häufig und ausführlich. Er will Paula zur Rückkehr überreden. Aber sie braucht Zeit und bittet ihn in ihrem Brief vom 9. März 1906 um Geduld:

»Viele lange Briefe von Dir liegen vor mir und machen mich traurig. Es ist immer wieder derselbe Schrei in denselben und ich kann Dir doch nicht die Antwort geben, die Du haben möchtest. Lieber Otto, laß eine Zeit ruhig verstreichen und laß uns beide abwarten, wie meine Gefühle dann sind. Nur, Lieber, versuche den Gedanken ins Auge zu fassen, daß sich unsere Wege scheiden werden.«

Sie versucht ihm zu erklären, daß die Trennung weder durch ihn noch durch sie verschuldet ist. Es ist vielmehr so, daß beide etwas Unterschiedliches vom Leben wollen. Paula will das Worpsweder Leben der letzten Zeit auf keinen Fall weiterführen. Sie ist ein Mensch, der sich selbst verwirklichen will und nach eigenem Gutdünken entfalten muß – ihre

Kompromißfähigkeit ist begrenzt. Deshalb darf sie jetzt nicht nachgeben. Es ist weder Egomanie noch Grausamkeit noch Härte, die sie so handeln läßt. Es sind einzig Gründe der Selbsterhaltung. Immer wieder fordert sie Otto auf, sich an die Möglichkeit einer endgültigen Trennung zu gewöhnen. Am 9. April 1906 schreibt sie ihm:

»Eben las ich Deinen Brief. Er rührt mich tief. Es rührten mich auch die Worte aus meinen Briefen, die Du mir schreibst. Wie habe ich Dich geliebt. Lieber Rother, wenn Du es kannst, so halte Deine Hände noch eine Zeit über mir ohne mich zu verurteilen. Ich kann jetzt nicht zu Dir kommen, ich kann es nicht. Ich möchte Dich auch an keinem anderen Orte treffen. Ich möchte jetzt auch gar kein Kind von Dir haben. – Es ist vieles von Dir, was alles in mir wohnte und was mir entschwunden ist. Ich muß warten, ob es je wieder kommt oder ob etwas anderes dafür wieder kommt. Ich habe mir her und hin überlegt, was wohl das Beste ist, was ich thue. Ich fühle mich selbst unsicher, da ich alles, was in mir und um mich sicher war, verlassen habe. Ich muß nun einige Zeit in der Welt bleiben, werde geprüft und kann mich selber prüfen. Willst Du mir für die nächste Zeit monatlich 120 Mark geben, daß ich leben kann? Für diesen Monat bitte ich Dich sogar um 200 Mark, da ich am 15. meine Vierteljahresmiete bezahlen muß.«

In einer Phase, in der die Scheidung mehr als wahrscheinlich ist, sieht Paula sich genötigt, Otto um Geld zu bitten. Sie empfindet ihre Abhängigkeit zwar als demütigend, hat aber keine Skrupel, den Unterhalt von ihm anzunehmen. Zeitlebens ist ihr Verhältnis dazu indifferent. Sie hat nie eigenes Geld verdient, sondern ist immer unterstützt worden: von den Eltern, von Verwandten und letztlich von Otto. Er ist ihr immer noch der nächste, obwohl sie ihn verlassen hat. Sie weiß einfach keinen anderen Ausweg. Und er unterstützt sie weiterhin, ermuntert sie sogar zu einer Reise mit Herma nach St. Malo in die Bretagne, die er finanzieren will. Paula dankt ihm dafür und schreibt am 25. April 1906:

»Das Geld kam noch schön zu rechter Zeit an, und es war mir sehr angenehm, vor der Reise meine Ateliersmiete bezahlen zu können. Willst Du nun wohl so gut sein und mir jeden 15. hundertzwanzig Mark schicken? Es fällt mir schwer, Dich darum zu bitten. Wenn Du für die nächste Zeit noch für mich sorgen willst, so thue es bitte, ohne daß ich Dich jeden Monat darum bitten muß.«

Im selben Brief erzählt sie ihm von einer neuen Bekanntschaft, dem Bildhauer Bernhard Hoetger und seiner Frau. Seine Skulpturen haben sie schon vor einiger Zeit in einer Ausstellung in Bremen stark beeindruckt. Hoetger lebt jetzt mit seiner Frau in Paris. Das Ehepaar freut sich über den Besuch aus der Heimat, die Frau des Worpsweder Malers Otto Modersohn. Diesmal ist es Paula selbst, die sich so vorstellt und über ihren Ehemann definiert. Erst als sie Hoetger schon einige Wochen kennt, erwähnt sie fast beiläufig, daß sie selbst malt. Hoetger will sofort ihre Arbeiten sehen und ist verblüfft, als er ihr Atelier betritt, sowohl von der Fülle als auch von der Eigenwilligkeit ihrer Werke. In den letzten Wochen in Paris hat sie viel geschafft. Er ermutigt sie, ganz in ihrem eigenen Sinne weiterzumachen, und sie ist voller Dankbarkeit, kann es kaum glauben, daß ihr soviel Anerkennung und Zuwendung zuteil wird. Am 5. Mai 1906 gesteht sie Hoetger:

»Daß Sie an mich glauben, das ist der schönste Glaube von der ganzen Welt, weil ich an Sie glaube. Was nützt mir der Glaube der andern, wenn ich doch nicht an sie glaube. Sie haben mir Wunderbarstes gegeben. Sie haben sich selber mir gegeben. Ich habe Mut bekommen. Mein Mut stand immer hinter verrammelten Toren und wußte nicht aus noch ein, Sie haben die Tore geöffnet. Sie sind mir ein großer Geber. Ich fange jetzt auch an zu glauben, daß etwas aus mir wird. Und wenn ich das bedenke, dann kommen mir die Thränen der Seligkeit. – Ich danke Ihnen für Ihre gute Existenz, Sie haben mir so wohl gethan. Ich war ein bißchen einsam.«

In diesen Tagen erhält Paula einen Brief von ihrer Mutter. Diese ist besorgt und bestürzt über die Entwicklungen im Hause Modersohn und fragt die Tochter, warum sie in dieser schweren Zeit nicht zu ihr gekommen sei. Sie könne nicht verstehen, daß die Tochter alle Enttäuschungen und Verletzungen allein auf sich geladen habe. Das sei falsch gewesen, denn dadurch sei die Last so groß geworden, daß nunmehr die ganze Familie daran zu tragen habe. Dann schildert Mathilde Becker das Leben, das sie bei ihrem Besuch in Worpswede angetroffen hat. Paula fehlt an allen Ecken und Enden. Sie wird von Otto schmerzlich vermißt. Er hat ihre Bilder in sein Atelier geholt und versucht nun, umgeben von ihren Stilleben, zu arbeiten.

»Der Mann ist ergreifend in seiner großen und mächtigen Liebe, die sein ganzes Wesen füllt: ›O wenn ich sie nur erst wieder habe, was will ich alles machen!‹ sagt er oft vor sich hin. Er war wie verschmachtet und schließt sich leidenschaftlich an uns an. ›Sie soll alles haben. Sie soll keine öden Winter mehr haben, sie soll Freude haben, sie soll Paris haben – Alles, Alles, wenn ich sie nur erst wieder habe!‹«

Der Brief der Mutter steckt nicht nur voller Zuneigung und Verständnis, sondern enthält unterschwellig auch Vorwürfe und Schuldzuweisungen. Paula fühlt sich unter Druck gesetzt, bleibt aber hart:

»Ja, Mutter, ich konnte es nicht mehr aushalten und werde es auch wohl nie wieder aushalten können. Es war mir alles zu eng und nicht das und immer weniger das, was ich brauchte. Ich fange jetzt ein neues Leben an. Stört mich nicht, laßt mich gewähren. Es ist so wunderschön. Die letzte Woche habe ich gelebt wie im Rausche. Ich glaube, ich habe etwas vollbracht, was gut ist.

Seid nicht traurig über mich. Wenn mein Leben mich nicht wieder nach Worpswede führen sollte, so waren die acht Jahre, die ich da war, sehr schön», läßt sie ihre Mutter wissen.

Das neue Leben in Paris nimmt Paula ganz gefangen und treibt sie voran in ihrer Malerei. Hier und jetzt gelingen ihr plötzlich Dinge, um die sie vorher oft vergeblich gekämpft hat. All ihre Energien scheinen freigesetzt zu sein und in eine Richtung zu stürmen. Paula konzentriert sich auf ihre Arbeit, malt bei Tag und bei Nacht, scheint unbegrenzt Kräfte zur Verfügung zu haben. Viele Porträts und Selbstporträts entstehen. Nun scheint sie alles zu erreichen und sieht darin die Bestätigung, daß ihre Entscheidung, Worpswede zu verlassen und nach Paris zu gehen, richtig war. Die riesigen Fortschritte in der Malerei sind es, die ihr recht geben. Ottos Besuch zu Pfingsten bedeutet in erster Linie eine Störung dieses Schaffensrausches. Jetzt ist für Paula nicht der geeignete Zeitpunkt für Versöhnungsgespräche. Erkennt Otto denn nicht, daß das Malen jetzt viel wichtiger ist? Sieht er nicht, welchen Weg sie unaufhaltsam beschritten hat? Otto reist enttäuscht und tief traurig ab. Mittlerweile reagieren auch die meisten Worpsweder Kollegen und Freunde mit Unverständnis und Ablehnung auf Paulas Verhalten. Die Familie sowieso. Ungeduldig schreibt Paula im August 1906 an ihre Schwester Milly:

»Schuld oder Nichtschuld. Man ist eben so gut oder so schlecht wie man ist. Das Herumdoktern an sich hat wenig Zweck. Man gehe gerade und einfach seinen Weg. Ich halte mich für gut von Natur und sollte ich dann und wann etwas Schlechtes tun, so ist das auch natürlich.

Vielleicht klingen Dir diese Worte hart oder eingebildet. Der eine denkt so, der andere so. Die Hauptsache ist, daß jeder einheitlich denkt in seinem ganzen Organismus.«

Otto will die Trennung nicht akzeptieren. Für ihn ist noch längst nichts endgültig entschieden. Alles ist in der Schwebe, und gerade diese Situation ist für ihn unerträglich. Vor allem hindert sie ihn an seiner Arbeit. Er hält es nicht länger allein in Worpswede aus und kündigt an, wieder nach Paris kommen zu wollen, aber Paula wehrt ab. Sie schreibt ihm am 2. September 1906:

»Erspare uns Beiden diese Prüfungszeit. Gib mich frei, Otto. Ich mag Dich nicht zum Manne haben. Ich mag es nicht. Ergieb Dich drein. Foltere Dich nicht länger. Versuche mit der Vergangenheit abzuschließen. – Ich bitte Dich, alle äußerlichen Dinge nach Deinem Wunsche und Willen zu regeln. Wenn Du noch Freude an meinen Malereien hast, suche Dir aus, was Du behalten willst. Thue bitte keine Schritte mehr, uns zu vereinigen, sie würden nur die Qual verlängern.

Ich muß Dich noch bitten, mir ein letztes Mal Geld zu schicken. Ich bitte Dich um die Summe von fünfhundert Mark. Ich gehe für die nächste Zeit aufs Land. So schicke es bitte an B. Hoetger, 108 Rue Vaugirard. In dieser Zeit will ich Schritte tun, meine äußere Existenz zu sichern.

Ich danke Dir für alles Gute, was ich von Dir gehabt habe. Ich kann nicht anders handeln.«

Nur eine Woche später entschuldigt sie sich für ihren herben Brief. Er sei aus einer großen Verstimmung heraus geschrieben worden und in dieser Härte nicht haltbar, genausowenig wie ihr Entschluß, jetzt kein Kind zu bekommen. Sie sei momentan in einer labilen Verfassung, wisse nicht, welcher Weg der richtige sei, und müsse erst wieder zu sich finden.

Es tut Paula leid, Otto solchen Kummer zu bereiten. Sie schlägt vor, es doch noch einmal miteinander zu versuchen, und bittet ihn jetzt sogar, wieder nach Paris zu kommen. Der Grund für diesen Stimmungsumschlag liegt in einem Gespräch mit Hoetger. Dieser hat ihr deutlich vor Augen geführt, daß es für sie nicht nur schwierig, sondern nahezu unmöglich sein würde, ohne Ottos finanzielle Unterstützung in Paris zu überleben. Hoetger fürchtet, daß sie in eine existentielle Katastrophe geraten könnte. Das will er unbedingt rechtzeitig verhindern. Deshalb hat er so heftig auf sie eingewirkt und sie geradezu bekniet, ihre Meinung zu ändern. Paula fügt sich seinen Argumenten, lädt Otto ein, und dieser sagt zu, Ende Oktober zu kommen. Paulas nächster Brief an ihn fällt rein geschäftsmäßig aus. Er enthält praktische Fragen zur Organisation seines Aufenthalts und kein Wort der Vorfreude auf seinen Besuch:

»Soll ich Dir ein Atelier mieten? Es ist jetzt hohe Zeit, da großer Ansturm ist. Wann denkst Du ungefähr hier zu sein? Ich denke mir, es ist doch angenehmer für Dich ein Atelier als so ein schmutziges chambre garnie. Dann müßtest Du vielleicht ein Frachtpaket vorher schicken: Bettzeug und so weiter. Ich habe auch noch einiges, was ich brauche, hauptsächlich mein geliebtes Federbett.

Hoetgers bleiben den Winter noch hier und ich hoffe, Du wirst an ihm einen Freund finden. Er spricht sehr lieb von Dir. Daß ich Dir den letzten Brief schrieb, geschah auf seinen Rat. Dieser Brief soll kein Brief sein. Ich will nur gern wissen, wie Du wohnen willst.«

Im November 1906 schreibt Paula innerhalb von zwei Tagen zwei Briefe, in denen sie ihre Zukunftspläne ausführt. Der erste Brief, vom 17. November, ist an Clara gerichtet:

»Ich werde in mein früheres Leben zurückkehren mit einigen Änderungen. Auch ich selbst bin anders geworden, etwas selbständiger und nicht mehr voll zu viel Illusionen. Ich habe diesen Sommer gemerkt, daß ich nicht die Frau bin alleine zu stehn. Außer den ewigen Geldsorgen würde mich gerade meine Freiheit verlocken von mir abzukommen. Und ich möchte so gerne dahin gelangen, etwas zu schaffen, was ich selbst bin.

Ob ich schneidig handle, darüber kann uns erst die Zukunft aufklären. Die Hauptsache ist: Stille für die Arbeit, und die habe ich auf die Dauer an der Seite Otto Modersohns am meisten.

Ich danke Ihnen für Ihre freundschaftliche Hülfe und wünsche Ihnen zu Ihrem Geburtstage, daß wir zwei feine Frauen werden.«

Am nächsten Tag kündigt sie ihrer Schwester Milly an:

»Im Frühling ziehen Otto und ich wieder heim. Der Mensch ist rührend in seiner Liebe. Wir wollen versuchen, Brünjes zu kaufen, um unser Leben freier und breiter um uns zu gestalten, mit allerhand Getier um uns herum. Ich denke jetzt so: wenn der liebe Gott mir noch einmal erlaubt, etwas Schönes zu schaffen, will ich froh und zufrieden sein, wenn ich einen Ort habe, wo ich in Ruhe arbeiten kann, und will dankbar sein für das Teil Liebe, was mir zugefallen ist. Wenn man nur gesund bleibt und nicht zu früh stirbt.«

Paris – die Welt

1899/1900

Dezember. Clara ist vor wenigen Tagen in Paris angekommen. Mit dem Fernzug aus Bremen am Gare du Nord. Jetzt sitzt sie auf dem roten Himmelbett in einem Hotelzimmer und fühlt sich allein. Bald wird Paula da sein. Clara freut sich auf die Freundin.

Clara ist im Grand Hotel de la Haute Loire am Boulevard Raspail abgestiegen und hat das Zimmer 54 zugewiesen bekommen. Paula wird nebenan wohnen. Wand an Wand mit der Freundin in Paris – wunderbar! Es wird noch einige Zeit dauern, bis Paula eintrifft. Sie hat ihre Reise für die Silvesternacht geplant. Clara lächelt. Dieser Termin paßt zu ihrer Freundin: 1. Januar 1900 Paris. Aufbruch ins neue Jahrhundert. Clara kann es kaum erwarten, mit Paula zusammen die Stadt zu erkunden. Aber die nächsten Wochen wird sie noch allein sein. Und Paris ist so groß. Viel größer als München, die erste fremde Großstadt, in der sie gelebt hat. Zuerst ist es für sie schwierig gewesen, doch dann hat sie Gefallen gefunden. Das wird hier nicht anders sein. Sie ist zuversichtlich. Da fällt ihr ein, wie gut es gewesen ist, in München mit dem Fahrrad unterwegs zu sein. Ob es in Paris auch hilfreich wäre? On verra. Wir werden sehen.

An den Werktagen besucht Clara die Académie Julian. Sie arbeitet in der »passage du panorama«: schlecht beleuchtet, überfüllt, viele Studentinnen. Zum Glück hat sie einen guten

Lehrer: Monsieur Levebvre. Wenn Paula da ist, werden sie gemeinsam am Anatomieunterricht der École des Beaux Arts teilnehmen. Wenn sie nur erst da wäre. Clara hat viel vor mit der Freundin. Ihr Hotel liegt günstig in der Nähe des Boulevard Montparnasse. Sie will mit ihr ins Café Dome gehen und in die Closerie des Lilas. Sie weiß, wie sehr Paula die Antiquariate liebt. Bei den Bouquinisten wird es ihr gefallen. Aber leider dauert es noch eine Weile, bis sie kommt.

Clara hat zwei Empfehlungsschreiben in der Tasche, eins von Max Klinger und eins von ihrer Mutter. Welches soll sie zuerst einlösen? Clara ist unschlüssig wie selten. Das Los wird entscheiden: Mit geschlossenen Augen greift sie in die Tasche, bewegt beide Briefe zwischen den Fingern und zieht dann einen heraus. Es ist das Schreiben Klingers. Also wird sie heute zu Rodin gehen. Keine Ausrede, kein Aufschub. Er ist sehr berühmt, das weiß sie, er ist der größte lebende Bildhauer. Und sie? Sie ist eine junge Bildhauerin mit viel Talent, wie ihr Mackensen und Klinger immer wieder bestätigt haben, aber sie muß noch viel lernen. Das weiß sie, das will sie auch, und deshalb ist sie ja hier in Paris.

Zielstrebig geht sie in die Rue de l'Université. Dort befinden sich staatliche Ateliers, die den Künstlern zur Verfügung stehen. Clara betritt den Hof, der von den Werkstätten umrahmt ist. In der Mitte liegen Marmorblöcke unterschiedlicher Größe. Clara sucht nach einer Tür mit einem H, denn dahinter arbeitet Rodin. Sie klopft, wird hereingebeten und trifft auf eine Reihe weiterer Besucher. Rodin hat gerade begonnen, ihnen seine Arbeiten zu zeigen. Nun unterbricht er seine Erklärungen und wendet sich dem neuen Gast zu. Er blickt Clara freundlich an und fordert sie auf, sich ganz frei zu fühlen und einfach umzusehen. Clara, deren Herz bis zum Hals geschlagen hat, ist erleichtert, zunächst einmal alleingelassen zu werden. Aber sie kann sich nicht wirklich auf die Kunstwerke konzentrieren, solange deren Schöpfer in der Nähe ist. Die Anwesenheit des Meisters macht sie nervös. Immer wieder schaut sie zu ihm hinüber. Er fängt ihren Blick auf, als er gerade eine kleine Gipsplastik erklärt, die er in der

Paris – die Welt

Hand hält, unterbricht seinen Vortrag, geht auf Clara zu und reicht ihr den zerbrechlichen Gegenstand. Sie nimmt ihn behutsam in beide Hände und sieht dem Meister, der sich sofort wieder seinen anderen Gästen zuwendet, erstaunt nach.

Als alle gegangen sind, faßt Clara sich ein Herz, übergibt Rodin das Empfehlungsschreiben von Klinger und fragt ihn direkt, ob sie bei ihm als Schülerin anfangen könne. Sie stellt die Frage in ihrem besten Französisch, hat sich den Wortlaut seit langem zurechtgelegt. Rodin antwortet ausweichend liebenswürdig. Er könne das nicht so plötzlich entscheiden. Es hänge von verschiedenen Dingen ab. Clara versteht nicht alles. Ihr Ohr ist noch nicht an die französische Sprache gewöhnt, hat sich noch nicht eingehört in all ihre Dimensionen und Zwischentöne. Was sie versteht, ist, daß der Meister ihre Karte haben will. Sie gibt sie ihm rasch. Er wirft einen Blick darauf und verabschiedet sich dann.

Als Clara vom Hof zurück auf die Straße tritt, atmet sie auf. Sie ist ganz verschwitzt, obwohl es Winter ist und alles andere als warm. Auch wenn ihr Besuch kein faßbares Ergebnis gebracht hat, verspürt sie Zuversicht. Es ist wie damals bei Klinger. Der war zuerst skeptisch, jedoch gleichzeitig neugierig. Diesen Eindruck hat Rodin eben auch auf sie gemacht. Er ist an ihr interessiert. Sie hat es schon häufiger erfahren, daß sie diese Wirkung auf andere Menschen, vor allem auf Männer, ausübt, doch sie hat sie niemals einkalkuliert. Jetzt fühlt sie sich eigenartig erwartungsfroh. Irgendetwas ist geschehen. Heute wird sie nicht in die Akademie gehen. Heute ist kein normaler Arbeitstag.

Da fällt ihr der andere Brief ein, der, den die Mutter ihr mitgegeben hat. Er ist an die aus Bremen stammende Familie Uhlemann gerichtet, die seit einiger Zeit in Joinville-le-Pont, in der Nähe von Paris, lebt. Vielleicht ist es eine gute Idee, sie heute zu besuchen. Nach den Verkehrsverbindungen hat sie sich bereits bei ihrer Ankunft in Paris erkundigt. Sie fährt mit dem Omnibus zum Bahnhof und steigt dort in einen Vorortzug Richtung Vincennes. Joinville liegt an der Marne. Clara begegnet dem Ort mit Malerinnenaugen und registriert: weiße Landhäuser an einem gelben Fluß, umgeben von dunklen Wiesen, am Ufer strenge Pappeln. Sie spiegeln sich in dem ruhigen Wasser, zusammen mit den Villen. Alles scheint feucht und schwer. Die passende Kulisse für das Kammerspiel der Familie Uhlemann, das die ahnungslose Besucherin gleich erleben wird. »Wie in einem Ibsen-Stück!« wird Paula später einmal sagen.

Clara läutet an der Tür. Ein Mädchen öffnet ihr und bittet sie ins Haus. Dort lebt Frau Uhlemann, die Witwe eines ehemaligen Bremer Lehrers, mit ihren beiden Töchtern: einer Pianistin und dem etwas verbittert wirkenden Mädchen, das Clara geöffnet hat. Der Sohn wohnt in der Nebenvilla, zusammen mit seiner viel älteren Frau, einer Schweizerin, die in zerfetzten Kleidern herumläuft. Er ist hochbegabt, spricht acht Sprachen fließend, arbeitet als Journalist und äußert sich über alles und jeden in zynischer Weise. Frau Uhlemann ist taub. Nachdem sie sie begrüßt hat, empfindet Clara alles um sich herum als unerträglich laut, sogar das Ticken der Uhren. Es ist ihr, als müßte sie den Lärm abmildern, aber wie? Frau Uhlemann schaut sie zärtlich an, so, als habe sie lange auf Clara gewartet. Sie beginnt zu erzählen, einfach und selbstverständlich, ohne die möglichen Worte eines Gegenübers einzubeziehen. Sie kennt den Charakter und die Wirkung eines Dialogs nicht, wird nicht berührt von den Worten der anderen. Während ihrer Rede verändert sich ihr Gesicht. Mal leuchtet es, die Züge sind von heller Klarheit, dann plötzlich schieben sich dunkle Schatten davor. Jetzt erst bemerkt Clara die bösen Blicke der Tochter, mit denen diese versucht, die Rede der Mutter zu unterbrechen. Auch die abfälligen Gesten des Sohnes halten die Mutter nicht ab, in ihrem Monolog fortzufahren. Clara fühlt sich mißtrauisch beäugt, aber sie registriert es nur, ohne daß es sie wirklich berührt, denn der Bann, in den sie die Mutter geschlagen hat, ist unverletzbar.

Mittlerweile ist es spät geworden, Zeit zum Schlafengehen. In der großen Stube befindet sich das Bett der Mutter und das einer Tochter. Neben dem der Tochter wird ein Lager für Clara aufgeschlagen. Nach wenigen Worten legen sich alle zur Ruhe. Die Mutter hat Clara auf die Stirn geküßt. Nun liegt die alte Frau mit weit geöffneten Augen in den Kissen. Clara ist müde, aber bevor sie einschläft, beginnt die Tochter neben ihr zu sprechen. Wie zuvor ihre Mutter, hält sie ein klagendes Selbstgespräch. Obwohl Clara weiß, daß die Mutter von all dem nichts versteht, fühlt sie sich in höchstem Maße unwohl. Es ist ihr, als hörte sie mit den Ohren der Mutter. Die Tochter sitzt im Bett und prangert das Elend des Alltags an, allen voran die Klavierstunden, die sie unbegabten Schülern erteilen muß, um den Lebensunterhalt zu verdienen. Der Bruder, die Schwägerin, ja sogar die Nachbarn sind Objekte ihrer Anklage, die kein Ende zu nehmen scheint. Vor allem richtet sie sich jedoch gegen die Mutter. Claras Müdigkeit ist mit einem Mal verflogen. Nun sitzt auch sie aufrecht in ihrem Bett und schaut hinüber zu Frau Uhlemann, durch das Dunkel hindurch, ihre Stille berührend. Sie bleibt noch einige Tage, mag die Mutter nicht alleinlassen. Ein Band hat sich zwischen ihnen geknüpft und ist zum Haltepunkt für Clara geworden. Sie wird immer wieder an den Wochenenden nach Joinville fahren, sogar Weihnachten mit Familie Uhlemann feiern und später einmal Paula mitnehmen.

Paula – endlich ist der Tag ihrer Ankunft gekommen. Siebzehn Stunden war der Nachtzug unterwegs. In Bremen hat sie noch zusammen mit den Eltern und Geschwistern Silvester gefeiert. Nun bezieht sie ihr Quartier im Grand Hotel de la Haute Loire. Zimmer 53. Clara wohnt nebenan, ist aber nicht da. Paula hat schon mehrmals geklopft. Sie legt sich aufs Bett und läßt die letzten Tage Revue passieren. Der Vater hat ihr wieder einmal gute Ratschläge mit auf den Weg gegeben. Er ist froh, daß sie endlich aus Worpswede weggeht, sich dem ungünstigen Einfluß der Kolonie entzieht, und daß er auf ihren Bildern bald nicht mehr Pranken und Hängebäuche sehen muß, sondern neue Motive betrachten darf. Er ist zuversichtlich, daß sich der Gestaltungswille seiner Tochter in Paris in eine andere Richtung entwickelt als die, die er mit dem Schimpfwort »modern« belegt. »Leider« hält sich eine Repräsentantin dieser Richtung in Paris auf: Clara Westhoff. Zwar begrüßt es der Vater, daß sich seine Tochter nicht ganz allein in der Metropole zurechtfinden muß, aber ansonsten steht er der Kollegin aus Worpswede eher mißtrauisch gegenüber. Die große dunkle Frau mit dem festen Gang und dem entschlossenen Blick ist ihm unheimlich. Sie scheint genau zu wissen, was sie will und auf seine Tochter einzuwirken. Eine starke Persönlichkeit, gegen die sich Paula nicht durchsetzen können wird. Je eher Paula sich von ihr und dem Milieu, das sie repräsentiert, verabschiedet, desto besser. Er empfielt Paula, nicht zuviel Zeit mit Clara zu verbringen, damit sich jede von ihnen neuen Bekanntschaften und neuen künstlerischen Zielen zuwenden kann.

Paula muß lachen, als sie jetzt in ihrem Pariser Hotelzimmer daran denkt. Alle halten die Freundin für so stark und dominant, schließen von ihrer äußeren Erscheinung auf ihr Wesen. Paula kennt sie besser, die gutmütige, liebevolle, manchmal etwas unbeholfene Clara, die jetzt an ihre Zimmertür klopft. »Da sind Sie ja endlich!« Bevor sie sich umarmen, haben beide begeistert den selben Satz gerufen. Paulas Müdigkeit ist verflogen. Die Freundin ist gesprächig wie selten. Sie erzählt von der Académie Julian, von ihren Besuchen bei Familie Uhlemann in Joinville-le-Pont und von Rodin. Wenn sie von den Begegnungen mit ihm spricht, dann leuchten ihre Augen. Paula fühlt sich daran erinnert, wie sie selbst Klinger kennenlernte. Das ist lange her, damals war sie ein schwärmerisches und unsicheres Mädchen, heute ist sie eine junge Frau, die weiß, was sie will. In vier Wochen wird sie 24 Jahre alt sein.

Paula belegt Kurse an der Académie Colarossi in der Rue de la Grande Chaumière, nicht weit von ihrem Hotel. Sie braucht keine Prüfung zu machen, kann einfach mit der Arbeit in einem der beiden kleinen Häuser beginnen, aus denen die Schule besteht. Wie in der Académie Julian, die Clara besucht, sind die Räume dunkel und schlecht geheizt.

Als Paula einmal sehr früh durch die Straßen in der Nähe des Boulevard Montparnasse streift, entdeckt sie vor dem Eingang der Académie Colarossi eine Menschenschlange. Worauf warten all die Menschen dort? Der Unterricht hat doch noch gar nicht begonnen. Paula möchte der Sache auf den Grund gehen und nähert sich den Wartenden, unter denen sogar Kinder sind. Als sie sich endlich traut, eine Frau vorsichtig anzusprechen, erklärt ihr diese, daß sie, genau wie die anderen, hoffe, heute Modell stehen zu dürfen: eine abwechslungsreiche Tätigkeit, die noch dazu nicht schlecht bezahlt wird. Paula gefällt es allerdings nicht, daß sich die Modelle bei Colarossi verkleiden, posieren und Stellungen eingeübt haben, die sie den Studierenden vorführen. Die Malschülerinnen und -schüler wirken selbst verkleidet. Viele Männer haben lange Haare und tragen Samtanzüge oder riesige Capes. Auch die Frauen sind ganz anders angezogen, als sie es von zu Hause kennt, vor allem schmücken sie sich mit den abenteuerlichsten Frisuren. Nie hat sie sich vorstellen können, daß man so etwas mit seinem Haar anstellen kann.

Paula lebt sich ein und hat Erfolg in der Académie. Beim Concours wird ihr von vier Professoren eine Medaille zugesprochen. Sie schickt eine selbstgemalte Postkarte als Bilderrätsel an ihre Eltern. Die Lösung: Selbstbildnis der mit einer Medaille dekorierten Künstlerin. Paula fühlt sich bestätigt. Sie weiß, daß sie eine »richtige« Malerin ist, die die Welt mit Malerinnenaugen anschaut. So betrachtet sie auch ihre Freundin und stellt fest: Clara ist einfach zu groß für Paris. Ihre braune Haut, ihr gesundes Aussehen, ihre Riesenhaftigkeit wirken komisch auf Paula. Es scheint ihr, als werfe die Freundin bei jeder Bewegung ein Möbelstück um – im Café mit den eng stehenden Tischen oder in Uhlemanns Wohnung in Joinville. Die französische Leichtigkeit, der Esprit gehen ihr ab. Körperlich wie geistig. Doch Clara beschreitet sicher und selbstverständlich ihren Weg.

Paula staunt. Sie muß ihren Weg in Paris noch suchen. Im Hotel gefällt es ihr nicht. Das Bett wird erst am Nachmittag gemacht, und überhaupt findet sie die Atmosphäre so ungemütlich und chaotisch, daß sie sich zum Umzug entschließt. Sie mietet ein Zimmer in der Rue Campagne und richtet es sich bescheiden ein. Zwar wohnt sie nun nicht mehr mit Clara zusammen, aber hier fühlt sie sich wohler. Ihrem Vater teilt sie die frohe Botschaft mit. Er soll nicht länger befürchten, daß seine Tochter ganz unter den Eindruck des »Malweibs« Clara Westhoff gerät. Sie erklärt ihm, sie habe eine ganz andere Lebensweise als die Freundin, und ohnehin suchten beide in Paris nach neuen Begegnungen, neuen Sichtweisen, und studierten überdies an verschiedenen Akademien.

Clara berichtet ihren Eltern triumphierend, daß sie nun endlich anatomische Studien betreiben kann, worum sie sich seinerzeit im München erfolglos bemüht hatte. Sie schreibt:
»In der Woche gehen wir, Paula Becker und ich, jeder unsere eigenen Wege – nur die Anatomievorträge, mittwochs und sonnabends, hören wir zusammen. Dann sitzen wir da nebeneinander, jeder mit einem blauen und einem roten Bleistift und zeichnen schematische Zeichnungen von Muskeln und Knochen, die der Professor während des Vortrags an der Tafel macht, nach.«
Die Sonntage verbringen Clara und Paula gemeinsam: Sie unternehmen Ausflüge ins Grüne, fahren vom Louvre aus mit dem Dampfboot die Seine hinauf. Es kommt ihnen sehr entgegen, daß die Natur auch unmittelbar in der Nähe der Großstadt unberührt und wild wirkt. Wie gut, daß der deutsche Ordnungsteufel fehlt. In einer Frühlingslaube schreiben sie Postkarten an ihre »großen Männer« in Worpswede und an Max Klinger. Bald lernen sie in Paris andere deutsche Künstler kennen und fahren mit ihnen zusammen am Wochenende aufs Land, tanzen, rudern, singen. Ein Maler namens Emil Hansen ist darunter. Der Schleswiger Bauernsohn wird später als Emil Nolde berühmt werden. In seinen publizierten Erinnerungen kommen zwei seltsame deutsche Mädchen in Paris vor: die eine klein, fragend, lebhaft, die andere groß und zurückhaltend.

Die beiden Freundinnen lieben es nicht nur, ins Grüne zu fahren, sondern auch, durch die Stadt zu flanieren. Abends auf den Boulevards gibt es aufregende und skurrile Dinge zu entdecken, wie man es sich in Worpswede nicht hat träumen lassen. Paula und Clara fürchten manchmal, die Überfülle von Eindrücken gar nicht verarbeiten zu können, doch zum Glück sind sie zu zweit und tauschen ihre Erlebnisse aus. Sie haben schon viele originelle Typen gesehen, Menschen, die sich anscheinend überhaupt nicht darum kümmern, ob sie mit ihrer Aufmachung auffallen, wie zum Beispiel ein alter Mann, der sich eine grelle lila Steppdecke um den Leib gebunden hat und mit seinem Hund spazierengeht. Erhobenen Hauptes. Es gefällt den beiden Freundinnen, daß die »kleinen« Leute in Frankreich das Selbstbewußtsein ausstrahlen, das man in Deutschland nur den »großen« zugesteht.

Und der Frühling in Paris ist einfach zauberhaft: im Jardin du Luxembourg üppige Kastanienbäume mit leuchtenden Blütenfackeln in einer duftgeschwängerten Luft und auf jeder Bank ein schmusendes Pärchen. Jedes verhält sich so, als wäre es ganz allein auf der Welt und unbeobachtet. L'amour, l'amour. Ohne Scheu und Scham. Vollkommen anders als daheim. Hier in Paris werden die Küsse leichtfertiger ausgetauscht, sogar etwas zerstreut, so daß die Vermutung naheliegt, beide Teile des Paares hätten schon wieder ein neues Rendezvous im Sinn. Das Nebeneinander von kindlicher Lebensfreude und einer ziemlichen Verdorbenheit ist für die beiden Freundinnen schwer zu verstehen, doch sie meinen den Grund dafür zu kennen: Hier fehlt die Tiefe, der Ernst. Alles ist leicht, hübsch süßlich – c'est beau, c'est joli. Es hilft nichts, man muß das Grauehaarewachsenlassen hier verlernen, sonst kommt man aus dem Katzenjammer nicht wieder heraus. Damit haben die Franzosen keine Probleme. Es scheint so, als begännen sie mit jedem Tag ein neues Leben. In der Kunst hat das eine überaus belebende Wirkung, wie Paula und Clara auf ihren Spaziergängen durch die Museen und die Galerien feststellen. Was sie dort an gewagten Studien, an Farb- und Formexperimenten entdecken, läßt ihnen die gegenwärtige deutsche Kunst spießbürgerlich erscheinen.

Vor allem Paula ist es, die in das Geheimnis dieses Landes vordringen will. Von der Rue Lafitte hat sie schon soviel gehört, seit sie in Paris angekommen ist. In der Académie Colarossi spricht man ständig davon. Am besten selbst nachsehen. Paula macht sich auf den Weg ins neunte Arrondissement, sucht die kleine Straße ab und steht plötzlich vor dem Schaufenster des Kunsthändlers Ambroise Vollard. Sie betritt den Laden und schaut sich um. In einer Ecke stehen Bilder an die Wand gelehnt, verkehrtherum, man sieht nur ihre Rückseiten. Paula fühlt sich von ihnen wie magisch angezogen, nähert sich dem Stapel, dreht ein Bild nach dem anderen um und betrachtet alle ganz genau. Ihr Herz klopft immer schneller, und sie kann nicht fassen, was sie hier zu sehen bekommt. Schnell läuft sie aus dem Laden, besteigt den Omnibus und fährt zum Boulevard Montparnasse. Hoffentlich ist Clara zu Hause. Was dann geschieht, hat Clara später im »Buch der Freundschaft« erzählt:

»Sie führte mich zu dem Kunsthändler Vollard und begann in seinem Laden gleich – da man uns ungestört ließ – die an die Wand gestellten Bilder umzudrehen und mit großer Sicherheit einige auszuwählen, die von einer neuen, wie es schien, Paula verwandten Einfachheit waren. Es waren Bilder von Cézanne, die wir beide zum erstenmal sahen. Wir kannten nicht einmal seinen Namen. Paula hatte ihn auf ihre Art entdeckt; und diese Entdeckung war für sie eine unerwartete Bestätigung ihres eigenen künstlerischen Suchens. Ich wunderte mich später, davon nichts in ihren Briefen zu finden. Vielleicht schien es ihr unmöglich, sich hierüber verständlich mitzuteilen – ja, vielleicht war dieses Erlebnis so wenig aussprechbar, daß es nur in Arbeit umgewandelt werden konnte.«

Er komme ihr vor wie ein großer Bruder, hat Paula Clara gestanden, aber die Freundin bleibt die einzige, die sie Anteil haben läßt an dieser Begegnung. In Paulas Briefen nach Hause wird Cézanne mit keiner Silbe erwähnt. Was soll sie auch schreiben: daß es hier einen französischen Maler gibt, der die Oberfläche der Dinge so darstellt, wie sie es immer gewollt hat? Wie oft hat sie sich mit ihrem Lehrer Mackensen gestritten, der ihren Zielen nicht nur mißtrauisch, sondern auch ablehnend gegenübergestanden hat. Schlimmer noch, er hat überhaupt nicht begriffen, worum es ihr geht. Aber hier gibt es einen, der versteht. Und nicht nur das, dieser Maler hat es realisiert: Er hat es geschafft, die Form, das Gewicht und die stoffliche Beschaffenheit der Dinge in Farbe auszudrücken. Auf einer zweidimensionalen Fläche. Das Geheimnis liegt in der Farbe. Seit dem Tag, an dem sie den kleinen Laden von Monsieur Vollard betreten hat, weiß Paula, daß sie sich auf dem richtigen Weg befindet. Da gibt es einen, der die Farbe Form werden läßt, wie sie es noch nie gesehen hat, so als ginge es bei jedem Pinselstrich um alles. Paula hat ihn in Paris gefunden.

1902/1903

Anfang September 1902 treffen bei Clara in Westerwede Briefe von Rilke aus Paris ein. Er will sie damit einstimmen auf die Stadt, in die sie ihm im Oktober folgen wird. Jetzt ist sie damit beschäftigt, das gemeinsame Zuhause aufzulösen. Rilke erzählt Clara von einem Besuch in Rodins »Villa des Brillants« im Pariser Vorort Meudon. Der Meister hat ihn aufgefordert, mit ihm in den Garten zu gehen. Sie setzen sich nebeneinander auf eine Bank und blicken auf die Seine und die Kuppeln der Stadt. Ein intensiver Moment der Kontemplation. Daraus erwachsen Gedanken, die sie einander mitteilen. Neben ihnen spielt ein kleines Kind, von dem Rilke nicht genau weiß, ob es Rodins Tochter ist. Rodin beachtet sie nicht, und die Kleine scheint das auch nicht zu erwarten. Sie ordnet die Steine am Boden, richtet sich manchmal auf, wendet sich den beiden Männern zu und beobachtet ihre sich öffnenden und schließenden Münder im Gespräch. Dann entfernt sie sich und kommt nach einer Weile zurück, ein Veilchen in der Hand. Sie greift nach Rodins Hand und möchte ihm die Blume übergeben. Aber Rodin merkt nichts oder will nichts merken, seine Hand scheint zu Stein geworden zu sein. Dem Kind und seiner Gabe hat er nur einen flüchtigen Blick zugeworfen. Rilke ist erstaunt, daß der Meister diesen Augenblick der Liebe nicht wahrnimmt, sondern ungerührt fortfährt in seiner Rede über die Kunst.

All das schreibt Rilke an seine Frau, die sich gerade von ihrer kleinen Tochter trennen muß. Clara geht es nicht gut in dieser Zeit. Sie wird Ruth nicht mitnehmen können nach Paris, das steht fest. Auch die Pädagogin Ellen Key, die Rilke um Hilfe gebeten hat, weiß keinen Rat. Wenn Ruth die Arme fest um Claras Hals schlingt, wird Clara ganz bang. Sie weiß, daß sie die kleine Tochter in der Obhut ihrer Eltern lassen muß. Die meinen es zwar gut mit dem Kind, doch wie wird Ruth die Abwesenheit der Eltern und die cholerischen Ausbrüche des Großvaters verkraften? Als Clara noch ein Kind war, hat sie sich schon früh eigene Rückzugs- und Durchsetzungsstrategien angewöhnt. Und sie ist dem Vater mit Trotz und Eigensinn entgegengetreten, was seine Wirkung gezeitigt hat. Er hat sie ernstgenommen und ihren Weg respektiert. Aber Ruth ist so klein, und der Vater mittlerweile alt und überhaupt nicht milde geworden. Und jetzt dieser Brief von Rilke. Wieso schreibt er ihr gerade diese Begebenheit mit dem Kind? Denkt er gar nicht an Ruth dabei? Und an sie?

Clara nimmt den Brief wieder zur Hand und liest weiter, was Rilke über seinen Besuch bei Rodin schreibt: Die beiden Männer bleiben auf der Bank sitzen. Das Kind nähert sich ihnen wieder. Als es Rodin das Gehäuse einer Schnecke zeigt, nimmt er dieses sofort an, dreht es, prüft es, betrachtet es und benutzt es als Modell, um Rilke die Bedeutung der Oberfläche für den Plastiker zu erklären. Rodin scheint also nur das zu registrieren, was direkt mit seiner Kunst zu tun hat. Alles andere dringt nicht mehr zu ihm vor.

Rilke schätzt diese Konzentration auf das Wichtigste, die vor Verzettelung und Zerstreuung bewahrt. Fast alle seiner Ausführungen über den berühmten Bildhauer haben diese

Ehrfurcht zum Thema. Und Clara? Sie wird sich ihm anschließen. Der große Meister Rodin wird in dieser schweren Zeit zur Leitfigur und zum Halt für sie werden.

Paula äußert sich voller Skepsis. Schon 1900, bei ihrem ersten Parisbesuch, hatte sie ihren Eltern geschrieben: »Rodin hat eine Bildhauerschule eingerichtet, die Clara Westhoff besucht. Zwar hat sie monatlich nur ein oder zwei Korrekturen von ihm, sonst kommen seine Schüler. Aber sie ist eben ein Mensch, der überall lernt. Im Grunde weiß ich nicht einmal recht, ob Paris im Augenblick das Rechte für sie ist. Sie ist meiner Empfindung nach oft zu groß und massig, innerlich und äußerlich. Aber sie ist solch kräftige Natur, die alles, was an sie herantritt, ergreift, es unwissentlich dreht und wendet, bis sie es verwenden kann. Solche Menschen können überhaupt nicht unglücklich werden. Was ihr auch zustößt, immer wird es zu ihrem Besten sein.«

Clara folgt Rilke im Oktober 1902 nach Paris. Sie zieht zu ihm in die Rue de l'Abbé de l'Epée und mietet sich bald ein Atelier in der Rue Leclerc. Kaum angekommen, stürzt sie sich sofort in ihre Arbeit. Damit vertreibt sie die bösen Gedanken an die schlimmen Tage in Westerwede: das tägliche Aufwachen in einem fast leeren Haus, überall Kisten, zusammengeräumte Gegenstände, übereinandergestapelte Möbel. Dazwischen Ruth, die die Aktion mit Eifer verfolgt und auf den Umzugskisten herumklettert. Was mag sie jetzt wohl tun? Draußen wird sie nicht mehr spielen können, denn der Garten in Oberneuland wird sich allmählich auf den Winter einstellen. Die Bäume haben ihr Laub wohl schon abgeworfen. Dafür werden die Herbststürme gesorgt haben. Wann wohl endlich ein Brief kommt?

Rilke ist zunächst voller Anerkennung für Clara, weil sie arbeitet, ohne aufzuschauen. Was er nicht erkennt: Die Bildhauerei lenkt sie von ihren Sorgen ab. Regelmäßig trifft sie Rodin in seinem Stadtatelier in der Rue de l'Université, und er erteilt ihr Korrektur. Aber nicht nur das. Das Zusammensein mit ihm gibt ihr Mut und Stärke. Er weiß, daß die Arbeit Ruhe und Glück bedeutet. So ist seine Erfahrung, und die vermittelt er seinen Schülerinnen und Schülern. Clara versucht, seine Lehre in ihr Leben aufzunehmen. Da sie jedoch ihrem Wesen nur bedingt entspricht, entsteht für andere der Eindruck einer Selbststilisierung. Paula empfindet das so. Zwar stellt Paula Rodins Größe nicht zur Disposition, fragt sich jedoch, ob er wirklich der richtige Lehrer für die Freundin ist:

»Clara Rilke steht aber tief drin in ihrer Arbeit und müht sich sehr ihrer Kunst von allen Seiten näher zu kommen. Ich besuchte sie neulich in ihrem Atelier, wo sie mit großer Feinfühligkeit einen kleinen Mädchendaumen arbeitete. Nur wird sie für mein Gefühl ein wenig überzogen, spricht nur von sich und ihrer Arbeit. Wie sie bei alledem vermeiden will, ein kleiner Rodin zu werden wird sich zeigen. Sie zeichnet schon ganz in seiner höchst originellen Art, leistet darin aber auch etwas Gutes«, berichtet sie Otto am 17. Februar 1903 aus Paris.

Für Paula ist es schwierig, unter diesen Bedingungen mit der Freundin zusammenzusein. Zur Aura des Schweigens, die Clara schon immer umgab, hat sich nun zusätzlich eine der Weihe und Stilisierung gelegt. Paula ist enttäuscht und ratlos über diese Entwicklung. Sie selbst ist auch eine intensive Arbeiterin, weiß aber, daß man durch Übertreibung am Leben sündigt und daß sich dabei die beglückende und stärkende Wirkung der Arbeit ins Gegenteil verkehren kann. Offenbar hat sie in diesen Tagen nicht verstanden, daß Clara sich durch diese Totalität zu retten versucht aus einer ziemlich hoffnungslosen Lebenssituation. Immer wenn sie ein kleines Kind in Ruths Alter auf der Straße sieht, zuckt Clara zusammen und denkt an ihre Tochter, die sie zurückgelassen hat.

Paula kann sich nicht so weit in die Freundin einfühlen. Sie ist nach Paris gekommen, um endlich wieder durchzuatmen, Leben und Kunst aufzusaugen. Sie ist neugierig, sie will viel sehen und kennenlernen, zum Beispiel Claras Lehrer Rodin. Nachdem sie ihn in seinem Stadtatelier besucht hat, schwärmt sie von ihm. Es ist vor allem seine Persönlichkeit, die sie fasziniert, seine Willensstärke, seine Beharrlichkeit in Zeiten der Erfolglosigkeit und sein Durchsetzungsvermögen. Das Gesamtwerk des Bildhauers beeindruckt sie tief, über die einzelnen Werke mag sie sich nicht äußern. Aber sie erkennt, daß er einer der ganz Großen ist, von denen es nur wenige gibt.

Natürlich führt ihr Weg sie auch diesmal wieder in die Rue Lafitte, wo sie vor drei Jahren Cézanne entdeckt hatte. Sie schildert Otto ihre Beobachtungen:

»Weißt Du, was Du das Künstlerische in der Kunst nennst. Dieses nicht Fertigdrehen, das besitzen die Franzosen in hohem Maße. Da kommt ihnen auch das Bewegliche ihrer Natur zu statten. Wir Deutschen wir malen immer pflichtgetreu unser Bild herunter und sind zu schwerfällig aus dem Stegreif eine kleine Farbenskizze zu machen, die oft mehr sagt als das Bild. Etwas liegen Anton von Werners Glanzlichter auf den Stiefeln uns allen im Blute.«

So sehr sie die Leichtigkeit in der Kunst bewundert, so schwierig ist es für sie, diese Haltung im Leben nachzuvollziehen. Es dauert eine Weile, bis der Eindruck, hier in Paris fehl am Platz zu sein, verschwindet und sie sich zugehörig fühlt.

Am Abend verläßt sie noch einmal ihr Hotel, weil sie auf der Straße Musik hört. Eine alte Frau spielt auf einer Drehorgel schaurigschöne Weisen. Daneben steht ein struppiger kleiner Esel. Er wartet, bis seine Herrin vom Spiel genug hat und ihn zum Weiterziehen bewegen wird. Paula beobachtet, wie sich die Passanten im Takt der Klänge bewegen. Alle scheinen wie von unsichtbarer Hand geführt. Ihre Füße machen Tanzschritte. Paula ist entzückt von diesem Treiben. Nun verläßt ein kleines Ladenmädchen die Blumenhandlung, um die Sträuße, die vor dem Geschäft aufgebaut sind, hineinzutragen. Gleich wird der Laden geschlossen. Paula kann sich nicht sattsehen an den graziösen Hüpfschritten und Pirouetten des Mädchens, das hin und her läuft, mit immer wieder neuen Sträußen im Arm. Sie ist bezaubert und fühlt selbst eine tänzerische Leichtigkeit in sich.

Am nächsten Tag entdeckt sie einen Laden mit herrlichen alten Stoffen und Bändern. Einer goldenen Litze gilt ihr besonderes Interesse. Sie fragt den Händler nach dem Preis und ist verblüfft, als sie ihn genannt bekommt. Auf ihren Kommentar hin: »Mais si chère, monsieur, elle est vieille.« (»So teuer, obwohl sie so alt ist.«) erwidert er charmant: »Ah, mademoiselle, c'est le contraire comme chez nous, qui sont chers, quand nous sommes jeunes.« (»Im Gegensatz zu uns, mein Fräulein, wir sind teuer, solange wir jung sind.«) Paula taucht tanzend in das Paris-Gefühl ein, das sie vor drei Jahren das erste Mal erlebt hat. Auf den Boulevards rast und hastet alles um sie herum, und sie fühlt sich wie eine verschleierte Königin.

1905/1906

Es ist sonderbar, daß ich von Zeit zu Zeit eine so riesige Sehnsucht nach Paris bekomme. Das rührt wohl daher, daß unser Leben hier sich meist nur aus inneren Erlebnissen zu-

Paula in ihrem Atelier bei Brünjes, um 1905

sammenbaut, da bekommt man manchmal starke Sehnsucht, äußeres Leben um sich zu haben, aus dem man sich immer flüchten kann, wenn man es gern möchte«, schreibt Paula im Januar 1905 aus Worpswede an ihre Tante Marie Hill. Einen Monat später ist es soweit: Sie tritt ihre dritte Reise nach Paris an. Auf Herma freut sie sich schon sehr. Wie es ihr wohl geht? Es gefällt Paula, daß die kleine Schwester nach dem Abitur dort eine Au-Pair-Stelle angenommen hat. Das hat sie selbst auch einmal gewollt. Lange vor ihrer Ehe mit Otto. Aber daraus ist nichts geworden. Jetzt ist sie gespannt zu sehen, wie Herma in Paris lebt. Ob sie sich schon besser auskennt als Paula? Man wird sehen.

Die beiden Schwestern treffen sich in der Fastnachtszeit und stürzen sich in das bunte Spektakel. Als sie am Sonntag auf die großen Boulevards gehen, ist dort schon das Konfettiwerfen im Gange. Es macht ihnen riesigen Spaß, den bunten Papierschnee durch die Luft fliegen zu sehen und das übermütige Treiben der Leute mitzuerleben. Es kommt so-

Paula vor ihrer Paris-Reise mit dem »petit chapeau gris«, Worpswede 1905

gar zu regelrechten Schlachten: Einer bombardiert mit grün, der andere mit rot. Und was macht der lange Kerl dort? Nimmt einfach seine Konfettitüte und leert sie über dem jungen Mädchen aus. Als es Paula und Herma zu wild wird, suchen sie Schutz in einem Café. Sie erwischen den letzten Fensterplatz und können nun alles aus sicherer Entfernung beobachten.

Abends besuchen sie ein Vaudeville. Zwar sind viele Kinder und Jugendliche im Publikum, aber auf der Bühne geht es nicht gerade harmlos zu. Paula glaubt, ihren Augen nicht zu trauen: Im ersten Stück ziehen sich alle Darsteller gleich aus. Die Männer spielen in Unterhosen und die Frauen in reizenden Dessous. Nur eine Concierge trägt Hemd und Nachtmütze. Im zweiten Stück geht es noch wilder her. Das Bühnenbild besteht aus einem Zimmer mit zwei einladenden Betten. In einem liegt ein Mann. Eine Frau kommt aus der Kulisse und ist fast nackt. Paula wird unruhig, sieht sich um. All die Kinder, ist das nicht ein bißchen zu starker Tobak? Sie befürchtet, daß das Paar gleich zur Sache kommen wird, doch soweit geht man auch im Pariser Theater nicht. Sie blinzelt die Schwester von der Seite an. Herma lacht und klatscht. Paula ist beruhigt. Die Schwester wird schon damit fertig werden.

Als sie aus dem Theater treten, hält Paula einen Moment inne: endlich wieder Großstadt. Belebte Straßen zu jeder Tages- und Nachtzeit. Paula liebt es, zu später Stunde auf den Boulevards zu flanieren, wenn die Theater schließen und die Menschen in alle Richtungen strömen. Es ist wunderbar, sich in einer Stadt zu bewegen, die nie schläft.

Wie oft hat sie in Worpswede daran gedacht, den ganzen trüben Winter lang. Dort wurde es schon am Nachmittag dunkel. Schwer lastete die Dämmerung auf dem Land. Und niemand zeigte sich vor den Häusern. Menschenleere. Paula konnte es kaum aushalten. Sie verdrängt die mißmutigen Erinnerungen.

Sie ist jetzt in Paris. Es ist Fastnacht. In wenigen Tagen ist Mardi Gras. Da sind sie schon wieder, die beiden Bulgaren. Das kann doch kein Zufall sein. Sie weichen den beiden Schwestern nicht mehr von der Seite. Lustige Gespräche auf Französisch. Dann Getuschel der Frauen auf Deutsch und der Bulgaren in ihrer Muttersprache. Gekicher, verschämte Blicke. Paula schüttelt über sich selbst den Kopf. Der bulgarische Bildhauer gefällt ihr gar nicht besonders, aber trotzdem tut es gut, wieder einmal zu flirten, jemandem den Kopf zu verdrehen. Herma beobachtet die große Schwester mit Verwunderung. »Ja, wir sehen uns wieder. Naturellement.« Am nächsten Sonntag laufen sie zu viert durch den Jardin du Luxembourg, vobei an den Bänken mit den verliebten Pärchen und ihrem »Au revoir, mon chéri, mon coucou.« Abends dann ins Varieté. Ein Spiel zu viert: gegenseitiges Vorstellen: »Oui, Madame – merci, Monsieur.« Jetzt ist es Zeit, Adressen auszutauschen.

Es ist der Frühling, der Paula den Kopf verdreht. Übermütig rennt sie durch die Straßen. Plötzlich rutscht ihr die Tasche von der Schulter, fällt auf den Boden, kippt um, entleert sich, der Malkasten poltert auseinander, die Farben fliegen in alle Richtungen. Paula steht einen Moment verdutzt und hilflos da. Eine mondäne Dame nähert sich und hilft ihr ganz selbstverständlich beim Aufsammeln, obwohl es regnet. Bevor Paula sich richtig bedanken kann, ist die elegante Dame schon verschwunden. Es geht weiter mit den Mißgeschicken: Vor den Augen der Französinnen und Franzosen findet ihr petit chapeau gris keine Gnade. Paula ist erstaunt, denn sie hat in Paris so viel verrückte Kleidung gesehen, daß sie nicht begreifen kann, wieso gerade ihr kleiner grauer Hut solches Aufsehen erregt. Jeder schaut sie an, lacht unverhohlen, die vorbeifahrenden Droschkenkutscher rufen ihr Witze nach. Es ist Mittag, die kleinen Ladenmädchen und Lehrjungen stehen in Gruppen auf der Straße und machen Pause. Tapfer schreitet Paula an ihnen vorbei und erntet Lachsalven. Bei Durand-Ruel flüstet der Portier einem anderen gar zu: »C'est une anarchiste.« Nun hat Paula endgültig genug und flüchtet sich in einen Omnibus, fährt zum Bon-marché und kauft sich eine neue Kopfbedeckung. Sie gefällt ihr längst nicht so wie ihr petit chapeau gris, aber die Passanten nehmen nun keinen Anstoß mehr an ihr.

Es gefällt Paula überhaupt nicht, wenn andere über sie lachen. Da ist sie sehr empfindlich. Ganz anders als Clara, die oft nur die Schultern zuckt, wenn über sie gespottet wird. Clara hat sich immer schon gewundert über die Sensibiliät ihrer Freundin, vor allem weil diese selbst nicht spart mit Ironie und sich gern ein wenig lustig macht über ihre Umgebung.

In der Académie Julian wird viel gelacht. Paula hat sich dieses Mal in der Schule eingeschrieben, die Clara besucht hat, weil die Académie Colarossi mittlerweile etwas heruntergekommen ist. Ihre Kolleginnen in der Malschule sind ziemlich albern. Sie mokieren sich über Kleinigkeiten, kichern und werfen sich hämische Blicke zu. Die Atmosphäre ist locker und amüsant, doch Paula hat Angst vor dem Gelächter der Französinnen, obwohl sie sich ihnen überlegen fühlt. Sie ist erstaunt, daß sie in ihrer Kunst so altmodisch sind und wie vor hundert Jahren malen. Paulas Bilder beäugen sie mißtrauisch. In der Pause, wenn Paula hinausgegangen ist, stehen sie in der Gruppe vor ihrer Staffelei und debattieren darüber. Endlich wird Paula von einer Russin angesprochen. Sie fragt, ob sie denn tatsächlich alles so sehe, wie sie es malt, und von wem sie das gelernt habe. Paula zögert einen Augenblick, dann hat sie die Antwort parat: »Mon mari.« Diese Erklärung scheint der Frau zu gefallen und vieles für sie verständlich zu machen: »Ach so, Sie malen, wie Ihr Mann malt.« Paula schüttelt innerlich den Kopf: Daß man einfach wie man selbst malt, das vermuten sie nicht.

Der Frühling ist in diesem Jahr launisch in Paris. Immer wieder schikaniert er die Flaneure mit Windböen und Regenschauern. Manchmal ist es so kalt, daß Paula einen Fuchsmuff trägt, um sich zu wärmen. Oder sie stellt sich über einen Heizungsschacht und läßt sich die Wärme unter den

Rock schlagen. Sie steht mit gespreizten Beinen und wohligem Gesichtsausdruck über dem Rost und hält mit beiden Händen den Rock fest, ganz so wie 50 Jahre später Marilyn Monroe in dem Film »Das verflixte siebte Jahr«. Der Pariser Alltag ist voller Erotik. Paula genießt Luftbaden bei weit geöffnetem Fenster in ihrem Zimmer. Dabei betrachtet sie sich selbst mit Malerinnenaugen und Wohlgefallen in einem lebensgroßen Spiegel.

Als sie einmal an der Académie Colarossi vorbeigeht, macht sie eine Entdeckung. Ganz oben am Eingang neben der Uhr steht in Rilkes feiner Handschrift geschrieben: »Ich liebe Clara.« Er muß mit den Füßen auf den Schultern eines anderen gestanden haben, sonst hätte er die Höhe nie erreicht. Ob er es wirklich gewesen ist?

Im September 1905 wird Rilke von Rodin in seine »Villa des Brillants« in Meudon eingeladen, um als Privatsekretär die Korrespondenz des Meisters zu erledigen. Er erhält monatlich 200 Francs, und es soll ihm genügend Zeit bleiben für seine eigene künstlerische Arbeit. Und Clara? Rilke berichtet Ellen Key:

»Sie hat ihm ein paar ihrer neuen Arbeiten her geschickt, er hat sie ernst und aufmerksam betrachtet und von der einen, besten, schließlich gesagt: ›Es giebt nicht viele Bildhauer, die das können – ‹, darauf hat er ihr seine Glückwünsche telegraphiert und sie zu sich gerufen. Du kannst Dir denken, daß sie nicht gezögert hat, zu kommen.«

Clara kommt im Oktober nach Paris. Sie wird vier Wochen bleiben und in Rodins Atelier arbeiten. Kaum angekommen, schreibt sie an Paula:

»Paris im Herbst! Es ist etwas, das sie noch erleben müssen. Thun Sie es mir nach mit unerwarteten Entschlüssen. Mir scheint alles wie ein großer Tanz von Schönheit – so wie nie.«

Wie schön wäre es, wenn Paula auch in Paris wäre. In der letzten Zeit in Worpswede sind sie sich wieder eine Spur nähergekommen. Clara hatte sich im März 1905 dort angesiedelt. Jetzt fällt ihr die Rückkehr von Paris nach einem Monat so schwer wie noch nie zuvor. Im Vergleich zu Worpswede scheint ihr Paris viel wirklicher und lebendiger. Sie erzählt Paula davon, und diese läßt sich von ihr anstecken. Sie schreibt an ihre Schwester Herma:

»Gestern war Clara Rilke hier, und hat von Paris, Rodin und Dir erzählt. Und ich werde manchmal etwas sehnsüchtig, wenn ich höre, wie es draußen in der großen Welt aussieht und ist es mir auf die Dauer ein wenig zu still und ohne Erlebnisse.«

Die beiden Freundinnen sind froh, wieder mehr miteinander zu tun zu haben. Paula ist begierig, von Paris zu hören, nimmt Claras Schwärmerei für Rodin in Kauf und schreibt ihrer Mutter im November 1905:

»Sie ist mir trotz allem noch die liebste. Sie hat drei bis vier Wochen ganz dicht neben Rodin gewohnt und ist noch sehr unter dem Eindruck dieser Persönlichkeit und seiner einfach großen Aussprüche. Rilke, als Rodins Sekretär, bekommt da nach und nach Europas Intelligenz zu sehen.«

Auch Clara hat das tägliche Zusammensein anläßlich der Sitzungen für das Porträt, das Paula von ihr gemalt hat, genossen:

»Erzählen läßt sich noch, wie Paula mich gemalt hat, während meine kleine Tochter dabei am Boden saß, und vielleicht läßt sich auch noch ein Winternachmittag schildern, an dem wir beide am Ofen ihres kleinen Ateliers saßen: Paula warf ein Torfstück nach dem anderen durch die kleine piepende Tür in die Feuerstelle, und eine Träne nach der andern rollte darauf nieder, während sie dabei war, mir zu erklären, wie sehr wichtig es für sie sei, wieder ›in die Welt‹ hinaus, wieder nach Paris zu gehen. ›Wenn ich so denke, die Welt‹ – sagte sie.«

Paula macht sich im Februar 1906 wieder auf nach Paris. Diesmal muß Clara in Worpswede bleiben. Sie schreibt im April an Paula:

»Nun denke ich mit viel Sehnsucht nach der Welt zu Ihnen hin – nach der wirklichen Welt. Seltsam mir ist garnicht als wäre hier Frühling, so ähnlich scheint mir diese – all' den anderen Zeiten. Das ist wohl nicht ganz gerecht – aber doch sage ich so. Und darum will ich bald sein – wo es mir anders scheint.«

Im Juni teilt sie Paula mit:

»Ich muß immer wieder an Paris denken und bin manchmal nahe daran zu denken, ich würde im Herbst wieder dort sein. – Leider sind die Mittel jetzt so, daß ich solches nicht einfach beschließen kann.«

Claras finanzielle Situation hat sich nach dem plötzlichen Unfalltod ihres Vaters im August 1905 noch prekärer entwickelt, da die monatliche Unterstützung, die er ihr hatte zukommen lassen, ab sofort wegfällt. Und Anfang Mai 1906 ist Rilke von Rodin fristlos entlassen worden. Ihm wurde mangelnde Gewissenhaftigkeit und Eigenmächtigkeit in der Beantwortung der Korrespondenz vorgeworfen. Rilke fühlt sich ungerecht behandelt, verläßt aber Meudon sofort. Ganz ungelegen ist ihm diese Entwicklung nicht gekommen, denn er hat sich schon eine Weile überlastet gefühlt. Anfangs war es ausgemacht, daß er nur zwei Stunden täglich für Rodin arbeiten sollte, doch der Meister hat immer mehr Zeit beansprucht. Rilke ist vor allem wütend darüber, daß das Zerwürfnis auch für Clara Folgen haben wird. Er schreibt am 12. Mai 1906 an Rodin:

»Meine Frau bringt Ihnen, etwas ferner und auf eine andere Weise, ein solches Gefühl entgegen. Ich bin bekümmert, daß Sie nicht an sie gedacht haben, als Sie mich verabschiedeten: nicht mit einem einzigen Wort, obwohl meine Frau – die so sehr Ihres Beistandes bedarf – Sie in keiner Weise gekränkt hat; warum soll sie denn diese Ungnade teilen, in die ich gefallen bin?«

Es ist ohnehin erstaunlich, daß der Kontakt zwischen Clara und Rodin immer über Rilke läuft, seit Clara und er verheiratet sind, obwohl es Clara gewesen ist, die die beiden Männer miteinander bekanntgemacht hatte.

Währenddessen erlebt Paula einen Arbeitsrausch in Paris. Die Tage wie auch die Nächte gehören ganz der Malerei. Sie fühlt, daß sie hier auf dem richtigen Weg und in wenigen

Wochen künstlerisch viel weiter und sich selbst viel nähergekommen ist als in den letzten Monaten in Worpswede. Hier in der Freiheit wird ihr das gelingen, was sie immer gewollt hat. Es ist enorm anstrengend, denn sie arbeitet soviel wie noch nie. Aber es ist wunderbar, so aus dem vollen zu schöpfen – im Leben wie in der Kunst. Auch nachts trennt sie sich nicht von ihren Bildern:

»Dieses Schlafen zwischen seinen Arbeiten ist entzückend. Mein Atelier ist bei Mondenschein sehr hell. Wenn ich aufwachte, sprang ich flugs von meinem Lager und schaute mir meine Arbeiten an und morgens war mein erster Blick auf sie«, schwärmt sie am 15. Mai 1905 in einem Brief an Otto.

Er hält das für übertrieben, ja für krankhaft und sorgt sich über ihre Besessenheit, doch sie wehrt ab. Sie sei nicht krank, vielmehr gehe es ihr so gut wie nie und sie arbeite mit großer Leidenschaft. Paula erkennt die Differenz und Ferne zu ihrem Mann.

Es ist früh am Morgen, sie ist gerade aufgewacht und hat als erstes einen langen Blick auf ihre Bilder geworfen. Hoetger ist begeistert gewesen. Ein großes Talent hat er sie genannt, und daß sie so weitermachen soll, ohne sich durch falsche Lehrer von ihrem Ziel ablenken und verbiegen zu lassen, hat er empfohlen. Sie muß lächeln. Wie alle am Anfang unterschätzt auch er ihre Eigenwilligkeit. Sie hat sich nie beeinflussen lassen. Kritik oder gar Ablehnung der Lehrer ist nie ein Problem für sie gewesen. Nur die Einsamkeit, in die sie allmählich hineingeglitten ist, die macht ihr zu schaffen. Es sind immer weniger Menschen, mit denen sie sich wirklich austauschen kann ... Nicht mehr daran denken, denn jetzt ist ja Hoetger da. Sie reißt sich selbst heraus aus der selbstmitleidigen Stimmung. Hoetger hat ihre Bilder beachtet. Und es sind nicht nur seine Worte, die ihr so viel gegeben haben und die ihr jetzt einfallen. Es ist sein Blick, als er ihr Atelier betrat. Ihm sind fast die Augen übergegangen. Er hat das, was er dort zu sehen bekam, ein Wunder genannt und sie sehr gelobt: »Es sind alles große Werke, bleiben Sie sich selbst treu und geben Sie den Besuch der Schule auf.«

Und nun ist auch noch dieser ermutigende Brief von Vogeler angekommen. Auch ihm gefallen ihre Studien, und drei davon möchte er kaufen. Anerkennung, Ermutigung und 100 Mark. Die kann sie gebrauchen. Ach ja, die Sorge ums Geld bedrückt sie auch. Lange kann sie Otto nicht mehr bitten, sie zu unterstützen, nachdem sie ihn verlassen hat. Es ist rührend, daß er ihr weiterhilft. Aber natürlich steckt auch eine Absicht dahinter. Wie bei allen: bei der Mutter und den Geschwistern. Jeder Brief enthält, mehr oder weniger gut versteckt, die Aufforderung: Komm zurück! Sie will nicht zurück. Sie ist endlich wieder in Paris, und es gibt noch soviel zu erleben, zu sehen, zu tun.

Heute will sie sich wieder einmal verwöhnen. Sie geht in das große Warenhaus, im dem sie schon so oft die prächtigen Kleider und Spitzenröcke bestaunt hat. Sie hat sich ganz bewußt fein gekleidet, trägt das dunkelgrüne Kleid mit dem hellen Fuchspelzrand, das sie sich in Worpswede für die Reise angefertigt hat. Im Kaufhaus wendet sie sich sofort an eine Verkäuferin, wählt etliche Stücke aus, so daß der Arm der Angestellten bald ganz davon beladen ist. Dann hinterläßt sie die Adresse ihres Ateliers, damit ihr die Sachen dorthin geliefert werden. Sie freut sich darauf, all die Herrlichkeiten, die sie sich nicht leisten kann, anzuprobieren. Gut gekleidet zu sein ist ein Luxus, den sie liebt. Und so verschafft sie sich diesen Genuß wenigstens für einen Nachmittag und Abend. Ganz für sich allein. Am nächsten Tag wird sie die Kleider zurückschicken, genau wie vor kurzem die Gobelins. Wenn sie daran denkt, schwindelt ihr immer noch ein bißchen.

Sie ist in ein großes Teppichhaus gegangen. Ganz selbstverständlich, als wäre sie dort eine gute Kundin. In einem voluminösen Sessel hat sie Platz genommen und, als sich die Angestellten nach ihren Wünschen erkundigt haben, nach Gobelins gefragt. Man hat ihr eine Auswahl aus gotischer, Renaissance- und barocker Zeit vorgeführt. Die Entscheidung ist ihr schwergefallen, aber schließlich hat sie eine getroffen. Als man ihr den Preis nannte, nickte sie zum Einverständnis und ohne sichtliche Regung. Er hat sich auf mehrere tausend Francs belaufen, und sie muß von einem Monatswechsel von 100 Francs leben. Aber wer wußte das schon. Und so wie sie aussah und wie sie sich benahm, mußte man sie einfach für eine wohlhabende Frau halten. Sie bat denn auch, die ausgewählten Gobelins zur Ansicht nach Haus zu liefern. Dort würde sie sich endgültig entscheiden. Nachdem sie ihre Adresse genannt hatte, verschwand sie. Am anderen Morgen wurde die Ware gebracht. Paula lächelt, wenn sie an die Gesichter der Boten denkt. Sie werden sich gleich über die Adresse gewundert haben, die nicht gerade eine vornehme Gegend repräsentierte. Und dann an Ort und Stelle die schmale Gasse und der enge Hof, den das Tageslicht kaum beleuchtete. Paulas herrschaftliches Auftreten und das fürstliche Trinkgeld haben allerdings eventuell aufgekommene Zweifel an der Seriosität der Kundin verschwinden lassen. Kaum waren die Boten fort, da rief Paula ihr Modell Rosa und forderte sie auf, sich auf und vor den Gobelins zu bewegen. Der nackte Körper, eingerahmt von den edlen Stoffen, den ausgefallenen Mustern, den herrlichen Ornamenten, inspirierte sie und wirkte lange nach. Die Gobelins gab sie am nächsten Tag zurück mit der Begründung, sie paßten doch nicht zu ihrer Wohnung.

Paula denkt mit Genugtuung an diesen Tag, während sie nun auf die ausgewählten Kleider wartet. Mit ihnen würde sie ganz allein bleiben. Wie ist das Leben doch schön und reich, und es erfüllt irgendwann alle Wünsche, die großen wie die kleinen. Sie wird die ersehnten Gegenstände einmal für sich haben, das ist das Entscheidende. Einmal diese Kleider tragen – wie lange, ist nicht wichtig.

1907

Paula ist wieder zurück in Worpswede, hochschwanger, in wenigen Tagen wird ihr Kind geboren werden. In Gedanken flieht sie nach Paris. Dort gibt es eine große Cézanne-Ausstellung. Ach, wenn sie die nur sehen könnte. Rilke ist in Paris. Er soll ihr berichten. Am 19. Oktober 1907 erhält sie einen Brief von Clara aus Oberneuland:

»Sie fragen nach Cézanne, davon sind nun alle Briefe Rainer Marias voll. Er läßt Ihnen sagen, daß 56 Cézannes im Salon d'Automne seien. Mich selbst ergriff so stark das Gefühl hinzufahren und zu sehen. – Aber es geht doch nicht. Aber ich will in den nächsten Tagen noch einmal nach Worpswede kommen und Ihnen einige von Rainer Marias Briefen lesen, ich glaube sie würden Sie auch freuen, besonders weil Biographisches mit hereinkommt, das so interessant ist.«

Paula antwortet ihr zwei Tage später:

»Ich denke und dachte diese Tage stark an Cézanne und wie das einer von den drei oder vier Malerkräften ist, der auf mich gewirkt hat wie ein Gewitter und ein großes Ereignis. Wissen Sie noch 1900 bei Vollard. Und jetzt in den letzten Tagen meines Pariser Aufenthaltes ganz merkwürdige Jugendgebilde in der Gallerie Pellerin. Sagen Sie Ihrem Mann, er soll versuchen Pellerin zu sehen, hat 150 Cézannes. Ich habe nur einen kleinen Teil davon gesehn, aber es ist herrlich. – Mein Drang zu wissen, was dort alles sei im Salon d'Automne war so groß, daß ich ihn vor einigen Tagen bat, mir wenigstens den Catalog zu schicken. Kommen Sie doch bald mit den Briefen, am liebsten gleich Montag, denn ich hoffe ja endlich bald anderweitig in Anspruch genommen zu sein. Wenn ich hier jetzt nicht absolut notwendig wäre, müßte ich in Paris sein.«

Stürmische Frauen

»Ich kenne keinen Menschen, der die Kraft hat, sein Haus, seinen Tisch, seine Gäste so mit Lebensfülle zu durchwärmen wie Dir es verliehen ist«, schreibt die Mutter im Mai 1906 an Paula, als diese ihren Mann verlassen hat, um in Paris ein neues Leben zu beginnen. In der Rolle der Ehefrau und Hausherrin wird Paula wegen ihrer ungeheuren Kraft und Wärme bewundert. Richtet sich ihre gesammelte Energie jedoch auf ihre Arbeit, schwankt die Reaktion der Umgebung zwischen Ablehnung und Argwohn. Diese Erfahrung hindert Paula nicht daran, sich in erster Linie auf ihre Malerei zu konzentrieren und während der Arbeit keine Störung zu dulden. Clara erzählt im »Buch der Freundschaft«:

»Ich hatte gleich in der ersten Zeit unserer Bekanntschaft angefangen, eine Büste von ihr zu modellieren. Als wir eines Tages bei der Arbeit waren, erlitt diese eine Unterbrechung durch das unerwartete Erscheinen meiner Eltern, die, auf einer Radtour begriffen, für einen kurzen Besuch bei mir eintraten. Infolge einer Verstimmtheit meines Vaters war ich, als wir wieder allein waren, noch etwas nachdenklich und in der Arbeitsverfassung gestört. Da sagte Paula: ›So etwas sollte man eigentlich überhaupt nicht gesehen haben.‹ – Jetzt weiß ich, daß diese Bemerkung nicht lieblos war, wie es mir im ersten Augenblick erschien, sondern der Ausdruck einer Haltung, die dazu angetan ist, die wahre und reine Sammlung zu fördern und zu schützen.«

Claras Erzählung erinnert ein wenig an Rilkes Beschreibungen der Resistenz Rodins gegen äußere Ablenkungen, selbst wenn es sich um die liebevolle Geste eines kleinen Kindes handelt. Deutlich wird, daß man zu Beginn des 20. Jahrhunderts Ehrfurcht empfindet vor der uneingeschränkten Aufmerksamkeit eines Mannes auf seine eigene Arbeit. Bei einer Frau hält man es jedoch für unangebracht, ja sogar für schädlich. Was Paula in Anlehnung an Nietzsche in ihr Tagebuch schreibt: »Falsche Menschenliebe lenkt ab vom großen Ziele. Mit dieser Auffassung als Rüstzeug wäre manche große Seele nicht vom Alltagsleben zerstückelt«, möchte man von einer Frau nicht hören. Paula hat auf Grund ihres Geschlechts natürlich immer viel stärker um die Akzeptanz ihrer Kunst – daß sie malt und wie sie malt – kämpfen müssen. Dabei hat ihr ein glückliches Naturell geholfen, verbunden mit einer Courage und Zielstrebigkeit, die sich in allen Bereichen des Lebens zeigt. So liebt sie es, im Winter Schlittschuh zu laufen und ihre Begleiter durch ihre Waghalsigkeit zu verblüffen. Clara berichtet im »Buch der Freundschaft«:

»Wir liefen über die überschwemmten Wiesen und Moorflächen, welche von Flußläufen und Kanälen – die oftmals kaum zugefroren und schwer zu überschreiten waren – durchzogen sind, auf Bremen zu. Paula immer voran. Ich sehe sie noch, wie sie – da wir eben noch zu dritt vorsichtig eine gefährliche Stelle untersuchten – schon auf der anderen Seite wieder ihre genußreichen Bogen lief, ohne daß man gemerkt hatte, wie sie dahin gekommen war, als sei nie ein Hindernis dagewesen. Das hängt für mich zusammen mit dem früher erwähnten Ausspruch: ›So etwas sollte man überhaupt nicht gesehen haben.‹

Hierher gehört wohl auch eine Schilderung, die Otto Modersohn von einer kleinen Begebenheit machte, die im Requiem von Rainer Maria Rilke einen Platz gefunden hat. Er erzählte von einem Tag an der Nordsee bei stürmischem Wetter. Paula ging auf eine Mole hinaus, ohne sich zurückhalten zu lassen, trotzdem die Mole bei sehr hohem Wellengang kaum aus den Fluten heraussah.«

Die von Clara angesprochene Strophe aus dem »Requiem

für eine Freundin«, das Rilke nach Paulas Tod geschrieben hat, lautet:

> »So wenig wie der Feldherr eine Nike
> festhalten kann am Vorderbug des Schiffes,
> wenn das geheime Leichtsein ihrer Gottheit
> sie plötzlich weghebt in den hellen Meerwind:
> so wenig kann einer von uns die Frau
> anrufen, die uns nicht mehr sieht und die
> auf einem schmalen Streifen ihres Daseins
> wie durch ein Wunder fortgeht, ohne Unfall:
> er hätte denn Beruf und Lust zur Schuld.«

Die Umgebung Paulas staunt angesichts ihrer gesammelten und vorwärtsstrebenden Kraft. Diese ist auch der Motor der Lebensfreude, die Paula ausstrahlt. Die ursprüngliche kindliche Form davon hat sich weiterentwickelt in eine wissende, aus Begeisterung und Erfahrung geschöpfte, die die anderen Menschen mitreißt. Auch Ottilie Reyländer hat das erlebt, als sie Paula in Worpswede begegnet ist, und noch etwas anderes:

»Ihr felsenfester Glaube an sich selbst war phantastisch, dies Sicherstnehmen, übrigens auch der anderen. Darum gebrauchte sie nur die größten Maßstäbe. So sagte sie damals zu mir, der Fünfzehn- oder Sechzehnjährigen: ›Ihre Kunst ist der Turgenjews sehr verwandt.‹ oder ein andermal ›– nein, Ihre Figuren sind ganz anders als die Millet'schen Menschen. Ihre sehen aus, als ob sie gleich wieder aufstehen wollten.‹«

Es zieht die jüngere Malschülerin wie magnetisch zu Paula hin, die ein Geheimnis umgibt, das sich in einer fortwährenden inneren und äußeren Spannung ausdrückt. Ottilie Reyländer war manchmal überfordert und wußte nicht, wie damit umzugehen sei.

»In ihrer Gegenwart befand man sich sofort unter der Oberfläche und empfing von dem, was sie nur aus der Tiefe herauszuholen brauchte; es war als habe sie lange Leben hindurch Schätze und Erfahrungen gesammelt, die sich nun nach und nach von dem Grunde lösten. Wie in der bewuß-

Stürmische Frauen

ten Ausübung eines hohen Amtes sprach sie Sätze wie Zauberformeln.«

Es ist Paula gelungen, ihre Persönlichkeit und Präsenz auch in ihre Bilder eingehen zu lassen; sie sprach die Zauberformeln nicht nur in Sätzen, sondern auch in Farben und Formen. Ihre bildnerische Sprache hat etwas Orakelhaftes. Davon zeugen auch die Zeilen, die Graf Kalckreuth, ein Freund von Clara, nach Paulas Tod geschrieben hat:

»Ich habe unterdessen Worpswede und Fischerhude gesehen und bin Paula Modersohn nähergetreten, deren Skizzen und Studien mich einfach begeisterten. So unmittelbar an der Quelle haben wenige gesessen, so hemmungslos bereit, jeder schönen Regung zu folgen, so sehr selbst Gras, Ziege, Baum, Mensch, Mond oder was sonst noch, war keiner. Dieser Schwarm aus ihrem Herzen vereint mit dem großen künstlerischen Ernst, er wirkt täglich auf mich. Warum haben wir uns nie gesehen! Es hätte etwas Besseres aus mir werden können, soviel Mut macht sie mir noch jetzt.«

Klarheit, Leidenschaft, Entschlossenheit, Mißachtung der Hindernisse und Selbstvertrauen kennzeichnen Paulas Lebensweg und bestimmen jeden Tag. Schon früh wehrt sie sich daher gegen Einwände und Einflußnahmen ihrer Lehrer, die sie für falsch hält. Sie weiß, daß man für sich selbst und seine Entwicklung verantwortlich ist. In diesem Sinne zu handeln und sich die besten Bedingungen für die Arbeit zu schaffen ist notwendig. Sätze wie: »Es ist gut, sich aus Verhältnissen loszulösen, die einem die Luft benehmen« und »Wenn man schafft, daß die Funken stieben, so kann man so viel mehr auf sich selbst halten; es dünkt einem, man habe viel mehr Recht zu existieren, kurz es ist einem viel wohler« kommen immer wieder vor in ihren Aufzeichnungen. Und sie findet bei den großen Philosophen und Dichtern ihrer Zeit, allen voran Nietzsche, Anregung und Bestätigung. Im Dezember 1898 schreibt sie in ihr Tagebuch:

»Mich befriedigt das Zeichnen nicht. Ich bin atemlos. Ich will immer weiter, weiter. Ich kann die Zeit nicht erwarten, daß ich was kann.

Und dann sehne ich mich wieder nach dem Leben. Ich fing gerade an es ein wenig zu kosten. Ich hatte vorher nicht den Sinn dafür. Und hier gibt's kein Leben, hier ist's Traum.
Ich lese jetzt den Zarathustra. Neben viel Verworrenem und Dunklem, welche Perlen! Dies Umschaffen und Neuschaffen der Werte! Dies Predigen gegen die falsche Nächstenliebe und Aufopferung seiner selbst.«

Am 18. Januar 1899 notiert Paula zwei Zeilen aus dem 4. Akt von Gerhart Hauptmanns Stück »Versunkene Glokke«:
»Gib meiner Seele den erhabnen Rausch,
des sie bedarf zum Werke!«
Und am nächsten Tag jubiliert sie:
»Ich habe jetzt eine gute Zeit, fühle eine feine junge Kraft in mir, die mich jauchzen und jubeln macht. Ich arbeite fleißig, ermüde nicht und habe abends noch einen klaren Kopf, der etwas auffassen kann.«
Paula ist sich ihrer eigenen Stärke und Durchsetzungsfähigkeit sicher. Wenn nur die Kritik der anderen nicht wäre oder, schlimmer noch, die Versuche, den Rausch zu bremsen. Gegen den wiederholten Vorwurf, egoistisch zu sein, nur sich selbst zu sehen und die anderen Menschen und ihre Belange nicht genug zu beachten, wehrt sich Paula, so gut sie kann. Im Juni 1899 schreibt sie an ihre Tante Marie Hill:
»Denn ich will aus mir machen das Feinste, was sich überhaupt aus mir machen läßt. Ich weiß, es ist Egoismus; aber ein Egoismus, der groß ist und nobel und sich der einen Riesensache unterwirft. Ich fühle mich kräftig und glücklich und arbeite, arbeite, arbeite, um dem Schicksal nicht in der Schuld zu bleiben. Und das Allerschönste ist es doch.«
Irgendwann hat sie genug davon, sich immer wieder erklären und verteidigen zu müssen. Ihre Familie solle sie doch einfach so nehmen, wie sie ist, empfiehlt sie trotzig, und ihr Egoismus gehöre eben genauso zu ihr wie ihre lange Nase. In ihrer Arbeit, beim Malen macht sie zunehmend extreme Erfahrungen, die sie nicht kommunizieren kann und will.

Der Abstand zu den anderen Menschen wächst, was sie sehr bedauert, aber sie weiß, daß sie trotzdem ganz bei sich selbst bleiben muß:

»Ich verlebe jetzt eine seltsame Zeit. Vielleicht die ernsteste meines kurzen Lebens. Ich sehe, daß meine Ziele sich mehr und mehr von den Euren entfernen werden, daß Ihr sie weniger und weniger billigen werdet. Und trotz alledem muß ich ihnen folgen. Ich fühle, daß alle Menschen sich an mir erschrecken, und doch muß ich weiter. Ich darf nicht zurück. Ich strebe vorwärts, gerade so gut als Ihr, aber in meinem Geist und in meiner Haut und nach meinem Dafürhalten«, macht sie ihrer Schwester Milly am 21. September 1899 klar. Die Angst vor Einsamkeit begleitet Paula bei ihrem Vorwärtsstreben ein Leben lang. Sie hat die »alte Feindschaft zwischen dem Leben und der großen Arbeit« früh zu spüren bekommen.

Zu den persönlichen und privaten Einschüchterungs- und Umstimmungsversuchen kommt bald die öffentliche Anfeindung hinzu: Der Kritiker Arthur Fitger schreibt am 20. Dezember 1899 in der Mittagsausgabe der Bremer Weser-Zeitung unter dem Titel »Aus der Kunsthalle«:

»Unsere heutigen Notizen müssen wir leider beginnen mit dem Ausdrucke tiefen Bedauerns darüber, daß es so unqualificirbaren Leistungen wie den sogenannten Studien von Maria Bock und Paula Boecker (sic!) gelungen ist, den Weg in die Ausstellungsräume unserer Kunsthalle zu finden, ja, daß man ihnen ein ganzes Cabinet eingeräumt hat, aus dem zuvor die gewöhnlich dort befindlichen Schätze unserer ständigen Sammlungen entfernt worden sind. Daß so etwas hat möglich sein können, ist sehr zu beklagen. Für die Arbeiten der beiden genannten Damen reicht der Wörterschatz einer reinlichen Sprache nicht aus, und bei einer unreinlichen wollen wir keine Anleihe machen.

Wir sind uns bewußt, uns stets, und ganz besonders in diesem Augenblick, schonender, rücksichtsvoller Formen zu bedienen und keineswegs diejenigen Ausdrücke zu gebrauchen, die unserer Entrüstung entsprechen würden; allein diesen Arbeiten gegenüber, so lange sie nicht etwa mit dem bescheidenen Erröten einer primitiven Anfängerin aus dem Versteck einer Studienmappe hervorgeholt und einem Lehrer oder Berater gezeigt werden, sondern in anspruchsvoller Breite als Ausstellungsgegenstände zwei Cabinets bedecken, können wir unsere schärfste Abweisung nicht ersparen.

Wenn man das Unglück gehabt hat, von irgendeinem rohen Patron eine Ekelgeschichte mit anhören zu müssen, mag man lange Zeit weder an Essen noch an Trinken denken; so ist auch uns in diesem Augenblick der Gedanke an unsere Kunsthalle so widerwärtig geworden, daß wir den lebhaften Wunsch nicht unterdrücken können, möglichst bald sie uns aus dem Sinn zu schlagen und uns Erfreulicherem zuzuwenden.«

Die Verteidigung Carl Vinnens, die vier Tage später unter dem Titel »Harmlose Randglossen zu Fitger'scher Kunstkritik« im Courir erscheint, gerät ungewollt zur Bestätigung des Kritikers. Zwar weist Vinnen Fitgers grobes Geschütz zurück, bestätigt aber, daß es sich bei den ausgestellten Werken Paula Beckers und Marie Bocks um minderwertige, unreife Studienarbeiten handelt und fährt fort:

»Die armen Worpsweder Damen! Schon kürzlich hatte unsere Landsmännin Fräulein Westhoff das Unglück, sich eine Zurechtweisung zuzuziehen für dieselben Arbeiten, über die Max Klinger in Dresden in Gegenwart des Schreibers dieser Zeilen sich nicht nur höchst anerkennend äußerte, sondern welche ihn auch bewogen hatten, dieselbe als seine Schülerin anzunehmen.«

Dann fordert er den Kritiker zur Großzügigkeit auf und meint:

»Wer so große Erfahrung als Kunstkritiker, wie Herr Arthur Fitger, besitzt, dürfte wissen, daß Minderwerthiges und Schülerhaftes – und wir geben gern zu, daß auch wir die fragliche Ausstellung nicht höher einschätzen – nur zu oft und fast überall zu treffen ist. Ein Rückblick auf die vergangenen Zeiten unseres Kunstvereins wird ihm in Erinnerung bringen, daß wir gerade von einheimischen Künstlerinnen im allgemeinen nicht besonders verwöhnt wurden.«

Der Ritter, der ins Feld gezogen ist, um vorgeblich die Ehre Marie Bocks und Paulas zu retten, erreicht letztlich das Gegenteil. In der Pose des männlichen Beschützers stellt er sich perfiderweise doch gegen die »einheimischen Künstlerinnen«. Seine Randglossen schickt er mit dem Vermerk an Paula, allein aus taktischen Erwägungen habe er nicht freundlicher über ihre Malerei schreiben können, deshalb bitte er sie um Verzeihung. Er habe immerhin dafür gesorgt, daß niemand die Worpsweder Damen ungestraft beleidigen dürfe. Das wenigstens müsse sie doch anerkennen.

Der männliche mißtrauische, wenn nicht mißachtende Blick auf weibliche Kunst scheint ab und zu auch bei Otto Modersohn durch, obwohl er Paulas Qualitäten durchaus erkennt und anerkennt, wie eine Reihe von Notizen in seinem Tagebuch belegen. Daneben finden sich aber auch ab und zu Einschätzungen wie die folgende:

»Frauen werden nicht leicht etwas ordentliches erreichen. Frau Rilke z. B. für die giebt es nur eins und der heißt Rodin, blindlings macht sie alles wie er – Zeichnungen etc. Das ist falsch und sehr äußerlich – wie ist ihr eigenes, hat sie eigenes? Fräulein Reyländer schwankt auch herum, hochmütig wie alle talentvollen Weiber und doch wird sie nichts erreichen außer kleinen Dingen, sie kommt nicht weiter, kennt keine Bescheidenheit und ohne sie wird man nichts. Paula ähnlich. Sitzt auch fest und verschließt sich vernünftiger Einsicht und Rat, zersplittert, zerschellt ihre Kräfte, befürchte ich – wenn sie nicht bald die Sache anders anfängt.«

Im Haus der Familie Becker in Bremen löst die vernichtende Kritik Fitgers heftige Diskussionen aus. Aber eigentlich ist man sich einig. Man hat es längst geahnt, daß es mit Paulas künstlerischen Fähigkeiten nicht weit her ist. Dieser Artikel des renommierten Bremer Kunstexperten besiegelt es. Überhaupt ist es ein Fehler gewesen, Paula nach Worpswede gehen zu lassen. Der Vater hat es immer gewußt und ist froh, daß sie sich nun für Paris entschieden hat. Von dort aus schreibt ihm Paula am 18. Januar 1900: »Ich muß doch ruhig meinen Weg weiter gehen. Na, wenn ich erst was kann, dann wird's besser. Ihr scheint mir's zwar nicht zuzutrauen, aber ich.«

Die Diskriminierung Fitgers hat sie nicht aus der Bahn geworfen. Auch in diesem Fall sind ihre eigene Auffassung und Beurteilung für sie maßgeblich. Sie weiß, daß sie sich künstlerisch auf dem richtigen Weg befindet. Zwar muß sie noch einiges lernen, aber die Richtung stimmt. Nichts wird sie daran hindern, auf ihre Art weiterzumachen, weder die permanenten skeptischen Einwände der Familie noch die bösartigen Ausfälle eines Kritikers. Sie wird es allen zeigen, da ist sie zuversichtlich. Leider stirbt Paulas Vater im November 1901. Gerade ihm hätte sie gern bewiesen, daß sie etwas leisten kann. Nun wird er ihre Entwicklung nicht mehr weiter begleiten. Paula vermißt ihn, denn obwohl er ihre Kunst erbarmungslos kritisiert hat, ist er doch einer ihrer wichtigsten Gesprächspartner gewesen. Anfang Juli 1902 bedauert sie gegenüber ihrer Mutter:

»Ich werde etwas. Wenn ich das unserem Vater noch hätte zeigen können, daß mein Leben kein zweckloses Fischen im Trüben ist, wenn ich ihm noch hätte Rechenschaft ablegen können für das Stück seiner selbst, das er in mich gepflanzt hat! Ich fühle, daß nun bald die Zeit kommt, wo ich mich nicht zu schämen brauche und stille werden, sondern wo ich mit Stolz fühlen werde, daß ich Malerin bin.«

Paris beschleunigt Paulas Bewegung zu sich selbst hin. Distanz und Alleinsein schärfen ihren Blick und steigern ihre Leistungsbereitschaft und Konzentrationsfähigkeit. Die Großstadt mit ihrem überwältigenden kulturellen Angebot führt bei Paula nicht zur Diffusion, sondern zum Gegenteil, zur inneren Sammlung.

»Und das ist wohl das Gesunde meiner Pariser Reise. Es brennt in mir ein Verlangen, in Einfachheit groß zu werden«, hält sie im April 1903 in ihrem Tagebuch fest. Diesem Verlangen gibt sie bei ihrem letzten Paris-Aufenthalt 1906 nach. Sie hat alle Hindernisse aus dem Weg geräumt, ihren Mann verlassen und trägt sich mit dem Gedanken, definitiv nach Paris zu übersiedeln. Am 19. Januar 1906 schreibt sie ihrer Mutter:

»Denn ich werde noch etwas. Wie groß oder wie klein, das kann ich selbst nicht sagen, aber es wird etwas in sich Geschlossenes. Dieses unentwegte Brausen dem Ziele zu, das ist das Schönste im Leben. Dem kommt nichts anderes gleich. Daß ich für mich brause, immerzu, nur manchmal ausruhe, um wieder dem Ziele nachzubrausen, das bitte ich Dich zu bedenken, wenn ich manchmal liebearm erscheine. Es ist das Konzentrieren meiner Kräfte auf das Eine. Ich weiß nicht, ob man das noch Egoismus nennen darf. Jedenfalls ist es der adeligste.«

Längst ist sie zu der davoneilenden Frau geworden, die sich von nichts und niemandem mehr aufhalten läßt, wie es Rilke in seinem Requiem beschreibt. Sie selbst ist eins geworden mit dem Brausen, ihr Leben gleicht einem permanenten Rausch. »Ich habe die ganze Nacht nicht schlafen können, immer still gesungen. Kind, Kind, wenn was aus mir würde«, schreibt sie am 5. Mai 1905 an ihre Schwester Herma.

Paula arbeitet in Paris ohne Pausen, findet abends kein Ende. Sie ist in einem Zustand höchster Erregung, mag sich von ihren Bildern nicht einmal nachts trennen, sondern schläft zwischen ihnen und kann es kaum erwarten, sie morgens als erstes nach dem Aufwachen zu erblicken. Im fernen Worpswede wird ihre Euphorie mit Sorge aufgenommen, aber Paula versichert Martha Vogeler am 21. Mai 1906:

»Krank bin ich gar nicht, wie Otto Modersohn es meint. Ich bin fix und wohl und habe eine Riesenlust an meiner Arbeit. Ihr sollt schon jetzt in der Freiheit wird etwas aus mir. Fast glaube ich, noch dieses Jahr.«

Ihre Schwester Milly erhält in diesen Tagen einen kurzen dahingestürzten Brief von Paula:

»Liebe Schwester,

ich werde etwas – ich verlebe die intensiv glücklichste Zeit meines Lebens. Bete für mich. Schicke mir die 60 Frcs. für Modellgelder. Danke. Werde nie irre an mir.«

Im Mai 1906 ist Rilke in Paris häufiger Gast bei Paula. Er sitzt Modell für sein Porträt. Rilke, der sich lange Zeit überhaupt nicht für ihre Bilder interessiert und die Malerin in seiner Worpswede-Monographie verschwiegen hat, hatte vor einem halben Jahr eine Überraschung erlebt, die er kaum fassen konnte, als er um Weihnachten ihr »Lilienatelier« aufsuchte. Irritiert hat er am 16. Januar 1906 an seinen Freund und Mäzen, den Baron Karl von der Heydt, der später eine der bedeutendsten Sammlungen der Werke Paula Modersohn-Beckers zusammentragen wird, geschrieben:

»Das merkwürdigste war, Modersohns Frau an einer ganz eigenen Entwicklung ihrer Malerei zu finden, rücksichtslos und geradeaus malend, Dinge, die sehr worpswedisch sind und die doch nie einer sehen und malen konnte. Und auf diesem ganz eigenen Weg sich mit van Gogh und seiner Richtung seltsam berührend.«

Nun tauchen im Zusammenhang mit Paulas Malerei immer häufiger die Namen Gauguin, Van Gogh und Cézanne auf. Drei extreme Künstler: Gauguin, der in der Südsee zu einer elementaren Auffassung der menschlichen Existenz fand, Van Gogh, der den Schaffensrausch bis zur Vollendung trieb und mit ihm identisch wurde, Cézanne, der einmal gesagt hat, er wage mit jedem Pinselstrich sein Leben. Es ist das Vibrieren ihrer Kunst, das Paula mit den drei Malern verbindet, ein Vibrieren, das die Zeiten überdauert und niemals an Intensität verliert. Für Rilke muß es wie ein Schock gewirkt haben, beim Eintreten in Paulas Atelier ihre ureigene Schaffenskraft mit einem Blick in allen Werken leuchten zu sehen. Wie ist es möglich gewesen, daß er dieses geniale Talent bei ihr übersehen konnte? Warum hat er ihre Bilder nie angeschaut? Schon im Januar 1901 hatte er ihr aus Berlin geschrieben und, rückblickend auf den gemeinsamen Sommer des Vorjahrs in Worpswede, eine Begründung versucht:

»Da kommt mir ein Bedauern; ich war in Worpswede immer am Abend bei Ihnen und dann sah ich wohl da und dort im Gespräch eine Skizze (ein Kanal mit Brücke und Himmel steht noch deutlich in meiner Erinnerung), bis Worte von Ihnen kamen, die ich gleich sehen wollte, so daß ich meinen Blicken die Wände verbot und Ihren Worten nachging und die Schwingungen ihres Schweigens sah, das um Dantes Stirn über der Lilie, in ihrem dichten Duft, sich zu versammeln schien, wenn es dämmerte. So sah ich fast nichts von Ihnen, denn Sie selbst haben mir niemals etwas gezeigt.«

Rilkes Rechtfertigung endet mit einem Vorwurf an Paula. In der Tat nimmt es wunder, daß sie ihm niemals ihre Bilder gezeigt hat, obwohl sich die beiden doch damals in Worpswede sehr nahestanden und über die Dinge sprachen, die für sie von existentieller Bedeutung waren. Warum hat Paula ihre Werke davon ausgeklammert? Rilke ist nicht der einzige, dem sie ihre Arbeiten vorenthält. Als sie das Ehepaar Hoetger in Paris trifft, dauert es einige Zeit, ehe sie erwähnt, daß sie malt, und das auch nur beiläufig.

Es werden nicht wenige Kollegen und Freunde sein, die Paulas Werk in seinem gesamten Umfang erst nach ihrem Tod kennenlernen.

Der Schriftsteller Alfred Heymel sagt 1909 über Paula:

»Sie hatte mehr Talent und Amt zur Malerei als alle lebenden Worpsweder zusammen. Sie arbeitete wie kaum ein Mann, verglich sich mit den Größten Frankreichs, quälte sich mit ihrer Art, der sie nahezukommen und zu überwinden suchte und schon waren einzelne Bilder da, die weit über den Versuch hinaus gingen, vor allem Stilleben.«

Und Fritz Overbeck resümiert 1908 gegenüber Otto Modersohn:

»Wir Worpsweder haben in den letzten Jahren, abgesehen von Deiner Frau, im Grunde doch nichts hervorgebracht, das uns stolz machen könnte.«

Rilke begibt sich 1906 in Paris erneut in die Rolle des Schülers. Wie vor sechs Jahren in Worpswede lernt er von der »blonden Malerin«. Er setzt sich mit ihrem Werk detailliert auseinander, spürt all seinen Facetten nach, wie in seinem »Requiem für eine Freundin« deutlich werden wird. In diesem Gedicht erweist er sich als Kenner und Liebhaber ihrer

Kunst. Darüberhinaus verfolgt er ihre Verwandtschaftslinie zu Cézanne. In seinen »Briefen über Cézanne«, die er an Clara schreibt, spürt man deutlich, wie sein Blick durch Paula geschult worden ist. Sie hat ihn sehen gelehrt, und ihm ist es gelungen, das Erfahrene so in Worte zu fassen, daß die Atmosphäre Cézannescher Bildkompositionen mitschwingt

Im November 1906 erfolgt in Bremen eine Art öffentlicher Rehabilitierung der Malerin Paula Modersohn-Becker. Vier ihrer Bilder sind dort in einer Ausstellung der Worpsweder Künstler zu sehen, und Gustav Pauli, der Direktor der Bremer Kunsthalle, schreibt dazu am 11. November 1906 in den Bremer Nachrichten:

»Mit ganz besonderer Genugtuung begrüßen wir diesmal einen nur allzu seltenen Gast in der Kunsthalle in Paula Modersohn-Becker. Aufmerksame Leser der Bremer Kunstberichte erinnern sich noch der grausamen Abfertigung, die der höchstbegabten Künstlerin vor einigen Jahren in einem angesehenen bremischen Blatt zu teil wurde. Leider wird, wie ich fürchte, ihr ernstes und starkes Talent auch jetzt unter dem großen Publikum nicht viele Freunde finden. Es fehlt ihr so ziemlich alles, was die Herzen gewinnt und dem flüchtig hinblickenden Auge schmeichelt. Grade solchen Erscheinungen gegenüber erwächst indessen einer ernsthaften Kunstkritik die Pflicht, auf Qualität hinzuweisen. Es ist für den Kritiker eine erbärmliche Genugtuung, wenn er sich einen nur allzu leichten Augenblickserfolg dadurch sichert, daß er, zum Mundstück der jeweils herrschenden Mehrheit machend, tüchtige junge Talente, die natürlich immer gern mißverstanden werden, herunterreißt. Wer die Stilleben und den Mädchenkopf von Paula Modersohn als häßlich, brutal an den Pranger stellt, wird auf ein beifälliges Kopfnicken vieler Leser mit Sicherheit rechnen dürfen. Wer dagegen sagt, daß in der jungen Künstlerin eine ungewöhnliche Energie lebt, ein höchst kultivierter Farbensinn und ein starkes Empfinden für die dekorative Bestimmung der Malerei, wird sich auf Widerspruch gefaßt machen müssen. Und doch sei es gesagt, daß wir uns glücklich schätzen dürfen, ein so starkes

Stürmische Frauen

Talent wie Paula Modersohn die unsere nennen zu können. Die Künstlerin weilt seit einiger Zeit in Paris, und der Einfluß der dortigen unvergleichlichen Kultur, namentlich Cézannes, ist nicht zum Schaden bei ihr sichtbar.«

Paulas Mutter ist glücklich und schreibt Paula am selben Tag: »Paula, was sagst Du zu dieser Fanfare! Niemand anders als unser Museumsdirektor stößt für Dich ins Horn, Dr. Gustav Pauli ist Dein Lohengrin.« Gustav Pauli ist es auch, der 1919 die erste Monographie über Paula schreiben wird. Innerhalb der Familie Becker wird seine Beurteilung allerdings nicht ganz ernstgenommen und relativiert. Man kann einfach nicht glauben, daß der Museumsdirektor wirklich so über diese Bilder denkt, die den meisten Betrachtern überhaupt nicht zusagen.

Der Bremer Courir schließt sich jedoch Paulis Meinung an. Anna Götze wägt am 13. November 1906 ab:

»Eine Neuerscheinung in unserer Kunsthalle ist Frau Paula Modersohn, die sich als ein sehr interessantes Talent mit feinem Farbgefühl erweist. Ihre Stilleben sind in der aparten Farbenzusammenstellung sehr reizvoll. Nur fällt eine technische Eigentümlichkeit aus, die den Gegenständen oft etwas Unstoffliches, Gemauertes gibt. In den streng stilisierten Bildern, dem ›Mädchenkopf‹ zum Beispiel, läßt man das ja zweifellos gern gelten; aber befremdend wirkt die Sache in den unkomponierten, mehr oder weniger naturalistisch gegebenen Bildern. – Im Kopf des ›schlafenden Kindes‹ zum Beispiel tritt uns diese Art schon gar als ungesund oder als Manier entgegen.«

Der letzte Satz nimmt schon vorweg, was Paulas Werken im Nationalsozialismus widerfahren wird: Sie werden als »entartet« diffamiert und aus den Museen entfernt.

Kurz bevor Paula sich im Herbst 1906 entscheidet, zurück nach Worpswede zu gehen, mit Otto Modersohn weiterhin zusammenzuleben und dort ihre Arbeit fortzuführen, formuliert sie ihr Ziel am 17. November in einem Brief an Clara:

»Und ich möchte so gerne dahin gelangen, etwas zu schaffen, was ich selbst bin.«

Von Clara sind Äußerungen dieser Art nicht bekannt, weder Zukunftspläne noch künstlerische Zielsetzungen. Zeitlebens hat sie nur sehr wenig über ihre Kunst gesprochen. Für Rilke ist das unverständlich: eine Künstlerin, die ihre Kunst einfach ausübt, ohne über ihre Motivation zu reden, ist ihm noch nie begegnet. Was inspiriert sie, wovon ist sie getrieben? Was hat sie überhaupt zu dieser anstrengenden Tätigkeit geführt? Claras Schweigen bietet Anlaß zu Spekulationen und Phantasien, doch Clara geht nicht darauf ein. Rilke versucht, ihr Geheimnis zu ergründen, hat aber keinen Erfolg. In seinem Brief vom 7. Februar 1912 gesteht er Lou Andreas-Salomé seine Ratlosigkeit:

»Wie oft hab' ich mich's mit Sorge gefragt: wer ist sie, in was drückt sie sich aus, an welchen Freuden, Wünschen, Hoffnungen erkennt sie sich? Denn nicht einmal ihre Arbeit ist ihr ein Ausdruck für sich; dies war, da ich es entdeckte, ganz im Anfang schon, so unmittelbar komisch für mich, daß jemand künstlerische Arbeit tat, ohne durch die eigene innere Expansion dazu gekommen zu sein; ich necke sie oft mit dieser rätselhaften Abstammung ihrer Bildhauerei, die da war, ohne daß man wußte, woher sie gekommen war: die einfach da war und immer besser wurde, eigentlich auch ohne daß es für irgendwelche inneren Antriebe nötig war; die schließlich ausgezeichnet geworden war und dann eben fleißig und streng und ehrlich betrieben wurde, etwa wie eine gut gehaltene Dépendance, für die im Haupthaus gekocht wird –, nach der aber nie etwas in ihr schrie, schrie, um sich kopfüber, kost' es, was es wolle, hineinzustürzen.«

Im Gegensatz zu Paula präsentiert Clara ihre Werke gern. Clara will, daß die Freunde ihre Plastiken kennenlernen. Sie drückt sich sehr wohl aus in ihrer Arbeit, aber nicht im Gespräch darüber. Das interessiert sie nicht, genausowenig wie kunsttheoretische Reflexionen. Rilke ist beeindruckt von ihrer Direktheit und Unkompliziertheit, sogar wenn es darum geht, neue, noch unfertige Werke zu zeigen. Am 3. Oktober 1900 hält er in seinem Tagebuch fest, was er und Vogeler zu sehen bekommen:

»Am Montag abends besuchten wir Clara Westhoff in ihrem Atelier. Neu war eine kleine Plastik: zwei Kinder, eines stehend, eines knieend, mit den Händen sich stützend. Auf Vogelers Rat fügte Clara die beiden intimer aneinander, so daß sie aus ihrem Nebeneinander zu einer reizvollen Gruppe erwuchsen. Versunken in die feinen Verhältnisse der einzelnen Gestalten, hatte Clara noch nicht das Bedürfnis nach Zusammenwirkung der Kinderfiguren gehabt. Vielleicht auch war das Nebeneinandersein dieser beiden Gestalten eine unbewußte Absicht ihrer Hände gewesen ...«

Besonders angezogen fühlen sich Vogeler und Rilke von der kleinen Skulptur eines sitzenden Knaben. Seine Arme sind um das angewinkelte linke Knie geschlungen, während das rechte Knie als Stütze des Kinns dient. Die Rückratlinie ist mit erstaunlicher Sicherheit erfaßt: Der Knabenrücken rührt einerseits durch seine magere Eckigkeit, der stark ausgebildete Ansatz der Arme deutet andererseits daraufhin, daß der Junge schon seit Jahren Männerarbeit leistet. Die Haltung der Figur hat etwas Monumentales. Sie ist im Aufbau so angelegt, daß man sich den kleinen Akt sofort als (über)lebensgroße Skulptur vorzustellen vermag. Er hat bereits jetzt, in Ton modelliert, den Charakter und die Ausstrahlung des Steins angenommen.

»Er ist durchaus Clara Westhoff; so ist alles Leise und Liebe, was sie sagt, auch: es könnte von Chorälen gesungen und von weiten Landschaften empfangen werden«, lobt Rilke in seinem Tagebuch.

Es ist Clara überaus wichtig, daß Rilke ihre Arbeiten sieht. Wenn sie sich erst einmal entschieden hat, ihm etwas zu zeigen, muß das sofort geschehen. Sie kann und will nicht warten, duldet kein Vertrösten und keinen Aufschub. So entschließt sie sich in einer Septembernacht nach einem geselligen Beisammensein im Barkenhoff zu einer Präsentation. Sie macht sich mit Rilke auf zu ihrem Atelier und entscheidet, die Tür aufzubrechen, da die Leute, die den Schlüssel aufbewahren, längst schlafen. Durch die Nacht hallt nun Claras schwerer Bildhauerhammer. Das Schloß ist stark und gibt nicht nach, ebensowenig wie Clara in ihrer Ungeduld. Plötzlich macht sie mit der linken Hand eine ungeschickte Bewegung, als wolle sie den Lärm dämpfen. In diesem Moment springt die Tür auf, und der Hammer trifft die Hand, so daß Blut hervorschießt. Die Wunde ist tief, die Hand schwillt an. Von einer Sekunde zur anderen hat sich die Situation vollkommen verändert. Aus der beherzten und tatkräftigen Frau ist nun eine zaghafte, verletzte geworden. Alle Sorge gilt ihrer Hand und dem nicht verstummen wollenden Schmerz. Erst allmählich und mit Hilfe kalter Umschläge beruhigt sich die pulsierende Wunde. Endlich hört sie auf, weh zu tun. In Rilkes Gedicht »Bei Empfang der Trauben von Westerwede« vom 7. November 1900 heißt es:

»Darum erschreckte uns der ferne Hund
und jenes fremden Tieres böses Schrein,
wir wollten Wächter sein an jedem Mund,
und alle Bäume sollten sich allein
und unbelauscht und fern von Menschen glauben:
denn damals stieg die Süße in die Trauben.

Darum war es so sehr bedeutungsvoll,
daß dunkel Blut aus Ihrer Hand entsprang,
als jenes harten Hammers großer Groll
die tiefe Stille zu erzittern zwang.
Da traf Ihr Blut, für das verwandte bang
(das durch die Bäume zu den Früchten stieg),
aus Ihrer Hand zu uns und bat so lang
für alle Früchte, bis der Hammer schwieg.

Und während wir, nah an der Lampe, blaß,
beisammen saßen um die kranke Hand,
die langsam bebte und vom Beckenrand
hinunter blutete ins kalte Wasser,
heilte die große Stille draußen zu;
jetzt schlief der Hund, das böse Tier gab Ruh,
und uns Spätwachen war ein Weh geschehn.

Stürmische Frauen

Da fing die Süße wieder an zu gehn, –
hinter den Säften, die sich aufwärts drängten,
stieg sie empor, noch zögernd dann und wann ...
die Beeren gingen auf ... die Trauben hängten
sich schwerer an die starken Ranken an.«

Als Rilke dieses Gedicht schreibt, hat er Worpswede bereits – überstürzt – verlassen, aber seine Gedanken schweifen immer wieder zu den beiden »Mädchen in Weiß«. In Berlin denkt er vor allem an die große starke Bildhauerin und die Nacht, in der sie ihm unbedingt sofort ihre Arbeiten zeigen wollte und nicht davor zurückschreckte, die Tür ihres Ateliers aufzubrechen, geht ihm nicht mehr aus dem Kopf. Und dann wieder sieht er Clara mit dem Fahrrad heranbrausen. Sie ist ein Mensch, den er sich fast immer draußen in der Natur denkt. In Räumen scheint sie eher befangen zu sein. Das, was man als hausfrauliche Minimalfähigkeiten bezeichnet, beherrscht Clara überhaupt nicht. Sie kann zum Beispiel nicht kochen, so daß Rilke sich veranlaßt sieht, ihr diesbezügliche Ratschläge zu erteilen. In seiner Korrespondenz an Clara befindet sich ein entsprechendes Dokument: ein detailliertes Kochrezept inclusive Einkaufstips:

»Ich sandte Ihnen gestern zur Probe ein kleines Paket einer sehr trefflichen Hafergrütze. Gebrauchsanweisung auf dem Paket. Nur ist es gut, sie etwas länger als die angegebenen 15 Minuten kochen zu lassen. Vor dem Essen legen Sie ein Stück Butter hinein, oder Sie nehmen Apfelmus dazu. Ich esse sie am liebsten mit Butter, Tag für Tag. In 15 Minuten ist die ganze Speise fertig, d. h. vorher muß schon siedendes Wasser gemacht sein, sie wird heiß aufgesetzt also und kocht 15–20 Minuten. Wenn Sie sich einen doppelwandigen Patent-Kochtopf ›Kann alles‹ aus einem großen Haushaltungsgeschäft kommen ließen, müssen Sie kaum einmal durchrühren; die Gefahr des Anbrennens ist dann ganz gering. Versuchen Sie, und sagen Sie mir Bescheid. Die große kalifornische Firma hat auch sonst prächtige Präparate. Ich sende demnächst den Katalog.«

Wie Clara diese Geste aufnimmt, ist nicht überliefert. Ob es ihr gefällt, von dem romantischen Dichter diese Alltagsempfehlungen zu erhalten? Eigentlich scheint er doch immer in anderen Gefilden zu weilen. Vielleicht berührt es sie, daß er sich nun auf diese Weise um ihr Wohlergehen kümmert. Vielleicht rüttelt es sie auf. Jemand, der so ganz anders ist als die Künstler, die sie bis zu diesem Zeitpunkt getroffen hat, ist in ihren Gesichtskreis getreten. Am nächsten jedoch fühlt sie sich Rilke, wenn er seine Gedichte rezitiert.

Mit ihrer Verlobung überraschen Clara und Rilke alle Freunde und Bekannten. Es bereitet Clara Spaß, und sie genießt die Provokation. Sie weiß, daß einige Männer ein Auge auf sie geworfen haben, ältere wie jüngere. Warum entscheidet sie sich für Rilke? Spielt Paulas Nähe zu ihm eine Rolle? Neidet Clara der Freundin, die schon heimlich mit Otto Modersohn verlobt ist, diese zusätzliche enge Beziehung zu dem Dichter? Will sie Paula in die Schranken weisen? Aber warum gerade mit diesem Mann, der so schwächlich scheint, während sie doch selbst vor Kraft strotzt. Warum mit diesem Mann, den das Tanzen, das sie so sehr liebt, nicht nur kalt läßt, sondern der sogar Abscheu dafür empfindet? Clara kann sich der Wirkung des Andersartigen, Fremden, Geheimnisvollen nicht entziehen und sucht Begegnungen dieser Art.

Einmal geht sie in Westerwede in der Dämmerung hinaus auf die Wiese zu den hohen Kastanien. Plötzlich tauchen Kinder auf. Sie laufen hintereinander her und werden von etwas Dunklem und Gebücktem getrieben. Clara ist neugierig und folgt der eigentümlichen Gesellschaft. Das dunkle Wesen scheint seine Gestalt permanent zu verändern. Schließlich entdeckt es die Beobachterin und möchte nun seinerseits wissen, um wen es sich handelt. Sein dünner Arm greift nach Clara, hält sie fest, und seine Stimme sagt: »Du kennst mir nicht, und ich kenne dir nicht im Düster.« Eine Weile herrscht Schweigen, Clara spürt den Worten nach, die mehr Bedeutung zu haben scheinen, als man auf Anhieb meinen sollte. Dann bricht Clara aus der beklemmenden Stille aus und lüftet das Geheimnis. Sie lernt eine alte Frau kennen, die auf dem Hof lebt, auf dem sich auch ihr Atelier befindet. Die beiden schließen Freundschaft, und es kommt später noch eine andere Mitbewohnerin dazu, nicht minder eigenartig in Wesen und Gestalt. Die uralt aussehende, kleinwüchsige Frau leidet an einer Nervenkrankheit. Man sieht sie nie gehen, sie steht immer steif und stumm da und beaufsichtigt die Kinder.

Clara fühlt sich zu den dunklen Seiten des Lebens hingezogen. Sie hat keine Berührungsängste mit kranken oder behinderten Menschen, scheint sich sogar gern in ihrer Nähe aufzuhalten. Schon als junges Mädchen in Oberneuland hat sie erkannt, daß die Attribute schön oder häßlich ungenügend sind, wenn man sie auf die Natur und ihre Erscheinungsformen anwendet. Diese Haltung nimmt sie gegenüber der gesamten Schöpfung ein. Konventionen interessieren sie nicht. Sie läßt sich nicht zähmen oder einsperren von Verhaltensregeln, die vornehmlich Frauen erteilt werden. Das verleiht ihr eine unbändige, aber auch unnahbare Ausstrahlung, die viele Menschen, unter ihnen Paula, bezaubert. Heinrich Vogeler berichtet im »Buch der Freundschaft«:

»Paula bewunderte an ihr die Freiheit und Kraft ihrer Lebensführung und den Ernst ihres künstlerischen Studiums. Sie liebte dieses gleichartige Geschöpf, wenn es im flatternden weißen Sommerkleid, mit einem Hopfenzweig im dunkeln Haar, auf dem Rade daherbrauste. Sie liebte sie, wenn sie dem kleinen Handwerker, bei dem sie wohnte, auf dem Acker half und sich selbst vor den Pflug spannte, um ihm die Kartoffeln auszuscharren.«

Es gehört für Paula zum Schönsten, mit Clara zum Tanzen zu gehen. Tanzen ist Claras Leidenschaft. Sie weiß immer, wo im Ort oder in der Umgebung zum Tanz aufgespielt wird, und scheut sich nicht, Paula noch spät am Abend herauszuklopfen. Und wenn sie nicht mitkommen mag, geht Clara allein. Was das Tanzen für sie bedeutet hat, wird durch eine Begebenheit deutlich, die Heinrich Vogeler miterlebt hat:

Clara liebt es, ziellos durch die Felder und Wiesen zu streifen. Sich treiben lassen, sich bewegen lassen vom Wind oder mit ihm kämpfen, nicht nachgeben, den eigenen Weg gegen ihn behaupten. Immer den Kopf erhoben, die Weite atmend. Ein vertrauter Begleiter ist Heinrich Vogeler. Mit ihm ist es gut zu gehen, zu laufen, ohne sprechen zu müssen. Am Strand liegt ein Schiff vor Anker. Die Besatzung hat sich an Deck versammelt und ein Grammophon aufgestellt. Musik ertönt. Fremde Lieder. Lockende Rhythmen. »Laß uns tanzen!« Clara nimmt Vogeler bei der Hand, zieht ihn hinter sich her, zum Ufer hin. »Komm, ich will die Musik laut hören. Lauter. Ganz laut.« Sie beginnt, sich im Takt zu bewegen, erst leicht und suchend, aber bald sicher und kraftvoll in die Töne fallend. Vogeler schaut ihr lächelnd zu. Nun sind die Matrosen an Deck aufmerksam geworden. Begeistert klatschen sie der Tänzerin Beifall. »Kommt an Deck! Feiert mit uns.« Clara und Vogeler nehmen die Einladung an. Er ist neugierig auf die Fremden, sie auf die Musik. Kaum spürt sie die Schiffsplanken unter den nackten Füßen, schon tanzt sie weiter, als hätte sie nie etwas anderes getan, als sich in der Mittagshitze unter der senkrechten gleißenden Sonne vibrierenden Tönen hinzugeben. Die Männer halten den Atem an, staunen. Jeder will ihr Tänzer sein, sie läßt es geschehen, aber ihr Lächeln ist der Weite gewidmet. Den Kopf in den Wolken, die Füße auf dem heißen Holz, der Körper von Sonnenstrahlen gestreichelt. Nicht aufhören. Die Zeit vergessen. Die Töne geben die Orientierung, sind die einzig wirksame Kraft. Sie befehlen den Tanz. Solange sie erklingen, ist kein Stillstand möglich. Kein Ende, keine Ruhe, kein Tod.

Da stoppt die Musik. Irritation. Die eben noch schwebende Tänzerin hält inne, stampft plump und trotzig mit den Füßen auf, schaut die Männer in der Runde wütend an. Plötzlich senkt sie den Kopf und klagt: »Oh, meine Füße. Sie brennen. Sie sind verbrannt.« Sie läßt sich auf den Boden fallen und betrachtet ihre Füße. Sie sind rot, geschwollen, voller Brandblasen. Die Männer schleppen die Schiffsapotheke heran, öffnen sie ungeschickt, betrachten ratlos den Inhalt.

Hier ist Öl. Vielleicht lindert das die Schmerzen. Oder besser diese Salbe? Soll man die Füße verbinden? Die Männer sind unschlüssig. Hilflos. Da taucht ein alter Mann auf, geht zielstrebig auf die am Boden kauernde Clara zu, greift einen ihrer Füße. Sie läßt es geschehen und schaut ihn erwartungsvoll an. Nach einer Weile fachmännischen Begutachtens wendet er sich an seine Patientin mit den Worten: »Ja, das muß weg.« Und ehe sie reagieren kann, zieht er sein Messer hervor und öffnet mit zwei entschlossenen Schnitten alle Blasen. Claras Erstaunen ist noch größer als ihr Schmerz. Sie sieht in Vogelers entsetzt aufgerissene Augen und muß plötzlich lachen. Sie lacht und lacht und kann nicht mehr aufhören. Unter ihrem Gelächter behandelt der alte Mann auch den anderen Fuß auf die gleiche Weise. Plötzlich schließt Clara die Augen. Eine große Müdigkeit ist über sie gekommen, zusammen mit dem Wunsch, sich zurückzuziehen. Nach Hause. Die Beine hochlegen. Schlafen. Von Vogeler und einigen Matrosen eskortiert, humpelt sie zurück ins Dorf. Von Rückzug und Ruhe ist allerdings keine Rede, denn zwanzig Matrosen wechseln sich ab, um nach ihr zu sehen und ihren Schlaf zu bewachen.

Das Tanzen wird immer Claras Leidenschaft bleiben. Noch im Alter besucht sie in Fischerhude, wo sie von 1919 bis zu ihrem Tod im Jahr 1954 lebt, gern die Hochzeiten und Familienfeiern des Orts. Es sind nicht die festlichen Mahlzeiten und die Reden, die sie locken, es ist die Musik, es ist der Tanz. Und sie bleibt die eifrigste Tänzerin, die darüber alles andere vergessen kann.

Wie konnte es dazu kommen, daß sie das geliebte Tanzen – auch sinnbildlich – für eine Zeitlang aufgegeben hat, um ihre geballte Zuwendung nur noch auf einen Menschen zu konzentrieren? Rilke hat das zwar nicht direkt von ihr verlangt, aber das gemeinsame Leben so angelegt, daß für andere kein Platz darin geblieben ist. Wenn er Zuneigung zu einem Menschen verspürt, will er ihn sofort für sich allein haben. Große Gesellschaften, Freundeskreise bedeuten ihm nichts, es sei denn, sie bilden das Publikum für seinen Auftritt. Mei-

Clara porträtiert Rilke auf der Terrasse von Schloß Friedelhausen, 1905

stens fühlt er sich in einer Gruppe von Menschen jedoch unwohl, einsam. Er erträgt es nicht, einer unter vielen sein. Erst die Kontaktaufnahme mit einem einzelnen Menschen aus der Gruppe reißt ihn heraus aus dem Verlassenheitsgefühl. Nun werden alle anderen unwichtig. Im Lauf seines Lebens entwickelt Rilke die Strategie, Menschen zunächst an sich heranzuziehen, dann von ihrer Umgebung und ihren Freunden zu isolieren und sich allein in den Mittelpunkt zu stellen. Es funktioniert bei Clara. Alle Freunde stellen ihre gravierende Persönlichkeitsveränderung fest. Die stürmische Frau setzt sich zur Ruhe. Die unbeugsame Königin hat einen Gebieter gefunden. Von ihr hätte man es am wenigsten erwartet.

Allmählich wird jedoch ihre Fixierung zur Bedrohung für Rilke. Er ist Dichter und braucht das »Ich« für seine Arbeit, die durch ein Zuviel an »Wir« erstickt zu werden droht. Dagegen wehrt er sich, was Clara nicht versteht. Der zarte, kränkliche Mann, der so oft von Niedergeschlagenheit und Zweifeln heimgesucht wird, kann ungestüme Kräfte entwickeln, wenn es darum geht, die eigenen Grenzen zu verteidigen und die eigene Einsamkeit zu beschützen. Er fürchtet, von Claras Liebe erdrückt zu werden. Paula hat Claras Liebesüberschwang einmal im Gespräch mit Rilke beschrieben:

»Es ist oft rührend bei Clara Westhoff, in der so viel monumentaler und großliniger Stil liegt, zu sehen, wie sie eine Blume, eine einzelne Blume trägt oder auf ein kleines Ding alle Güte und Fülle ihres breiten Wesens anwendet, wie sie um ein kleines Wort alle ihre Sinne versammelt, so daß dieses fast unter der Last der Liebe zusammenbricht. Es macht mich ganz wehmütig, das zu sehen. Zu sehen, wie sie sich zusammenfaßt, sich zurückzieht aus ihren Maßen und mit all ihrer Liebe über ein Ding kommt, an dessen Kleinsein sie sich erst gewöhnen muß!«

Hat Clara Rilke für größer gehalten, als er tatsächlich gewesen ist?

Am 7. Februar 1912 schreibt Rilke einen ausführlichen Brief an Lou Andreas-Salomé. Er weilt seit einiger Zeit auf Schloß Duino und berichtet der Freundin, daß Clara sich in München einer Psychoanalyse unterzieht und die Scheidung wünscht. Er erklärt:

»Es ist nichts Böses zwischen uns, aber sie geht doch, gewissermaßen, als meine Frau mit falscher Aufschrift herum, ist nicht mit mir und kommt doch über mir zu nichts anderem. Das ist seltsam: unser Verhältnis bestand darin, daß sie mich unendlich restlos bejahte, acceptierte, und dann wieder, wenn sie merkte, wie viel absolut Fremdes, ja Feindseliges sie da mit unterschrieben hatte, in Ablehnung verfiel. Sucht man dahinter nach ihr, nach dem, was sie seit der Mädchenzeit geworden ist, so findet sich (von der Mütterlichkeit und der Beziehung zu Ruth einmal abgesehen) nichts Greifbares, nichts als diese abwechselnde Funktion des Micheinnehmens und Michausscheidens, und wenn es, wie ich hoffe, der Analyse gelingt, mich (offenbar doch Schädling ihrer Natur) völlig auszutreiben, so wird sie vermutlich dort fortzusetzen haben, wo ich kam und sie unterbrach.«

Er hat sich wieder und wieder gefragt, warum das Zusammenleben mit Clara nicht gelingen konnte, und endlich eine Antwort gefunden:

»weil sie entweder Ich war mit allen Kräften, und dann zuviel für mich, oder mein Contre-Ich, und dann natürlich ein Advocatus diaboli, ein blasser Umkehrer und Opponent ohne Ende, ohne persönlichen Hintergrund. Was sie dabei mag gelitten haben, ist kaum alles ausfindig zu machen, jedenfalls war's für uns Beide umsonst und aussichtslos. Die schönen Briefe, die sie mir zuzeiten schrieb, waren mein, meine Briefe, Briefe in meinem Ton, oder sie schrieb überhaupt nicht.«

Einmal liest Rilke einen ihrer Briefe im Freundeskreis vor. Die Reaktion ist verblüffend eindeutig: Alle vermuten in ihm den Briefschreiber. Clara hat keine eigenen Worte für ihre Emotionen zu Verfügung, weder für die Freude noch für den Schmerz. Die Sprache ist nicht das Mittel, mit dem sie sich und ihr Innerstes ausdrücken mag. Sie ist froh, in Rilke jemand gefunden zu haben, der ihr gleichsam Vorlagen liefert. Sogar ihr Vortrag über Rodin mit dem Titel »Erinnerungen an Rodin«, den sie nach dessen Tod hält, benutzt überwiegend Bilder und Sequenzen Rilkes. Sie hat sich ganz mit Rilke identifiziert und ist erleichtert, daß jemand ausgesprochen hat, was sie fühlt, aber selbst nicht in Worte fassen, eher in Stein hauen kann. In der Bildhauerei hat sie eine eigene Sprache gefunden. Was jedoch selten in ihre Kunst eingeht, ist das Stürmende, das zumindest eine Zeitlang ihr Wesen ausgezeichnet hat. Claras plastische Arbeiten scheinen gebremst – von der Technik, die Überlegung und Disziplin erfordert, von ihren Lehrern und von ihren Auftraggebern, die sie mitgedacht hat während des Entstehungsprozesses. Ihre Skulpturen sind handwerklich präzise ausgeführt und fein komponiert. Die große Geste, die alles Hemmende überwindet, findet allerdings nicht den Weg in ihr Werk, jedenfalls nicht in das plastische. Betrachtet man aber ihre Zeichnungen, die nur aus einem Strich zu bestehen scheinen, und ihre Aquarelle und Tempera-Bilder, entdeckt man hier die Großzügigkeit und Sicherheit ihrer Hand, die man in den Skulpturen vergeblich gesucht hat. Bedauerlicherweise hat sie im Gegensatz zu anderen Bildhauern nur selten Entwurfskizzen und Vorzeichnungen angefertigt, sondern ihre plastischen Arbeiten meist direkt nach dem Modell in Ton modelliert.

In den kleinformatigen Aquarellen und Tempera-Bildern, die die Jahreszeiten in der Umgebung von Fischerhude spie-

Clara und ihre Tochter Ruth, Bremen 1903/1904

geln, tun sich farbliche Wunder auf: Da ist das ganz besonders feuchte Grün der Wiesen, das klamme Violett des festen Schnees, das ferne Hellblau des Horizonts. Am Himmel schlängeln sich kreisende Wolken. Die Farbe des Frühlings ist Rosa in verschiedenen Intensitäten: vom kräftigen Rosarot der explodierenden Blütenbäume bis zum schimmernden Silberrosé der Birkenstämme. Und natürlich sind die Kühe, die im naßgrünen Gras lagern, tintenblau.

Während das Ehepaar Rilke längst ein Miteinander aufgegeben hat und jeder für sich allein versucht, eine künstlerische Existenz aufzubauen, wächst die kleine Tochter Ruth heran. Sie lebt in ihren ersten Jahren zumeist bei den Großeltern in Oberneuland, »und ist fast immer draußen und ohne Kleider und wie ein kleines Kind aus einem wilden Stamm sicher in ihrer gewohnten Nacktheit«, staunt Rilke im Sommer 1903 in einem Brief an Lou Andreas-Salomé. Er ist, zusammen mit Clara, aus Paris nach Oberneuland gekommen, um Ruth bei den Großeltern zu besuchen. Clara hat ihre Tochter fast ein ganzes Jahr lang nicht gesehen und wird von ihr nicht erkannt. Rilke sowieso nicht. Ruth sieht die beiden lange an, macht aber keine Anstalten, auf sie zuzugehen. Es sind für sie zwei Fremde, die da in ihren Garten gekommen sind. Sie verharren schweigend vor dem Kind. Irgendwann möchte Ruth doch wissen, was es auf sich hat mit den beiden Erwachsenen, die hier so verlegen abwartend vor ihr im Gras sitzen. Sie geht auf sie zu, und sofort bewegen auch sie sich, wie erlöst von einem Bann. Endlich vernimmt Clara von ihrer Tochter das ersehnte Wort »Mutter«. Rilke wird das Wort »Vater« nicht zu hören bekommen, sondern mit »Mann« oder »guter Mann« angesprochen.

Tadeusz Różewicz hat die Beziehung von Vater und Tochter Rilke in seinem Gedicht »Zusatz vom ›Leben selbst‹ geschrieben« thematisiert. Darin heißt es:

»Töchterchen Ruth
anstatt mit dem
Einhorn zu spielen

melkte Kühe
anstatt den Löwen zu füttern
fütterte Schweine
in einem echten Koben
(nicht auf dem Gobelin
aus dem Musée de Cluny)
Ruth war das Gegenteil
ihres berühmten Erzeugers
arbeitete im Viehstall
als wollte sie den Vater
an Stallmist und Jauche erinnern
als wollte sie die berühmten
Metaphern und Rosen umkrempeln
als wollte sie diese vom Himmel
herabführen auf die Erde
als wollte sie zu hohe
Ambitionen erniedrigen
die Kristallkugel
zertrümmern«

Porträts und Selbstporträts

Schon früh wird Clara mit Aufträgen konfrontiert, was für eine Bildhauerin eigentlich Ermutigung und Unterstützung bedeutet, denn Material und Werkzeug sind teuer, und jede Vorinvestition belastet den Geldbeutel erheblich. Allerdings bringt ein Auftrag immer auch die Gefahr mit sich, daß man sich zu einem Zugeständnis gegenüber dem Publikumsgeschmack gedrängt fühlt, zumindest unbewußt, denn man weiß: Wer sich porträtieren läßt, will sich später in Stein oder Bronze oder Gips gefallen. Der Auftraggeber muß seine Eitelkeit befriedigt sehen und die Büste herzeigen können. Das ist überhaupt einer der Gründe für ihre Ausführung. Und wenn man jemandem das Geschenk seines Porträts machen will, gilt das gleiche. Schon während des Unterrichts bei Mackensen in Worpswede, der ihr erste Anleitungen gegeben hat, drängt der Vater Clara, einige Familienbildnisse anzufertigen. Er mag nicht immer nur für ihre Ausbildung zahlen, ohne eine Art Gegenleistung. Auf diese Weise entsteht das Porträt der Großmutter Laura Westhoff. Clara selbst hat sogar diesen Vorschlag gemacht und im September 1899 an den Vater geschrieben:

»Ich hab schon gedacht, wenn Du, Vater, es willst, würde ich ein Porträt von Großmutter machen und vielleicht noch einige, um sie auszustellen, um eventuell einige Bestellungen auf Porträts zu bekommen, damit ich erst mal was verdiene.«

Arbeitszeit und -bedingungen hat sie sich anders vorgestellt, wie ihr Brief vom 2. Novemer 1899 an ihre Eltern belegt:

»Ich bin überzeugt, dass diese Arbeit mir viel besser geglückt wäre, hätte ich diese Arbeit früher, von hier aus, in aller Ruhe angefangen. Die richtige Ruhe hatte ich doch nicht, als ich so plötzlich anfing. Ich will nächsten Montag früh morgens übrigens gleich hereinfahren und dann gleich zu Großmama und laßt mich nur ganz gewähren – jetzt ist ja die Hauptsache, daß Großmama gut wird.«

Clara wird also schon bei einer ihrer ersten Büsten der Blick des Betrachters aufgezwungen, in diesem konkreten Fall der Blick des Vaters. Ihm soll das Werk gefallen. Das ist das Ziel und könnte sich als fatal erweisen, denn ein Künstler darf sich beim Arbeiten nicht selbst beobachten, wenn er authentisch bleiben will. Da ähnelt der Maler oder Bildhauer dem Schauspieler auf der Bühne. Wenn dieser sich selbst betrachtet und zuhört, verliert er die Figur, die er verkörpert. Sie entschwindet ihm, während er sich zu den Zuschauern gesellt – ungewollt. Auf der Bühne steht nur noch die Hülle, leer und allein gelassen. Genauso ist es beim bildenden Künstler. Er braucht für eine gewisse Zeitspanne einen Schutzraum, um seine Kreativität zu entfalten. Er ist ja ein Suchender. Er muß es wagen, Irrwege zu gehen – unbeobachtet, beschützt von einer Umgebung, die ihn nicht zu früh zur Veröffentlichung seiner Werke zwingt. Dieses Ringen um die Form, diese geistigen Wege zum Kunstwerk sind es, die einer Skulptur Leben verleihen, wie László Földényi in seinen Museumsspaziergängen unter dem Titel »Das Schweißtuch der Veronika« anführt:

»Stein wird lebendig; aber nicht, weil der Bildhauer ihm Form verleiht, sondern wegen des Geistes, der aus dem Bildhauer strahlt. Von seiner Durchgeistigung wird der Stein lebendig, nicht von Meißel und Hammer.«

Aber dazu braucht es Zeit, eigene, selbstbestimmte Zeit. Die Kommunikation zwischen Künstler und Material muß sich entwickeln, verlangt Geduld.

Wie das im Falle der Büste ihrer Großmutter geschehen

ist, hat Clara selbst erzählt. Sie muß zunächst einmal ihre geplante Paris-Reise – sie will an der Privatakademie Julian studieren, an der auch Frauen zugelassen sind – verschieben. Der Vater wünscht, daß die Skulptur so bald wie möglich begonnen wird. Clara hofft, ihn mit diesem Beweis ihres Könnens zu besänftigen und zur weiteren finanziellen Unterstützung zu bewegen. Aber im Geist ist sie längst in Paris. In ihrer Phantasie hat sie schon viele Male in Bremen den Fernzug bestiegen und ist ebenso oft durch die Straßen von Paris gegangen, hat in ihrem besten Französisch Einkäufe auf den Märkten getätigt und vor allem sich selbst Fragen über Fragen gestellt. Wie wohl die Atelierräume in der Académie Julian ausschauen? Wie wohl die Studienkolleginnen und -kollegen arbeiten? Und ob Rodin, der größte lebende Bildhauer, sie überhaupt empfangen wird? Und wenn ja, was wird er ihr sagen, wenn sie ihm den Brief Klingers überreicht? Wie aufregend! Alles. Nun muß sie sich noch etwas gedulden, denn die Reise verschiebt sich. Clara ist zunächst wütend, besonders auf sich selbst, weil sie den Vorschlag gemacht hat, die Großmutter zu porträtieren. Aber hätte nicht auch der Vater großzügig auf ihr Angebot verzichten oder es zumindest aufschieben können? Andererseits hat sie Verständnis, denn er unterstützt ihre künstlerische Ausbildung schon seit Jahren. Von Zeit zu Zeit braucht er da eben die Bestätigung, daß sein Geld sinnvoll investiert ist.

Statt auf den belebten Boulevards der französischen Metropole herumzuflanieren und den neugierigen Blick über die fremde Stadt schweifen zu lassen, sitzt sie nun in einem stillen Raum eines alten Hauses der Mutter ihres Vaters gegenüber. Laura Westhoff ist eine vornehme Frau. In ihr Gesicht haben sich die Jahre eingeschrieben. Clara staunt über die Wege der Falten und Furchen, denen ihre Bildhauerinnenaugen nun nachspüren. Sie hatten auf Fremdes in der Ferne gehofft und finden nun ihr Objekt vertraut und ganz nah. Clara erkennt, daß ihr diese Wendung der Dinge eine unverhoffte Handlungsfreiheit ermöglicht. In Paris würde sie eine Zeitlang nur staunen und auf das, was sich ihr darbietet, reagieren, bevor sie ihren Arbeitstag selbst in die Hand nehmen könnte. Hier im Haus der Großmutter gestaltet sie von Anfang an. Es geschieht nur das, was sie tut. Von außen ist weder Hilfe noch Ablenkung zu erwarten. Plötzlich erscheint ihr das Leben der alten Frau, das sich so eindrucksvoll in deren Gesicht spiegelt, fast spannender als das ferne unbekannte Paris.

Die Großmutter spricht selten und dann leise und zurückhaltend. Sie ist vorsichtig im Umgang mit anderen Menschen, schenkt ihnen nicht leicht Vertrauen. Nur wenige kommen in den Genuß ihrer Zärtlichkeit. Und immer, wenn sie selbst den Eindruck hat, vielleicht zu weit gegangen zu sein, nimmt sie das Dargebotene zurück. Ihre Hände sind manchmal voreilig und strecken sich dem Gegenüber einladend entgegen. Bemerkt es die alte Frau, holt sie die Hände schnell wieder an ihren Platz, bedeckt und versteckt sie in ihren Kleidern. Aber es ist nichts zu machen, immer wieder versuchen die Hände einen Alleingang. Clara gewinnt ihre Großmutter während des Arbeitsprozesses lieb. Nun ist alles andere relativ: Paris kann warten, und ob dem Vater ihr Werk gefallen wird, ist auch nicht mehr entscheidend. Im Vordergrund steht die Begegnung mit ihrem Modell und wie sie sich künstlerisch umsetzen läßt.

Wenn Clara am Morgen den Raum betritt, berichtet ihr die Großmutter, was sie bereits erlebt hat. Die Ereignisse kreisen um das Haus und um den Garten. Es scheint, als läge schon ein langer Tag hinter ihr. Clara lauscht der Erzählung gebannt. Nichts erscheint ihr in diesem Moment aufregender als das Gesicht der alten Frau. Clara nimmt sich die Zeit, die sie für die Büste braucht und läßt sich nicht drängen, weder vom Vater noch von eigenen Plänen. Erst im Dezember 1899 reist sie nach Paris.

Vergleicht man das Porträt der Großmutter Laura Westhoff mit Claras erster plastischer Arbeit, der Bildnisbüste der Alten, trifft man auf Gemeinsamkeiten, vor allem was die Größe, die Form und die Oberfläche betrifft. Der Oberkörper beider Frauen wird unterhalb der Achseln von einem

Sockel begrenzt. Während die Alte unbekleidet porträtiert ist, wird der Kleidung der Großmutter viel Aufmerksamkeit geschenkt. Sie trägt ein hochgeschlossenes Oberteil, eine auffällige Brosche und auf dem Kopf ein Witwenhäubchen. Die Details ihrer Kleidung sind mit der gleichen Akkuratesse – ihres Lehrers Mackensen – ausgeführt wie ihre scharf geschnittenen Gesichtszüge. Blick und Haltung der Figur drücken Würde und Stolz aus. Es ist erstaunlich, daß Clara das, was sie später bei Rodin lernen wird, die bewegte Oberfläche und die Formzerklüftung als Ausdrucksmittel, hier schon anklingen läßt. Zwar steht sie immer noch unter dem Einfluß Mackensens, der äußerliche Detailgenauigkeit fordert, aber das Interesse für die Psychologie der Figur drängt schon zur Entfaltung.

Obwohl Clara von Anfang an weiß, wie wichtig der Zeitfaktor für ihre Arbeit ist, gerät sie später immer wieder in die Situation, aus Gutmütigkeit und Entgegenkommen eilige Aufträge anzunehmen. So schreibt sie im März 1903 aus Paris an Frau Langen, die Frau des Münchner Verlegers Albert Langen:

»Vor reichlich vierzehn Tagen begann ich mit der Arbeit Ihres Porträts. Daß diese Arbeit für mich eine sehr, sehr schöne Aufgabe ist, an die ich mit Begeisterung und Frohheit herantrat, haben Sie sicher auch gefühlt – nur habe ich bei Beginn derselben einen großen Fehler gemacht: ich habe nicht deutlich und klar genug ausgesprochen, in welcher Art ich meine Aufgabe auffasse.«

Clara führt aus, daß sie bei der Auftragserteilung das Gefühl gehabt habe, die Fertigstellung der Büste dürfe nicht allzu lange dauern. Eigentlich hätte sie jedoch selbst wissen müssen, daß sich die Kunst nicht in zeitliche Schablonen pressen läßt. Clara weiß, daß jeder künstlerischen Arbeit ein eigener Rhythmus innewohnt. Paßt sie sich ihm an, fließt ihre Energie, stellt sie sich gegen ihn, gerät sie ins Stocken. Clara holt in ihrem Brief nun das nach, was sie zu Beginn versäumt hat, und stellt Bedingungen:

»Die Bedingungen sind also kurz gesagt: Zeit, nichts als

Zeit. Wollen Sie ein ernsthaftes Porträt haben, so ist das die eine große und wichtige Bedingung. Ohne ihre Erfüllung kann ich es nicht machen und ich bitte Sie dann nur, mir zu verzeihen, daß ich nicht gleich darauf gekommen bin, Ihnen das alles klar und ohne Rückhalt zu sagen.«

Nicht nur der Arbeitsprozeß bietet Anlaß zu Mißverständnissen und Differenzen, sondern vor allem das Resultat. So ist Ricarda Huch von der Büste, die Clara 1912 von ihr herstellt, nicht eben begeistert. Sie sieht sich selbst ganz anders, als es die Bildhauerin in diesem Werk getan hat. Ricarda Huch liebt es, als Grande Dame dargestellt zu werden, und schätzt Claras Versuch, einen Ausdruck zu finden für die inneren intellektuellen Kämpfe und die daraus gewonnene Lebensweisheit der Schriftstellerin, überhaupt nicht. Ricarda Huch geht sogar soweit, diese Darstellung ihrer selbst zu verleugnen. Clara schreibt an Fritz Wichert, den Direktor der Mannheimer Kunsthalle, dem sie die Gipsbüste im Sommer 1912 für einige Monate zur Verfügung stellt: »Frau Huch möchte gern, daß ihre Büste nur als ›Porträtbüste‹ bezeichnet wird – man kann aber denen, die es interessiert, ruhig sagen, daß es Ricarda Huch ist.«

Sowohl von der Darstellung Ricarda Huchs als auch von seiner eigenen durch Clara ist Rilke höchst angetan. Sein Porträt von 1901, die »Büste Rainer Maria Rilke«, schätzt er sehr, bezeichnet sie als »trefflich« und läßt sie in den Verlagskatalog seines dänischen Verlegers aufnehmen. Eine kleine Sensation, denn Rilke ist zeitlebens heikel mit der Veröffentlichung seines Porträts oder Fotos gewesen.

»Clara Westhoff ist längst keine Anfängerin mehr: sie hat mit meiner Porträt-Büste, mit der Büste Heinrich Vogelers und mehreren kleineren Arbeiten, die ausgestellt waren, bewiesen, daß man sie kaum mehr mit jemandem anderen verwechseln und neben dem Besten sehen kann«, lautet seine Überzeugung. 1905 entstehen eine Reihe weiterer Rilke-Porträts: klein, ohne Sockel und mit gesenktem Kopf. Diese Haltung erinnert an Paulas Darstellungen ihres Ehemanns. Sie malt Otto Modersohn häufig mit vorgebeugtem Kopf: lesend, in sich versunken und ohne die Aufmerksamkeit des Betrachters zu beanspruchen. Ganz anders in der Positur, aber ähnlich kontemplativ ist das Porträt, das Paula 1906 von Rilke anfertigt. Heinrich Vogeler berichtet in seinen »Erinnerungen«:

»Fast erschrocken hefteten sich unsere Augen auf zwei Bildnisse: das von Clara und das von Rainer Maria Rilke ... eine schwarzhaarige Frau auf dunklem Grunde, im weißen Kleid; in der Hand hält sie eine dunkelrote Rose. Clara wendet sich schwermütig nach außen. Das Bild ist wie ein schmerzhafter Abschied und wie ein Rückblick auf Verlorenes. Dagegen steht das Bildnis Rainer Maria Rilkes, auf rötlich-violett und seidengrau gestimmt: mönchische Weltabgeschiedenheit und scheinbare Weichheit, hinter der sich eine fanatische geistige Kraft verbirgt. Der eigentümlich sprechende Mund, der glanzlose wie nach innen gekehrte Blick der Augen, alles wirkte traumhaft faszinierend.«

In Cees Nootebooms Gedicht »Rilke, gemalt von Paula Modersohn-Becker, 1906« heißt es:

»Dies ist kein Portrait eines Körpers,
hier ist ein Requiem nach außen gekehrt
mit einem Dolch von Sonetten,
Schönheit, verseucht und versengt.

Hier keine Gräfinnen, Prinzessinnen,
die Frisur schneidet von der Stirn
einen Platz voller Schrecken

Jetzt nur noch Trauer und Mund.«

Es ist vor allem der Mund, der den Schrecken dieses Bildes ausmacht. Er wirkt wie eine Wunde, die sich nicht schließen läßt. Der Mund eines Menschen, der nicht aufhören kann, das zu äußern, was er sieht, denkt, empfindet, das Schöne wie das Grauen. Gabe und Fluch der dichterischen Existenz. Das Gesicht bietet sich völlig ungeschützt dar. Die wimpernlosen Augen sehen verzweifelt und verweint aus. Auch sie scheinen sich nicht schließen zu lassen, sondern zum Sehen verurteilt zu sein. Der Dichter wird dargestellt als ein sich selbst, seinen Talenten und seiner Bestimmung Ausgelieferter. Paulas Gemälde antizipiert die Zukunft Rilkes und zeigt den Dichter, der er einmal sein wird, aber zum Zeitpunkt der Entstehung des Porträts noch nicht ist. Heinrich Wiegandt Petzet schildert das Phänomen der Vorwegnahme eindringlich in seinem Buch »Das Bildnis des Dichters« und stellt fest:

»Es ist der Dichter der Duineser Elegien und der Orpheussonette, den uns das Bildnis gegenwärtig zeigt – ein halbes Menschenalter, ehe er diese Gedichte auf Muzot vollendete.«

Paula hat mit diesem Bild in die Zukunft gesehen. Hat Rilke das erkannt? Er hat das Werk verschwiegen. Vielleicht hat er die Aufforderung Paulas, die in dieser Darstellung liegt, verstanden, aber die Bürde ist ihm zu schwer gewesen.

Während Clara Paula gleich, nachdem sie sich kennengelernt haben, porträtiert, dauert es einige Jahre, bis Paula ihrerseits die Freundin malt. Erst 1905 entsteht ihr »Bildnis Clara Westhoff«. Am 26. November 1905 berichtet Paula ihrer Mutter:

»Des Morgens male ich jetzt Clara Rilke im weißen Kleid, Kopf und ein Stück Hand und eine rote Rose. Sie sieht sehr schön so aus und ich hoffe, daß ich ein wenig von ihr hineinbekomme. Neben uns spielt dann ihr kleines Mädchen, Ruth, ein kleines, molliges Menschenkind.«

Es ist vor allem die ungewöhnliche Haltung der Porträtierten, die sofort ins Auge fällt. Der Kopf ist erhoben, seitwärts und sogar etwas nach hinten geneigt, der Hals tritt hervor und dominiert das Bild. Der Mund ist schmal, zusammengepreßt, die Mundwinkel deuten nach unten. Das Gesicht drückt Trauer und Resignation aus. Eine gewisse Härte spiegelt sich in den Augen, die zur Seite und weit über das Bild hinaus blicken, einer Konfrontation aus dem Weg gehen. Sie hat viel hinunterschlucken müssen, das sieht man ihr an. In der linken Hand hält sie eine Rose, gelangweilt-triumphierend, wie ein Erkennungszeichen oder ein Schutzschild. Die Blume dient nicht als Schmuck ihres Haars oder ihres schönen weißen Kleids, sondern könnte sofort mit einer lässigen Handbewegung weggeworfen werden. Vielleicht möchte die Rose verschenkt werden – doch da ist niemand, der sie entgegennimmt. Weder Gestik noch Mimik Claras laden zum Gespräch oder zur vertrauten Umarmung ein, im Gegenteil, Clara steht im Dunkeln allein und unnahbar. Warum hat Paula die Freundin so gemalt? Will sie ihr einen Spiegel vorhalten, damit sie endlich merkt, wie sie auf ihre Umgebung wirkt? Hochmütig, verschlossen, distanziert. Will sie ihre eigene Verletzung durch Zurückweisung sichtbar machen?

Paulas Ziel ist es, das Besondere und Charakteristische eines Menschen im Porträt auszudrücken. Über ihr Modell Lee Hoetger, die Frau des Bildhauers, die sie in Paris kennengelernt hat, sagt sie: »Sie hat etwas Großartiges in sich. Wenn ich nur etwas von dem, was ich bei ihr empfinde, in meinem Bilde herausbekomme.« Diese Aussage entspricht der, die sie schon im Oktober 1902 für die Landschaftsmalerei formuliert hat:

»Ich glaube, man müßte beim Bildermalen gar nicht so an die Natur denken, wenigstens nicht bei der Konzeption des Bildes. Die Farbenskizze ganz so machen, wie man einst etwas in der Natur empfunden hat. Aber meine persönliche Empfindung ist die Hauptsache.«

Später konkretisiert sie ihr Ziel:

»Das sanfte Vibrieren der Dinge muß ich ausdrücken lernen. Das Krause in sich. Auch in der Zeichnung muß ich dafür den Ausdruck finden; in der Art, wie ich hier in Paris meine Akte zeichnete, nur noch origineller und dabei feinfühlig beobachtet. Das merkwürdig Wartende, was über duffen Dingen schwebt (Haut, Ottos Stirn, Stoffen, Blumen), das muß ich in seiner großen, einfachen Schönheit zu erreichen streben. Überhaupt bei intimster Beobachtung die größte Einfachheit anstreben. Das gibt Größe.«

Sie weiß, sie muß unbedingt vermeiden, zuviel zu tun, die Bilder ganz zu Ende zu malen. Sie muß rechtzeitig aufhören, dem Bild Luft lassen, damit es atmen kann. Beispiele dafür findet sie bei Cézanne und Gauguin sowie in den Darstellungen der Antike:

»Die große Einfachheit der Form, das ist etwas Wunderbares. Von jeher habe ich mich bemüht, den Köpfen, die ich malte oder zeichnete, die Einfachheit der Natur zu verleihen. Jetzt fühle ich tief, wie ich an den Köpfen der Antike lernen kann. Wie sind die groß und einfach gesehen! Stirn, Augen, Mund, Nase, Wangen, Kinn, das ist alles. Es klingt so einfach und ist doch sehr, sehr viel. Wie einfach in seinen Flächen solch ein antiker Mund erfaßt ist«, notiert sie im Februar 1903 in ihrem Tagebuch.

In ihren Mutter-und-Kind-Darstellungen gelingt ihr die angestrebte Einfachheit in der Form, beispielhaft in der »Knienden Mutter mit Kind an der Brust« aus dem Jahr 1907. Hier wird die Verwandtschaft zu Gauguin deutlich. Wie er teilt sie die Fläche der Leinwand in einzelne exakt konturierte Formen auf. Die nackte Frau kniet auf einer hellen Matte und säugt das Kind, das sie im Arm hält. Ihr Körper wirkt schwer und monumental, seine Formen sind kubisch vereinfacht. Weitere Bildelemente sind stilisierte Topfpflanzen im Hintergrund und leuchtende Orangen, die auf dem Boden liegen. Heinrich Vogeler schreibt im »Buch der Freundschaft«:

»Hier in Paris malte Paula Moderson die Mutterschaft in einer neuen Form, losgelöst von allem persönlichen Schicksal. Die nackte Mutter mit dem säugenden Kind in der ganz primitiven Hingabe an das Kind und vom Kinde aus: das Gefühl des Geborgenseins an dem mächtigen Körper der spendenden Mutter; ein Urbild der Mutterschaft. Erregend durch die Monumentalität, gestaltet durch eindringliche Schlichtheit, die alles Zufällige meidet.«

Ein anderes Bild, über das man Paulas Ausspruch vom August 1897, »Mir hüpft das Herz. Menschen malen geht doch schöner als eine Landschaft«, als Motto setzen könnte, ist das der »Alten Armenhäuslerin mit der Glasflasche«. Es ist 1906 entstanden und zeigt die alte »Dreebeen«, eine Worpsweder Tagelöhnerin. Sie ist klein und gedrungen, und ihr Spitzname rührt daher, daß sie ihren schweren Körper nur mit Hilfe eines Krückstocks aufrecht halten kann.

Hier ist die Ähnlichkeit mit Van Goghs Werk »La Berceuse« unübersehbar. Van Gogh hat in einem Brief an seinen Bruder über dieses Porträt der Madame Roulin gesagt:

»Ich möchte mit Gauguin über dieses Bild sprechen. Wir plauderten öfters von den Islandfischern und ihrer melancholischen Einsamkeit, die allen Gefahren ausgesetzt sind, allein auf dem traurigen Meer. Ich faßte auch den Plan, ein Bild zu malen, bei dem sich die Seeleute, diese Fischer und Märtyrer, wenn sie es in der Kajüte eines isländischen Fischerkahnes sehen, gewiegt fühlen und sich ihrer alten Ammenlieder erinnern.«

Paula hat die alte Dreebeen, die wohl jeder damals in Worpswede gekannt hat, so gemalt, wie sie von niemandem sonst wahrgenommen wurde. Indem sie die Armenhäuslerin aus ihrem gewohnten Alltagszusammenhang nimmt, den Hintergrund durch Stilisierungen verfremdet und die Gestalt der Frau formal vereinfacht, gelingt es ihr, eine Unsicherheit über ihre Identität zu erzeugen. Darauf reagieren viele Betrachter mit Ablehnung, Entsetzen und sogar mit einem Gefühl der Bedrohung, wie Vogeler im »Buch der Freundschaft« erzählt.

»Die Kraft und Kühnheit, mit der die gewagtesten Farbenakkorde zueinanderstehen, die gelbe leuchtende Luft des Hintergrundes, die Rosas, Rots und Grüns der Mohnblumen, zwischen diesen sitzend die Alte in ockerfarbener Jacke mit einem schwarzen durchscheinenden Hut aus Ziegenhaar, dessen durchbrochener Rand wie ein negativer Heiligenschein den Kopf umrahmt – alles dies, gezeichnet und gemalt mit einer leidenschaftlichen, breiten ganz schlichten Sicherheit, ist wirklich erregend.«

Man kann sich tatsächlich vorstellen, daß diese Frau mit der magischen Blume in der Hand Herrscherin einer Phantasiewelt ist, aber es ist ebenso gut möglich, daß sie in der Alltagswelt lebt und Geborgenheit und Fürsorglichkeit zu spenden vermag, wie es Van Gogh von seiner »Berceuse« gesagt hat. Paula hat in ihrer Darstellung der alten Frau Welten miteinander verwoben und der alten Dreebeen damit ein Potential an Möglichkeiten verliehen, das provozierend wirkt und die Frage aufwirft, worin Identität eigentlich besteht und ob sie eindeutig zu definieren ist.

Diese Frage stellt Paula auch an ihr Selbstporträt. Während in Claras Œuvre nur ein einziges Selbstporträt, nämlich das aus dem Jahr 1905, zu finden ist, hat Paula in den letzten Monaten ihres Lebens immer wieder sich selbst gemalt. Ist es ein Zufall, daß Clara sich in der Zeit ihrem eigenen Selbstbildnis zuwendet, in der sie von Paula gemalt wird? Auch Clara stellt sich selbst wenig schmeichelhaft dar. Der Gesichtsausdruck ist ernst, die Augen sind müde, die Konturen beinahe grob. Nichts Anziehendes oder Einnehmendes geht von dieser Selbstdarstellung aus. Es ist das erste Gemälde Claras seit ihren Ausbildungstagen. Zwischenzeitlich hat sie sich ausschließlich der Skulptur zugewandt. Warum malt sie gerade jetzt wieder? Vielleicht ist das Gemälde ein geeigneteres Mittel der selbstkritischen Momentaufnahme als die Plastik. Aber ihr Selbstbildnis aus dem Jahre 1905 bleibt ein Einzelstück. Der Malerei wird Clara sich erst zwanzig Jahre später wieder ernsthaft zuwenden. Sie schreibt am 19. Juni 1925 in Fischerhude in ihr Tagebuch:

»Warum macht das Malen so glücklich? Warum sitze ich stundenlang vor der kleinsten dummsten Sache – in dem Gefühl, vor der ganzen Weite der Zukunft zu sitzen? Ich bin so ungeschickt im Malen, und doch bedeutet jeder Pinselstrich einen Fortschritt – auch wenn er ganz mißglückt ist.«

Für Paula bedeutet das Selbstporträt ein wichtiges Erkenntnisinstrument. Immer schmuckloser und schonungsloser wird ihr Blick auf das Bild und aus dem Bild. Die Requisiten reduzieren sich und verschwinden schließlich ganz. Die Farbe intensiviert sich und erlangt eine große Dominanz.

»Häufig malte Paula Modersohn-Becker sich selbst. Da

ist die etwas hausbackene Paula, die auf einer Haushaltungsschule zu lernen hat. Das Antlitz ist noch weich, der Mund hat noch eine jugendlich geschwungene Oberlippe. Später kommen Bildnisse der sich ihrer Kraft bewußt werdenden Frau, die Oberlippe verliert alle Weichheit, energisch, gradlinig unterstreicht sie den klaren, beobachtenden Blick der Augen. Andere Selbstbildnisse sind von einer fantastischen Farbenschönheit. Paula liebte es eine Zeitlang, diese Bildnisse schmal im Rahmen aufzubauen«, berichtet Heinrich Vogeler im »Buch der Freundschaft«.

Allmählich werden die Formen einfacher, und auch in ihren Selbstporträts wendet Paula die Technik an, das Motiv aus scharf abgegrenzten Flächen aufzubauen. Damit einher geht eine Verengung des Bildausschnitts. In ihrem späten »Selbstporträt mit Hand am Kinn« aus dem Jahr 1906 richtet sich alle Aufmerksamkeit und Konzentration auf das Gesicht, die Expression des Blicks und der Haltung – der Hintergrund ist völlig unwichtig geworden und existiert nur noch als Farbimpression. Keine Ablenkung, kein Ornament.

Unter Paulas Selbstbildnissen fällt besonders ein Halbakt ins Auge, der ebenfalls 1906 entstanden ist. Vor einem getupften Tapetenhintergrund steht die Malerin, geschmückt mit einer Bernsteinkette, die bis zu ihren Brüsten reicht. Ihre Hände sind gleichzeitig schützend und präsentierend um ihren Bauch gelegt. Sie ist schwanger. Zu diesem Zeitpunkt nicht real, aber im Bild. Heinrich Vogeler fährt in seinem Text fort:

»Gern malte Paula Modersohn-Becker ihre eigene Körperlichkeit. Da ist besonders ein Aktbildnis: hell leuchtend auf einem lichten gelbgrünen Grund; der Ausdruck des Bildes ist ganz Erwartung und stille, fast neugierige Freude. Mit Bleistift schrieb sie dazu ›Dies malte ich mit dreißig Jahren, an meinem sechsten Hochzeitstag.‹«

Das Gesicht ist maskenhaft dargestellt, wie eine Chiffre. Kein Spiegelbild, sondern exemplarischer Ausdruck, in diesem Fall eine Mischung aus Neugier und Ironie. Eine Frau spürt den Möglichkeiten nach, die in ihrem Geschlecht und in ihrer Existenz überhaupt liegen. Ein Kind zu bekommen, Mutter zu werden gehört dazu. Paula geht spielerisch damit um – wie Maria Lassnig in ihrer Selbstporträt-Serie »Illusion von den versäumten Heiraten« aus dem Jahr 1998. Auch darin finden sich ironische Darstellungen von weiblichen Existenzmöglichkeiten, die provozieren und neugierig machen. Auch hier werden die Betrachterinnen aufgefordert, mitzumachen und das Spiel doch einmal selbst zu spielen. Maria Lassnigs Ausspruch, »Mein Herz schlägt so stark, daß die Außenwelt wackelt«, könnte auch von Paula stammen, die 1897, also etwa hundert Jahre vorher, an ihre Mutter schrieb: »Der ›Kolben‹ geht mit rasender Geschwindigkeit im ›Zylinder‹ auf und ab.« Ja, es ist aufregend, sich selbst und dem eigenen Leben nachzuspüren, seine Möglichkeiten zu untersuchen und dafür Ausdrucksformen zu entwickeln. Auch in der Einstellung zu ihrem Arbeitsprozeß ähneln sich die beiden Malerinnen, wie Maria Lassnigs Beschreibung aus dem Jahr 1980 zeigt:

»Ich trete gleichsam nackt vor die Leinwand, ohne Absicht, ohne Planung, ohne Modell, ohne Fotografie, und lasse entstehen. Doch habe ich einen Ausgangspunkt, der aus der Erkenntnis entstand, daß das einzig wirklich Reale meine Gefühle sind, die sich innerhalb des Körpergehäuses abspielen: physiologischer Natur, Druckgefühl beim Sitzen und Liegen, Spannungs- und räumliche Ausdehnungsgefühle – ziemlich schwierig darstellbare Dinge.«

Paulas prägnante Feststellung: »Aber meine persönliche Empfindung ist die Hauptsache« ergänzt diese Aussage treffend.

Paula hat in ihrer Selbstbetrachtung einen Standpunkt eingenommen, der gekennzeichnet ist durch das Suchende, Neugierige und gleichzeitig Wissende. Aus dem Bild blickt uns eine Frau entgegen, die sich mit ihrem Wissen nicht zufriedengibt und nicht aufhört, Fragen zu stellen. Es ist auch die Einsicht darin enthalten, daß Erkenntnis eine Bürde sein und man nicht hinter ihren einmal gewonnenen Stand zurückfallen kann. Überraschenderweise fehlt in der Darstellung jegliche Eitelkeit. Es ist Paula gelungen, sich so zu porträtieren, wie sie sich aus einer gewissen Distanz sieht. Dieses Phänomen beschreibt Rilke im »Requiem für eine Freundin«:

> »Und sahst dich selbst zuletzt wie eine Frucht,
> nahmst dich heraus aus deinen Kleidern, trugst
> dich vor den Spiegel, ließest dich hinein
> bis auf dein Schauen; das blieb groß davor
> und sagte nicht: das bin ich; nein: dies ist.«

Ein kurzes, intensives Fest

»Mir kamen heute beim Malen die Gedanken her und hin und ich will sie aufschreiben für meine Lieben. Ich weiß, ich werde nicht sehr lange leben. Aber ist das denn traurig? Ist ein Fest schöner, weil es länger ist? Und mein Leben ist ein Fest, ein kurzes, intensives Fest«, schreibt Paula am 26. Juli 1900 in ihr Tagebuch.

Todesahnungen dieser Art tauchen immer wieder auf in ihren Notizen. Sie gehen einher mit einer großen Sensibilisierung gegenüber der Außenwelt. Paula fährt fort:

»Meine Sinneswahrnehmungen werden feiner, als ob ich in den wenigen Jahren, die mir geboten sein werden, alles, alles noch aufnehmen sollte. Mein Geruchsinn ist augenblicklich erstaunlich fein. Fast jeder Atemzug bringt mir eine neue Wahrnehmung von Linden, von reifem Korn, von Heu und Reseden. Und ich sauge alles in mich ein und auf. Und wenn nun die Liebe mir noch blüht, vordem ich scheide, und wenn ich drei gute Bilder gemalt habe, dann will ich gern scheiden mit Blumen in den Händen und im Haar.«

Es ist ihr romantisch verklärter Wunsch, in der Blüte ihrer Jahre zu sterben, als jemand, der noch viel Kraft und ein großes Potential an Energie in sich trägt. Eine entsprechende Äußerung hat sie zum Tod Böcklins getan: Sie sei bei aller Trauer getröstet gewesen, weil er noch viel in sich gehabt habe und noch nicht »durch die Macht der Zeit ausgehöhlt« worden sei.

Als sie einmal das Grab der ersten Frau Otto Modersohns

besucht, schmückt sie es mit Blumen und entwickelt am selben Tag zu Hause ganz konkrete Vorstellungen für ihr eigenes, die sie am 24. Februar 1902 in ihrem Tagebuch festhält:
»Ich habe manchmal an mein Grab gedacht und wie ich es mir anders denke als das andere. Es muß gar keinen Hügel haben. Es sei ein viereckig längliches Beet mit weißen Nelken umpflanzt. Darum läuft ein kleiner sanfter Kiesweg, der wieder mit Nelken eingefaßt ist und dann kommt ein Holzgestell, still und anspruchslos, und da, um die Wucht der Rosen zu tragen, die mein Grab umgeben. Und vorne im Gitter, da sei ein kleines Tor gelassen, durch das die Menschen zu mir kommen, und hinten sei eine kleine anspruchslose stille Bank, auf der sich die Menschen zu mir hinsetzen. Es liegt auf unserem Worpsweder Kirchhof, an der Hecke, die an die Felder stößt, im alten Stück, nicht im Zipfel. Auf dem Grab stehen vielleicht zu meinen Häupten zwei kleine Wacholder, in der Mitte eine kleine schwarze Holztafel mit meinem Namen ohne Datum und Worte. So soll es sein. Daß da eine Schale stünde, in die man mir frische Blumen setzte, das wollte ich auch wohl.«

Man hat ihr diesen Wunsch nicht erfüllt und ihr Grab mit einem Mutter-und-Kind-Monument von Hoetger statt mit der gewünschten »Wucht der Rosen« versehen.

Die Todesahnungen, die Paulas Leben durchziehen, wechseln sich ab mit Jubelrufen, sowohl in ihren Briefen als auch im Tagebuch. Dort steht am 19. Januar 1899:

»Das Leben ist mir gleich einem kräftigen knusperigen Apfel, in welchen die jungen Zähne mit Vergnügen beißen, sich ihrer Kraft bewußt und froh.

Ich finde es schade, des Abends zu Bette zu gehn. Mein Gefühl der Kraft will weiter kämpfen, sich immer und immer wieder seiner bewußt werden, wachen, nicht ruhen. O bleibe lange bei mir. Dann gleicht mein Leben dem Fluge des jungen Adlers. Ich bin froh der Schwingen, ich bin froh der Bewegung, ich jauchze der blauen Himmelsluft. Ich lebe.«

Bei aller strengen Konzentration auf die Arbeit, die sie im-

Ein kurzes, intensives Fest

mer wieder tapfer gegen Störungsversuche verteidigt, genießt sie das Leben intensiv, gestaltet es als Fest und steckt ihre Umgebung an mit ihrer Lebenslust und ihrem Übermut. Aus Paris schreibt sie am 13. April 1900 an die Eltern:

»Wißt Ihr, wenn ich morgens über die Boulevards gehe, und die Sonne scheint und es wimmelt von Menschen, dann sage ich laut in meinem Herzen zu ihnen: Kinners, so etwas Schönes wie ich es noch vor mir habe, habt Ihr doch alle miteinander nicht. Und dann liebe ich das Leben sehr.«

Das tut sie auch, wenn sie ganz allein zu Hause ist, wie Bernhard Hoetger im »Buch der Freundschaft« berichtet:

»Sie hatte innere Feste, die sie auch in besonderer Form beging. Sie saß allein strahlend in ihrem Atelier vor gut gedecktem Tisch mit schönen Blumen im Haar. Sie brauchte solche Dinge, wie sie oft sagte, um das Leben voll zu leben.«

In den anregenden Tagen des Sommers 1900 führt sie mit Rilke auch Gespräche über das Leben, den Tod und vor allem über Gott. Sie ist erstaunt, daß er den Begriff so oft im Mund führt, denn sie selbst hat Gott bisher nicht sehr gebraucht. Da sie ihn sich überhaupt nicht als einheitliche Persönlichkeit denken kann, fehlt ihr auch eine angemessene Benennung für ihn. Gott stellt sich ihr in Teilen dar, und davon sind einige ungerecht und abschreckend. So auch der Tod. Weder die guten Taten noch die Wunder können an ihrer Einstellung etwas ändern. Der gütige Gott gibt nicht nur, er nimmt auch. Paula sagt am Abend des 2. Oktober 1900 im »Lilienatelier«: »Nein, mir ist dieses alles doch fremd, mir ist Gott überhaupt ›sie‹, die Natur. Die Bringende, die das Leben hat und schenkt ...!«

Leben und Tod bedeuten die zwei Seiten eines mächtigen Prinzips, dem die Natur übergeordnet ist. Diese Auffassung Paulas bestätigt Adrienne Rich in ihrem Gedicht »Paula Bekker to Clara Westhoff«, das zum Requiem der Freundschaft dieser beiden Frauen wird:

»Do you know: I was dreaming I had died
giving birth to the child.

I couldn't paint or speak or even move.
My child – I think – survived me. But what was funny
in the dream was, Rainer had written my requiem –
a long, beautiful poem, and calling me his friend.
I was your friend
but in the dream you didn't say a word.
In the dream his poem was like a letter
to someone who has no right
to be there but must be treated gently, like a guest
who comes on the wrong day. Clara, why don't I dream
of you?
That photo of the two of us – I have it still,
you and I looking hard into each other
and my painting behind us. How we used to work
side by side! And how I've worked since then
trying to create according to our plan
that we'd bring, against all odds, our full power
to every subject. Hold back nothing
because we were women. Clara, our strength still lies
in the things we used to talk about:
how life and death take one another's hands,
the struggle for truth, our old pledge against guilt.«

Paulas Todesahnungen werden Realität. Nachdem sie im November 1906 den Entschluß gefaßt hat, von Paris wieder nach Worpswede zurückzukehren, verstummt »das Brausen« eine Zeitlang. Es wird abgelöst durch ein Sichfügen ins scheinbar Unvermeidliche. Was bleibt, ist die Sehnsucht nach der Kunstmetropole an der Seine und allem, was diese Stadt für sie repräsentiert. Die Sehnsucht steigert sich sogar noch, je kleiner die Chance ihrer Erfüllung wird. Schon im März kündigt Paula ihrer Mutter an, daß diese vielleicht im Herbst Großmutter werden würde. Als es so weit ist und der Geburtstermin näherrückt, träumt sich Paula zur großen Cézanne-Ausstellung nach Paris, die sie nicht besuchen kann, weil sie jetzt in Worpswede »absolut notwendig« ist. Am 2. November 1907 bringt sie eine Tochter zur Welt. Sie bekommt den Namen Mathilde. Paulas Mutter berichtet ihrer Tochter Milly am 5. November 1907:

»Die Geburt war schwer. In der Nacht vom Freitag auf Sonnabend kam die Hebamme zu Otto ins Zimmer und bat ihn den Arzt zu holen, sie fürchtete das Kind sei tot, es seien keine Herztöne zu hören. Dr. Wulf kam und hat sich sehr tüchtig bewährt. Am Sonnabend Morgen blieben die Wehen aus als das Kind gerade in der Geburt stand. Gegen 2 hat der Arzt Paula chloroformiert und das Kind mit der Zange geholt. Otto lief in seiner Angst draußen herum und sah nach Kurt aus. Plötzlich trat Dr. Wulf aus dem Hause dunkelrot mit Schweiß übergossen und streckte Otto die Hände entgegen: ›Gratuliere! ne prachtvolle kleine Deern!‹ ›Lebt sie denn?‹ fragte Otto zitternd. ›Na ob und eine Stimme hat sie wie ein Löwe!‹ Ja, das war eine Geburtstagsfeier! Osten hatte mir schon früh die schönsten Rosen gebracht, die nahm ich mit heraus und fand Paula ›selbst wie eine Rose jung‹. Von leidender Wöchnerin keine Spur, ganz Freude und Mutterglück und dankbar für die Erlösung.«

Fünf Tage später drängen sich besorgte Töne in die Fortsetzung ihres Berichts:

»Leider hat Paula seit zwei Tagen störende Schmerzen im Bein. Als wir hörten fürchteten wir beim ersten Wort Venenentzündung. Das ist aber zum Glück nicht der Fall, sondern es scheint eine Art Nervenschmerz zu sein.« Clara erzählt im »Buch der Freundschaft«:

»Im November stand ich mit meiner kleinen Tochter an ihrem Bett, in dem sie mit ihrem kleinen, wenige Tage alten Mädchen lag – mit dem glücklichsten und stillsten Lächeln, das ich je an ihr gesehen habe.

Was dann kam, hat mir später Otto Modersohn erzählt: Paula hatte die Erlaubnis aufzustehen und bereitete sich glücklich darauf vor. An das Fußende ihres Bettes ließ sie einen großen Spiegel stellen und kämmte davor ihre schönen Haare, flocht sie zu Zöpfen und machte sich eine Krone daraus. Sie steckte sich Rosen an, die man ihr geschickt hatte, und ging dann, als Mann und Bruder sie stützen wollten, leicht vor ihnen her ins andere Zimmer, wo die Lichter angezündet waren, der Kronleuchter, ein Barockengel mit einem Lichterkranz um den Leib, und viele andere Kerzen.

Da bat sie, man möchte ihr auch das Kind bringen, und als es bei ihr war, sagte sie: ›Nun ist es fast so schön wie Weihnachten.‹ Dann mußte sie plötzlich ihren Fuß hochlegen – und als man ihr zu Hilfe kam, sagte sie nur: ›Schade.‹

Mich erreichte die Nachricht ihres Todes verspätet in Berlin – und ich ging eines morgens beim langsamen Hellwerden der letzten Novembertage mit einem Strauß herbstlicher Zweige dieselbe Birkenallee, die wir so oft zusammen gegangen waren. Ich fand das Haus leer – Otto Modersohn war fortgegangen, das Kind hatte Milly mitgenommen, und Paula war nicht mehr da.«

Paula stirbt am 20. November 1907 an einer Embolie. Sie ist 31 Jahre alt. Clara wird die Freundin um 47 Jahre überleben. Sie stirbt am 9. März 1954 im Alter von 75 Jahren in Bremen.

Paulas Begeisterung für das Leben wirkt auch noch nach ihrem Tod und läßt ihn für viele Menschen unwirklich erscheinen. Ottilie Reyländer-Böhme beispielsweise macht die Erfahrung:

»All die Jahre hindurch in Mexiko hat sie mich in meinen Träumen begleitet. Es war immer so, daß sie selbstverständlich nicht gestorben, sondern einfach wiedergekommen war. Ich ging in ihr Haus, aber sie erschien nicht, aber in einem Raum sah ich ganz neue seltsame Dinge, die sie erst jetzt gemalt hatte: mir schien, etwas vollkommen anderes, als je gemalt worden ist. Ich war zutiefst erschüttert und suchte sie selbst. – Alles ist längst vorbei, aber immer noch fühle ich mich mit ihr verknüpft. Es wird nie anders sein.«

Rilke schweigt nach Paulas Tod und schreibt ein Jahr später das »Requiem für eine Freundin«, das mit den Worten beginnt:

»Ich habe Tote, und ich ließ sie hin
und war erstaunt, sie so getrost zu sehn,
so rasch zuhaus im Totsein, so gerecht,
so anders als ihr Ruf. Nur du, du kehrst
zurück; du streifst mich, du gehst um, du willst
an etwas stoßen, daß es klingt von dir
und dich verrät. O nimm mir nicht, was ich
langsam erlern.«

Paulas Präsenz reicht weit über ihren Tod hinaus, auch in Rilkes Leben hinein, und stellt ihm schwierige Aufgaben. Seiner Verlegerin Katharina Kippenberg gesteht er, Paula sei die einzige Tote, die ihn beschwere.

»Ich glaubte dich viel weiter. Mich verwirrts,
daß du gerade irrst und kommst, die mehr
verwandelt hat als irgendeine Frau.
Daß wir erschraken, da du starbst, nein, daß
dein starker Tod uns dunkel unterbrach,
das Bisdahin abreißend vom Seither:
das geht uns an; das einzuordnen wird
die Arbeit sein, die wir mit allem tun.«

Fluchtlinien – Haltepunkte

Am Ende des 19. Jahrhunderts brechen in Bremen zwei junge Frauen auf. Sie wollen Künstlerinnen werden. Unabhängig voneinander. Ihr Berufswunsch wird durch unterschiedliche Faktoren erschwert: offizielle, wie die damalige Verweigerung, Frauen an staatlichen Akademien studieren zu lassen, und private, wie die Skepsis innerhalb der Familie. Weder Clara noch Paula lassen sich davon entmutigen, sondern verfolgen weiter ihren Weg. Heute, mehr als hundert Jahre später, beeindrucken vor allem ihre Entschiedenheit und Zielstrebigkeit, mit der sie die Richtung einschlagen und beibehalten. Ein Vektor ist gesetzt, eine Fluchtlinie wird beschritten: die Fluchtlinie Kunst. Am Anfang steht der Drang, etwas – eine Lebenssituation und die damit verbundenen Bezüge und Koordinaten – zu verlassen. Ausgangspunkt ist die bewußte oder vielleicht nur unterbewußte Erkenntnis, daß es der Flucht aus den gewohnten Zusammenhängen bedarf, um neue Welten zu entdecken, wobei die Bewegungslinie immer wieder unterbrochen oder durch Umwege verzögert werden kann. Der Aufbruch vollzieht sich nicht nur im Kopf, sondern auch mit Hand und Fuß. Er erzeugt ein Leben, das sich an vielen Orten abspielen kann, sehr oft unterwegs, auch im Zickzack zwischen zwei Fixpunkten. Einige Orte werden mehrfach aufgesucht. Auf ihren Wegen begegnen sie Menschen, einige werden wichtige Begleiter, andere werden wieder aus den Augen verloren.

»Tatsächlich heißt fliehen keineswegs, auf Taten verzichten – nichts Aktiveres als eine Flucht! Sie ist das Gegenteil des Imaginären, des Hirngespinsts«, erklären Gilles Deleuze und Claire Parnet in den »Dialogen«.

Paula weiß, daß sie sich aus den Verhältnissen lösen muß, die ihr die Luft abschnüren, um zu dem zu finden, was sie sucht: ihre Identität durch die eigene Konkretisierung in der Malerei. Der Vektor führt sie erst nach Worpswede und von dort immer wieder nach Paris, wo sie zuletzt in einen Arbeitsrausch gerät, dessen Tempo und Radikalität es Weggefährten unmöglich machen, bei ihr zu bleiben. Um der Fluchtlinie zu folgen, wird Verlassen, Verletzen, der Abschied, der Schmerz, sogar der Verrat an bisherigen Begleitern in Kauf genommen. Die Fluchtlinie ist eine Absage an Konventionen, festgeschriebene Lebensläufe und Lebensformen. Sie führt aus der lähmenden Illusion und Ideologie der Existenzvorschreibung in die lebendige, selbstbestimmte Wirklichkeit.

»Der große, der einzige Irrtum ist der, zu glauben, eine Fluchtlinie bedeute, dem Leben zu entfliehen, sei eine Flucht ins Reich der Einbildung oder der Kunst. Statt dessen heißt fliehen, Reales erschaffen, eine Waffe finden«, schreibt Deleuze in den »Dialogen«.

Endlich kreuzen sich Claras und Paulas Wege in Worpswede. Sie lernen sich 1898 kennen, freunden sich an, schaffen neue Koordinaten und kreieren eine neue Fluchtlinie: die Freundschaft. Sie wird für beide zum Haltepunkt. In Worpswede erleben sie eine besonders glückliche und für ihre jeweilige Entwicklung bedeutsame Zeit, machen gemeinsam Fortschritte in der Kunst und feiern im kleinen oder größeren Künstlerkreis in Heinrich Vogelers Barkenhoff.

Liest man Erfahrungsberichte über Frauenfreundschaften, fällt auf, daß die Gegensätzlichkeit dabei ein wesentliches Element ist. Fast immer sind es ganz unterschiedliche Frauen, die eine innige Beziehung zueinander entwickeln. In Ridley Scotts feministischem Roadmovie »Thelma and Louise«

gehen eine erfahrene, dominante und eine naive, unselbständige Frau zusammen auf die Reise. Im Verlauf der Ereignisse wird es jedoch die ursprünglich unterlegene Freundin sein, die in kritischen Situationen die Nerven bewahrt und handlungsfähig bleibt. In Eric Rohmers »Abenteuern von Reinette und Mirabelle« treffen eine versierte Städterin und ein Mädchen vom Lande aufeinander und erobern gemeinsam Paris. Irgendwann fühlt sich Reinette durch Mirabelles Redeschwall gestört, so daß diese beleidigt ankündigt, überhaupt nicht mehr sprechen zu wollen. Ihr konsequentes Schweigen wird zum entscheidenden Element der kommenden Ereignisse. In Connie Palmens Roman »Die Freundschaft« sind die beiden Protagonistinnen so unterschiedlich, wie man es sich kaum vorstellen kann. Eine der vielen Differenzen liegt auch hier in der Gesprächigkeit der Ich-Erzählerin und der Schweigsamkeit ihrer angebeteten Freundin Ara. Die Ich-Erzählerin meint, das Konstruieren von Gegensätzen in der Freundschaft sei ein wichtiges Erkenntnisinstrument. Erst wenn man das Gegenteil von dem, was man denke und tue, durch die Existenz der anderen vor Augen gehalten bekomme, begreife man sich selbst und letztlich die Welt. Die Begründung liefert ihr die Physik:

»Kurz gesagt läuft es darauf hinaus, daß die Erklärung einer sehr komplexen Erscheinung, Licht zum Beispiel, die Heranziehung zweier sich widersprechender Vorstellungen, die unmöglich miteinander zu verknüpfen sind, erforderlich macht.«

Darüberhinaus erkennt sie etwas, was die Freundin so unersetzlich für sie macht:

»Sie besaß Kenntnisse über mich, die ich nicht über mich selbst hatte, und ich besaß Kenntnisse über sie, die sie nicht über sich selbst hatte. Und diese unbekannten Kenntnisse über die eigene Person, dieser unzugängliche Besitz, den niemand außer dem jeweils anderen hatte, verband uns.«

Auch Clara und Paula sind sehr verschieden. Sie müssen ihre Gegensätzlichkeiten nicht erst konstruieren, denn diese bestehen von vornherein und sind evident: Clara ist groß, kräftig, still – Paula ist klein, zierlich, munter. Was man nicht auf den ersten Blick, sondern erst bei der genaueren Betrachtung erkennt, ist, daß Paula innerhalb dieser Beziehung die Rolle der aktiv Liebenden einnimmt, die von der Wildheit und Eigenständigkeit ihrer Freundin fasziniert ist. Und da ist außerdem eine gewisse Einsamkeit, die Clara umgibt und die Paula aufbrechen will. Sie möchte zu ihrem Kern vordringen. Paulas Eroberungsversuche haben Erfolg. Clara wird ihre Freundin. Paula ist eine phantasievolle Verführerin, die Frauen, Männer und Kinder vor allem mit geistigen und spielerischen Mitteln an sich bindet. Ihre Lust zu leben ist ansteckend und verleiht ihr eine geradezu magische Anziehungskraft.

In Claras und Paulas wohl glücklichstem Freundschaftsjahr 1900, dessen erste Monate sie gemeinsam in Paris verbringen, heißt es in Paulas Briefen immer wieder »Clara Westhoff und ich«:

»Clara Westhoff und ich wohnen nebeneinander und tafeln in traulichem Verein.«

»Clara Westhoff und ich hatten gemeinschaftlich nur zwei Sous in der Tasche.«

»Clara Westhoff und ich fabrizierten in den Festräumen einen Pudding mit ›Mandelgeschmack‹ und einen mit ›Erdbeergeschmack‹.«

Die beiden Freundinnen besuchen gemeinsam die Pariser Museen und Galerien, sie feiern und gehen zusammen tanzen. Clara bewundert Paulas Fähigkeit, auch in der fremden Stadt sofort zielsicher das zu finden, was für sie, ihr Leben und ihre Kunst wertvoll ist. Dazu gehören die Werke Cézannes, die Paula beim Kunsthändler Vollard entdeckt und der Freundin zeigt.

Das Glück der Freundschaft hält nicht für immer. Als Clara 1901 Rilke heiratet, tritt sie in einen Veränderungsprozeß ein, der durch Anpassung und Unterordnung charakterisiert ist. Paula sieht fassungslos zu. Sie versucht, das Gespräch mit Clara nicht abreißen zu lassen, macht immer wieder neue

Ansätze, schreibt, beklagt das Unausgesprochene, aber Clara hüllt sich in Schweigen, selbst wenn sie antwortet. Wehmütig erkennt Paula, daß ihre beiden Leben sich getrennt haben. Sie vermißt nun schmerzlich den Haltepunkt, den ihr die Freundschaft zu Clara bedeutet hat.

»Da ist denn mein Erlebnis, daß mein Herz sich nach einer Seele sehnt, und die heißt Clara Westhoff. Ich glaube, wir werden uns nicht mehr finden. Wir gehen einen anderen Weg. Und vielleicht ist diese Einsamkeit gut für meine Kunst, vielleicht wachsen ihr in dieser ernsten Stille die Flügel«, versucht Paula sich in der Osterwoche 1902 selbst zu trösten.

Das erinnert an die Protagonistin in Connie Palmens Roman, die rückblickend nach der Trennung von Ara erkennt: »Ich wußte noch nicht, daß dies einmalig war und ich niemals wieder so mit jemandem zusammen sein würde wie damals, in diesen Stunden, mit Ara.«

Clara und Paula kommen sich später wieder näher. Clara erklärt im »Buch der Freundschaft« die Entfremdung um 1902 und die Wieder-Annäherung um 1905:

»Vielleicht fängt hier, vielleicht etwas später die Zeit an, die unsere Entwicklung nicht in so schönem Gleichklang weitergehen ließ. Entwicklungen lassen sich nicht gemeinsam durchmachen. Heute will es mir scheinen, als sei unser Weg, mehr als wir wußten, der gleiche gewesen, der nur dem zeitlich nahen Blick nicht so deutlich erkennbar war. Wurden nicht vielleicht auf beiden Seiten die Fahnen des jugendlichen Schwärmens hereingenommen und eine ernstere Arbeit begonnen? Meine Erinnerungen an die spätere Zeit sind spärlicher, aber vielleicht umso zu Herzen gehender. Sie lassen sich nicht so leicht schildern und erzählen. Es waren Begegnungen, bei denen wir für das neue nähere Verstehen fast noch keine Worte hatten. Wir fühlten wohl, daß ein wahrerer und einfacherer Mensch hinter dem Jugendbild immer deutlicher hervortrat.«

Die Fluchtlinie Freundschaft wird erst brutal gestoppt durch Paulas frühen Tod, der neben der großen Trauer eine noch gewaltigere Fassungslosigkeit erzeugt.

Als Paulas Mutter einmal das Grab ihrer Tochter besucht, findet sie dort eine Schüssel mit Granatäpfeln, Birnen, Feigen, Bananen und weiß sofort, wer diese dort aufgestellt hat. Sie schreibt Clara am 21. November 1908 einen Brief, bedankt sich und bittet:

»Und wenn Sie wiederkommen bitte finden Sie eine halbe Stunde für mich, damit wir miteinander sprechen können von der, die mir so traurig fehlt und die Sie mehr liebte als einen anderen Menschen auf der Welt.«

Für die Mutter ist es notwendig, *über* ihre geliebte Tochter zu sprechen, weil sie nicht mehr *mit* ihr sprechen kann. Aber wie kann dieses Gespräch vonstatten gehen, wenn doch die Trauer um den Verlust überwiegt?

Jacques Derrida fordert in seinem Buch »Lyotard und wir«:

»Wenn man den Freund überlebt hat und von Stund an jeder Möglichkeit beraubt ist, sich *an* ihn zu wenden, an ihn *selbst*, wenn man dazu verurteilt ist, nur noch *über ihn* zu sprechen, über das, was er war, was er dachte und schrieb – dann sollte man dennoch versuchen, über ihn zu sprechen.«

Das Schlimmste, was man den Toten antun kann, ist das Schweigen über sie. Doch mit wem, außer Paulas Mutter, soll Clara über ihre Freundin sprechen?

Zu der Zeit, als Paula stirbt, ist Clara eine Herumirrende. Sie sucht nach einem Platz, an dem sie leben und arbeiten kann, am liebsten gemeinsam mit ihrer Tochter. Die Hoffnung auf ein Zusammenleben mit Rilke hat sie aufgegeben. Ende 1906 hat sie versucht, »Berlin auf sich zu nehmen«, aber der Einstand in dieser Stadt hat sich nicht eben erfolgversprechend gestaltet. Im Frühjahr 1907 folgt sie der Einladung der Baronin Knoop nach Helouan bei Kairo. Von dieser Ägypten-Reise schreibt sie am 18. März 1907 an Hedwig Fischer, die Frau des Verlegers Samuel Fischer, in Berlin:

»Und da reitet man in die Wüste auf einem Kamel, dessen langer reptilartiger Hals mit schmalem Kopf vor einem herschwimmt als ritte man auf einer schwimmenden Schildkröte und man treibt in gelbe leuchtende Wellen hinein aus bröckelndem Gestein in Schluchten aus solchem Gestein, in welchem nichts, nichts, nichts ist als ein unendliches unermeßliches Schweigen, vergrößert durch das seltsame Geräusch des Windes, der an den Steinvorsprüngen vorüberbrandet. Da fallen die Gedanken weit in tausendjährige Abgründe hinein. Kann man da jemals zurückkommen; wird man da nicht gealtert und versteint viele Menschenalter überlebt haben, wenn man wieder einmal in die gewohnten Täler kommen wird?«

Das Vorbild ist unverkennbar: Rilkes Art zu schreiben wird hier von Clara gekonnt simuliert. Die Reise nimmt ein trauriges Ende: Die Gazellengruppe, die sie dort aus Ton modelliert und die den Transport nach Deutschland überstanden hat, wird beim Abgießen in Gips von einem unachtsamen Arbeiter zerstört. Ein Vierteljahr hat Clara daran gearbeitet. Es betrübt sie lange Zeit, daß mit diesem Werk ein wesentlicher Teil von ihr vernichtet worden ist.

1909 wählt sie »unter allen möglichen Entschlüssen den mutigsten« und geht erneut nach Berlin, aber ihr Optimismus wird enttäuscht.

Ihre Versuche, endlich mit Ruth zusammenzuleben, glükken erst 1912. Clara hat sich schon ein Jahr zuvor in München niedergelassen und holt nun die elfjährige Tochter zu sich. Am 6. November 1912 berichtet Clara Hedwig Fischer:

»Wir bilden uns ein, Fortschritte im bürgerlichen Leben zu machen, Ruth und ich – aber vor allem ich – und wenn das nicht nur Einbildung wäre, wärs herrlich.«

Sie staunt darüber, nun seßhaft geworden zu sein, und kann es eigentlich kaum glauben.

»Wir haben eine kleine Wohnung, die wir sehr lieben. Wir haben sogar ein gemietetes Klavier und ein Telefon und finden es nun ganz natürlich, daß wir ein wirkliches Heim haben, wo wir zu Hause sind. Das habe ich nun so viele Jahre nicht gehabt und bin immer so unstet und eigentlich ruhelos herumgezogen. Früher in Paris war das ja schön und hatte seinen Sinn – aber den hat es nun lange nicht mehr.«

In München hat sie sich vom Frühjahr 1911 bis zum Sommer 1912 einer psychoanalytischen Behandlung bei Freiherr

Fluchtlinien – Haltepunkte 235

von Gebsattel unterzogen. Die Therapie tut ihr gut. Clara erlangt neue Schaffensfreude und Selbstsicherheit, so daß Lou Andreas Salomé, mit der sie in München zusammentrifft, in ihrem Tagebuch schwärmt: »Eine der strahlendsten Münchner Erinnerungen bleibt für mich Clara als das, was sie aus sich gemacht hat.«

Im Sommer 1912 erhält Clara von Fritz Wichert, dem Direktor der Mannheimer Kunsthalle, den Auftrag, Rodin zu porträtieren. Rodin gibt im Herbst sein Einverständnis, und Clara sieht der Begegnung mit dem Meister voller Vorfreude entgegen.

»Ich habe nie zu hoffen gewagt, daß Rodin für mich sitzen würde; wenn ich das Bedürfnis habe, eines Tages diese Arbeit durchzuführen, die er mir in seinem großen Entgegenkommen gestatten wollte, so habe ich noch mehr das Bedürfnis, ihn wiederzusehen ...«, schreibt sie an Rilke.

Als sie jedoch im April 1913 in Paris eintrifft, um die Skulptur zu beginnen, hat Rodin seine Meinung längst geändert. Seine Begründung lautet, er könne sich nicht für ein deutsches Museum porträtieren lassen, solange es in Frankreich noch kein Porträt von ihm gebe. Alle Versuche, ihn umzustimmen, bleiben erfolglos. Als Entschädigung stellt er ihr sein Atelier zur Verfügung. Clara nimmt zwar das Angebot an, ist aber sehr enttäuscht. Das Verhältnis zu dem von ihr so verehrten Meister wird durch seine mangelnde Kooperationsbereitschaft empfindlich getrübt.

Als Rodin 1917 stirbt, ist Clara dennoch tief getroffen und fragt Rilke in ihrem Brief vom 18. November 1917, »ob man einmal später wieder in Paris gehen wird und die Omnibusse fahren und das Leben geht seinen Gang? Und ob man wieder wie früher am Quai gehen kann und da findet man vielleicht unter vielem Rodins Totenmaske?« Ihr jedenfalls scheine Paris verödet ohne Rodin.

Endgültig seßhaft wird Clara 1917. Sie baut sich in Fischerhude ein eigenes Haus und verwirklicht das, was sie 1902 schon in einem Brief an Paula formuliert hatte:

»Alle Bausteine müssen im Hause bleiben, wenn es fest

werden soll, und dürfen nicht fortgetragen werden da und dorthin. Darum kommt die Welt zu mir, die ich nicht mehr draußen suche, und lebt mit mir in allen Dingen, die um mich sind.«

Wer nicht zu ihr kommt, ist Rilke, für den sie ein eigenes Zimmer im Haus eingerichtet hat. Er bleibt fast sein ganzes Leben lang ein »Weglaufsüchtiger«. Diese Bezeichnung, die die Zeitgenossin Emmy Hennings für sich selbst geprägt hat, trifft auf Rilke genauso zu. Nicht nur äußerlich fehlt ihm ein Haltepunkt, an dem er sich stützen und aufrichten kann, sondern auch innerlich, wie er Lou Andreas-Salomé am 10. August 1903 gesteht:

»… alles jagt durch mich durch, das Wichtige und das Nebensächlichste, und es kann sich kein Kern bilden in mir, keine feste Stelle: ich bin nur der Schauplatz einer Reihe innerer Begegnungen, ein Durchgang und kein Haus! Ich möchte alle vergessen, meine Frau und mein Kind, und alle, alle Namen und Beziehungen und Gemeinsamkeiten und Hoffnungen, die sich mit anderen verbinden.«

Tadeusz Różewicz schildert diese Haltung in seinem Gedicht »Zusatz vom ›Leben selbst‹ geschrieben«:

»Gesang ist Dasein

weil er nach ewigen Dingen
Ausschau hielt
verließ er Frau und Kind

sein Töchterchen Ruth
die Frucht der Beziehung
mit Klara Westhoff
das Wort ward Fleisch
der Same Kind
Blut vom Blut
Bein vom Bein«

Rilke sieht in Paula eine Verwandte, auch eine »Weglaufsüchtige«, und fragt in seinem »Requiem für eine Freundin«:

> »Sag, soll ich reisen? Hast du irgendwo
> ein Ding zurückgelassen, das sich quält
> und das dir nachwill? Soll ich in ein Land,
> das du nicht sahst, obwohl es dir verwandt
> war wie die andre Hälfte deiner Sinne?«

Clara und Rilke lassen sich nie scheiden, leben jedoch getrennt und treffen sich immer wieder, zuletzt im Mai 1924 in Muzot im Wallis, bevor er am 29. Dezember 1926 in Val Mont in der Schweiz stirbt.

Als Fünfzigjährige wendet sich Clara wieder der Malerei zu und entdeckt dabei ihre beglückende Wirkung. Während sie ihre Bildhauerei immer mehr als zufällig und konzeptionslos empfindet, spürt sie beim Malen eine Bewegung, eine Zielrichtung, die sie mitreißt. In den Wintermonaten der Jahre 1927/1929 nimmt sie, zusammen mit ihrem Bruder Helmuth, sogar noch Unterricht in Arthur Segals Malschule in Berlin.

In Fischerhude fühlt sie sich manchmal einsam. Das ist vielleicht der Hauptgrund für die allmähliche Entwicklung der Fluchtlinie Religion. Sie tritt der Christian Science bei, einer aus Amerika stammenden religiösen Gemeinschaft. Auf ihre künstlerische Arbeit hat das keinen sichtbaren Einfluß.

Während der nationalsozialistischen Herrschaft lebt Clara zurückgezogen in ihrem Haus in Fischerhude. 1937 beteiligt sie sich mit ihrer Rilke-Büste an der »Großen Deutschen Kunstausstellung« im »Haus der Deutschen Kunst« in München. Die Skulptur wird im November 1937 von der Reichskanzlei angekauft und im Münchner »Führerbau« aufgestellt. Clara schwelgt in dieser Zeit in religiös-pazifistischen Weltanschauungen. Niemals hat sie den damals heroisierten Menschentypus oder irgendwelche Parteigrößen porträtiert. Ihre Worpsweder Kollegen werden von den Nationalsoziali-

Clara, die Bildhauerin, 1947

sten geschätzt und für die »Blut und Boden«-Ideologie vereinnahmt. Mackensen und Modersohn sind mit ihren Werken in der »Großen Deutschen Kunstausstellung« vertreten. Paula Modersohn-Beckers Bilder hingegen gelten als entar-

Clara, die Malerin, um 1948

tet, werden aus den Museen verbannt und teilweise ins Ausland verbracht.

Während der letzten zwei Kriegsjahre ist das Leben in Fischerhude wegen der Luftangriffe auf das nahegelegene Bremen gefährlicher geworden, doch entscheidet Clara nunmehr: »Vielfach rät man uns von hier fortzugehen. Ich selbst bin allerdings mehr für ausharren, da, wo man hingehört.«

Nach dem Krieg lebt ihr Enkel Christoph ein Jahr bei ihr. Es gefällt ihm, denn sie ist eine ungewöhnliche und eigenwillige Großmutter. Mit der Schulpflicht nimmt sie es nicht so genau. Sie ist großzügig mit dem wenigen Geld, das sie zur Verfügung hat, und sie geht immer noch gern zum Tanzen. Den Enkel nimmt sie mit auf Kahnpartien zwecks Motivsuche, aber bekochen kann sie ihn nicht, das hat sie nie gelernt.

1948 findet zu Claras 70. Geburtstag im Graphischen Kabinett in Bremen die Ausstellung »Clara Rilke-Westhoff und ihr Kreis« statt. Immer noch kommen Gäste in ihr Haus, darunter der langjährige Freund Rudolf Alexander Schröder. Er bewohnt manchmal das für Rilke vorgesehene Giebelzimmer. Clara hat den Ruf, eine kluge alte Frau zu sein. Sie verläßt das Dorf nur noch selten, zum Beispiel für ein Beethoven- oder Händel-Konzert in Bremen. Nach einem solchen Konzertbesuch stürzt sie unglücklich und kommt in Bremen ins Krankenhaus. Dort stirbt sie am 9. März 1954.

EPILOG

Das unendliche Gespräch

Clara Westhoffs Atelier in Fischerhude, 1946

»Manchmal fühle ich mich wie damals als junges Mädchen in meinem wilden Garten in Oberneuland. Du weißt, ich durfte ein Jahr lang allein dort wohnen. Jeder Tag war neu und jeder Tag war schön.

Und jetzt? Wenn ich aufwache, habe ich manchmal genau das gleiche Gefühl. Nur dann und wann bin ich einsam. Du hast recht, ich habe keinen Grund dazu, denn ich bin ja umgeben von meinen Freunden. Wertvolle Freunde aus Bronze. Meine geliebten Köpfe. Wenn du nur einmal erleben könntest, wie ich sie im Garten aufbaue. Es würde dir gefallen: Rainer Maria nachdenklich mit gesenktem Haupt, du mit erhobenem und deinem Ziel entgegenbrausend.

Hättest du dir nicht mehr Zeit lassen können, Paula? War das wirklich nicht möglich? Schon gut, ich werde dich nicht mehr danach fragen. Ich weiß, daß es nicht die Länge eines Lebens ist, die zählt. Das hast du mir so oft erklärt. Niemand kann wirklich aus seiner Haut. Auch du nicht. Und ich sowieso nicht.«

Ein Junge betritt leise das Atelier, während Clara vor sich hin spricht.

»Großmutter, mit wem redest du denn da?«

Clara dreht sich um, nimmt den Enkel bei der Hand und tippt mit dem Zeigefinger leicht auf ihre Lippen:

»Psst. Nichts verraten. Du weißt doch, daß ich immer mit

ihr spreche. Es ist fast so wie früher. Wir helfen uns gegenseitig. Aber versprich mir, niemandem davon zu erzählen.«

Der Junge schaut seine Großmutter an, nickt schweigend und verschließt dann seinen Mund mit dem Finger.

Kurzbiographien

Paula Modersohn-Becker

1876
geboren am 8. Februar in Dresden-Friedrichstadt. Vater Carl Woldemar Becker, Mutter Mathilde Becker, geb. von Bültzingslöwen.

1888
Übersiedlung der Familie nach Bremen.

1892
England-Aufenthalt bei ihrer Tante Marie Hill, erster Zeichenunterricht in London.

1893–1895
Lehrerinnenseminar in Bremen.

1895
Paula sieht zum ersten Mal Werke der Worpsweder Maler in der Kunsthalle Bremen und ist begeistert.

1896
Teilnahme an einem Kurs der Zeichen- und Malschule des Vereins Berliner Künstlerinnen von 1867, ab Herbst Eintritt in das Institut zu zweijähriger Ausbildung, Unterricht bei Jeanne Bauck.

1897
Juli/August erster Aufenthalt in Worpswede.

1898
April Besuch in Max Klingers Leipziger Atelier.

1898
ab September zweiter Aufenthalt in Worpswede. Schülerin von Fritz Mackensen.
Paula lernt Clara Westhoff kennen.

1899
Aufenthalt in Worpswede. Ausstellung einiger Studien und Bilder in der Kunsthalle Bremen; vernichtende Kritik Arthur Fitgers.

1900
Januar–Juni erster Paris-Aufenthalt. Académie Colarossi; Entdeckung der Bilder Cezannes beim Kunsthändler Vollard. Pariser Weltausstellung. Besuch Otto Modersohns und einiger Worpsweder Künstlerfreunde in Paris. Rückkehr nach Worpswede. Paula wohnt bei Bauer Hermann Brünjes in Ostendorf.
Ende August kommen Carl Hauptmann und Rainer Maria Rilke als Gäste in den Barkenhoff. 12. September Verlobung mit Otto Modersohn.

1901
Januar/Februar Kochkurs in Berlin. Häufiges Zusammensein mit Rilke.
25. Mai Hochzeit mit Otto Modersohn.
Juni Hochzeitsreise nach Berlin, Dresden, Schreiberhau, Prag, München, Dachau.
November Tod des Vaters Carl Woldemar Becker.

1902
Entfremdung von Clara und Rainer Maria Rilke.

1903
Februar/März zweite Paris-Reise. Besuch bei Rodin im Pariser Atelier und in Meudon.
Im Juli Ferienreise mit Otto und seiner Tochter Elsbeth nach Amrum.

1904
Sommerreise mit Otto nach Dresden, Kassel und Braunschweig.

1905
Februar–April dritte Paris-Reise. Aktkurse an der Académie Julian. Otto Modersohn und Heinrich Vogeler kommen nach Paris, Ausflug nach Meudon. Besichtigung der Sammlung Fayet mit zahlreichen Gauguins, des »Salon des Indépendants« mit Retrospektiven Seurats und Van Goghs.
Jahreswende bei Carl Hauptmann in Schreiberhau.

1906
23. Februar Aufbruch zur vierten Paris-Reise und Trennung von Otto. Mitte April erster Besuch bei Bernhard Hoetger. Um Ostern kurze Reise in die Bretagne mit der Schwester Herma.
4. Mai erster Besuch Hoetgers in Paulas Atelier. Intensive Arbeitsphase: Mutter-und-Kind-Bilder, Selbstbildnisse, Stilleben.
Oktober Otto Modersohn kommt für den Winter nach Paris. Paula entschließt sich, mit ihm nach Worpswede zurückzukehren.
November Gustav Paulis positive Besprechung ihrer in der Bremer Kunsthalle ausgestellten Bilder.

1907
März Rückkehr nach Worpswede.
2. November Geburt der Tochter Mathilde.
20. November Tod durch Embolie im Alter von 31 Jahren in Worpswede.

Clara Rilke-Westhoff

1878
geboren am 21. November in Bremen, Vater Friedrich Westhoff, Mutter Johanna Westhoff, geb. Hartung.

1895–1998
Besuch der privaten Malschule Fehr/Schmid-Reutte in München. Mai bis Oktober 1897 zusätzliches Studium bei dem Landschaftsmaler Bernhard Buttersack in Haimhausen bei München.

1898
nach Ostern Übersiedlung in die Worpsweder Künstlerkolonie durch Vermittlung Heinrich Vogelers; bildhauerische Ausbildung bei Fritz Mackensen. Clara lernt Paula Becker kennen.

1899
August bis September Studium der bildhauerischen Techniken bei Max Klinger und Carl Seffner in Leipzig.
Dezember erste Paris-Reise.

1900
bis Juni Aufenthalt in Paris. Unterricht an der Académie Julian; Anatomiekurs an der École des Beaux-Arts. Häufiger Gast in Rodins Atelier in der rue de l'Université. Unterricht am »Institut Rodin«.
Juni Ateliergründung in Westerwede bei Worpswede.
Ende August Carl Hauptmann und Rainer Maria Rilke kommen als Gäste in den Barkenhoff.

1901
Januar/Februar Besuch bei Paula Becker in Berlin, dort erneute Begegnung mit Rilke. Am 28. April Heirat mit Rilke und Übersiedlung nach Westerwede.
Am 12. Dezember Geburt der Tochter Ruth.

1902
Entfremdung von Paula.
Anfang Oktober Auflösung des Westerweder Haushalts und Übersiedlung nach Paris, Fortsetzung der Studien bei Rodin.

1903
Juli/August Besuch des Ehepaars Rilke bei Heinrich und Martha Vogeler in Worpswede.
August 1903 Bezug eines Ateliers in der Villa Strohl-Fern in Rom.

1904
17. Juni Rückreise nach Worpswede. Bezug eines von Heinrich Vogeler zur Verfügung gestellten Ateliers.
August/Oktober gemeinsamer Aufenthalt mit Rainer Maria Rilke in Dänemark und Schweden. Errichtung eines Wohnateliers in Oberneuland bei Bremen.

1905
Anfang August Gast bei der Gräfin von Schwerin auf Schloss Friedelhausen in Hessen. 13. August Tod des Vaters Friedrich Westhoff.
September Rilke wird Rodins Privatsekretär.
Oktober/November erneutes Studium in Rodins Atelier.

1906
Mai Rodin entläßt Rilke.
August Erholungsreise der Familie Rilke nach Belgien.
September/Oktober erneuter Aufenthalt auf Schloß Friedelhausen in Hessen.
Oktober Übersiedlung nach Berlin-Halensee.

1907
Januar bis April Aufenthalt bei der Freundin Baronin M. Knoop in Helouan bei Kairo, Ägypten.
April/Mai zusammen mit Rilke auf Capri. Rückkehr nach Oberneuland über Neapel und Rom. Juli bis September Auf-

enthalt auf dem Gut der Freundin Anna Jaenecke in Großburgwedel bei Hannover. Erneuter Aufenthalt in Oberneuland.
September/Oktober Besuch des Ehepaars Meier-Graefe in Berlin.
Dezember Aufenthalt der Familie Rilke bei Claras Mutter in Oberneuland.

1908
Anfang Mai erneutes Arbeiten in Rodins Atelier, Ende Mai mietet sich Clara im Hotel Biron ein, wohin auch Rilke und Rodin im September ziehen. Besuch in Maillols Atelier in Paris. August/September kurzer Abstecher zu Anna Jaenecke nach Großburgwedel.

1909
Anfang Juni Abschiedsbesuch Rodins in ihrem Atelier, Rückkehr nach Deutschland. Reise zu Anna Jaenecke nach Großburgwedel.
September Treffen mit Rilke im Schwarzwald, Ende September Rückkehr nach Berlin. Oktober Aufenthalt in Bremen-Oberneuland. Anschließend Reise zu Gerhart Hauptmann nach Agnetendorf.

1910
Ende Januar bis April in Agnetendorf und Berlin zur Fertigstellung der Hauptmann-Büste.
Juli/August mit Tochter Ruth und Rilke in Oberneuland.

1911
Januar Übersiedlung nach München.
März Erlernen der handwerklichen Grundlagen der Holzschnitzerei in Partenkirchen.

1912
Frühjahr Ruth kommt nach München.

1913
April Reise nach Paris, um Rodin im Auftrag von F. Wichert, Direktor der Mannheimer Kunsthalle, zu porträtieren. Weigerung Rodins, Porträt zu sitzen.
Ende Mai Rückkehr nach München.

1917
April längerer Aufenthalt in Norddeutschland; Porträtaufträge.
Im Herbst und Winter Unterkunft bei der Mutter in Fischerhude; Baubeginn eines eigenen Hauses in Fischerhude (Bredenau).
17. November Tod Auguste Rodins.

1918
Im Sommer mehrwöchiger Aufenthalt in München.

1919
Endgültige Übersiedlung nach Fischerhude; hauptsächlicher Tätigkeitsbereich in Bremen.
11. Juni Emigration Rilkes in die Schweiz.

1922
Sommerreise nach Berlin.

1924
Reise nach Holland, Begegnung mit den Werken Van Goghs in Den Haag.
Mai letztes Zusammentreffen mit Rilke in Muzot im Wallis in der Schweiz.

1926
29. Dezember Tod Rainer Maria Rilkes in Val Mont.

1927–1929
In den Wintermonaten Besuch der Malschule Arthur Segals in Berlin, zusammen mit ihrem Bruder Helmuth Westhoff. In

den folgenden Jahren wendet sie sich verstärkt der Malerei zu.

1930–1936
Zurückgezogenes Leben in Fischerhude; Berlin-Reisen.

1937
13. Mai Teilnahme an einer Gedok-Tagung in Hannover. Besuch der Pariser Weltausstellung, zusammen mit ihrem Bruder Helmuth.

1939
Reise nach Genf zur Ausstellung der Kunstschätze des Madrider Prado.

1941
Aufenthalt in Bremerhaven. 16. Juli Tod der Mutter Johanna Westhoff.

1941–1945
Während der weiteren Kriegszeit ständiger Aufenthalt in Fischerhude.

1948
Ausstellung »Clara Rilke-Westhoff und ihr Kreis« im Graphischen Kabinett in Bremen anläßlich ihres 70. Geburtstags.

1952
Herausgabe der Rilke-Briefe über Cézanne.

1954
9. März Tod im Alter von 75 Jahren in Bremen.

Lou Andreas-Salomé (1861–1937)
Schriftstellerin, Psychoanalytikerin
Geboren am 12. Februar 1861 in St. Petersburg/Rußland. Sie war u. a. befreundet mit Friedrich Nietzsche, Paul Ree, Ellen Key, Rainer Maria Rilke und pflegte mit ihnen eine lebhafte Korrespondenz. 1887 heiratete sie den Iranisten Friedrich Carl Andreas. 1911 wandte sie sich der Psychoanalyse zu, studierte bei Sigmund Freud in Wien und praktizierte nach Abschluß der Lehranalyse selbst. Mit Rilke unterhielt sie nach Abklingen einer intensiven Liebesaffäre eine lebenslange Freundschaft. Sie starb am 5. Februar 1937 in Göttingen.

Jeanne Bauck (1840–1926)
Malerin
Geboren am 19. August 1840 in Stockholm/Schweden. Sie studierte in Dresden, Düsseldorf, München und Paris (Académie Julian). Sie war als Lehrerin an der Mal- und Zeichenschule des Vereins Berliner Künstlerinnen tätig, die Paula besuchte. Paula war begeistert von ihrem Unterricht und von ihrer Persönlichkeit. Später leitete Jeanne Bauck auch in München eine Malschule für Frauen. Sie starb am 27. Mai 1926 in München.

Maria Bock, geb. Thormählen (1867–1956)
Malerin
Nach kurzem Studienaufenthalt in München besuchte sie 1894/95 die Kunstschule für Damen in Karlsruhe. Ab 1896 nahm sie Unterricht bei Fritz Overbeck in Worpswede. Um 1900 gehörte Maria Bock zum engeren Freundeskreis um Paula Becker, Clara Westhoff, Heinrich Vogeler, Otto Modersohn, Martha Schröder und Fritz Overbeck und nahm an gemeinsamen Ausflügen und Unternehmungen teil.

Arnold Böcklin (1827–1901)
Maler
Geboren am 19. Oktober 1827 in Basel/Schweiz. Er studierte von 1845–1847 an der Düsseldorfer Akademie, lebte und arbeitete in Rom, Weimar, München, Basel, Zürich und galt als Übervater des Jugendstils. Die meisten seiner Bilder stellen Traumszenen südlicher Landschaften mit Götter- und Fabelwesen dar. Er starb am 16. Januar 1901 in San Domenico bei Florenz. Um diese Zeit besuchte Paula die große Böcklin-Ausstellung in Berlin und schrieb darüber begeisterte Briefe an ihren zukünftigen Ehemann Otto Modersohn.

Paul Cézanne (1839–1906)
Maler
Geboren am 19. Januar 1839 in Aix-en-Provence/Südfrankreich. Er ging 1861 nach Paris und widmete sich nach abgebrochenem Jurastudium als Autodidakt der Malerei. Camille Pissaro erkannte seine Begabung und führte ihn in den Kreis der Impressionisten ein. Ab 1889 lebte Cézanne wieder in der Provence, löste sich von impressionistischen Einflüssen und entwickelte einen eigenständigen Stil, der bereits Elemente des Kubismus und der Moderne enthielt. Paula entdeckte sein Werk bei ihrem ersten Paris-Aufenthalt 1900 und bezeichnete ihn 1907 in einem Brief an Clara als einen der drei oder vier großen Malerkräfte, die auf sie gewirkt hätten »wie ein Gewitter und ein großes Ereignis«. Er starb am 22. Oktober 1906 in Aix-en Provence.

Leonard Cohen (*1934)
Sänger, Schriftsteller
Geboren am 21. September 1934 in Montreal/Kanada als Leonard Norman Cohen. Neben seiner Karriere als Sänger veröffentlicht er Gedichte und Romane. Nach längeren Aufenthalten in New York und auf der Insel Hydra/Griechenland lebt er seit Jahren in Los Angeles.

Hans am Ende (1864–1918)
Maler, Grafiker
Geboren am 31. Dezember 1864 in Trier. Er studierte an den Kunstakademien in München und Karlsruhe. 1889 ließ er sich auf Anregung seines Freundes Fritz Mackensen in Worpswede nieder. Er war Gründungsmitglied der Künstlervereinigung Worpswede. 1914 meldete er sich freiwillig für den Kriegsdienst und starb am 9. Juli 1918 an den Folgen einer Kriegsverletzung in Stettin.

Paul Gauguin (1848–1903)
Maler
Geboren am 7. Juni 1848 in Paris. Er arbeitete als Börsenmakler in einer Bank, bevor er sich für die impressionistische Malerei begeisterte und selbst zum Maler wurde. 1888 verbrachte er eine kurze Zeit gemeinsam mit Van Gogh in Arles in Südfrankreich. Von 1891 bis zu seinem Tod lebte und arbeitete er in der Südsee, vorwiegend auf Tahiti. Er starb am 8. Mai 1903 in Atuona auf den Marquesas-Inseln in Französisch-Polynesien. Paula war von seinen Gemälden aus der Südsee beeindruckt. Im April 1905 bat sie ihre in Paris lebende Schwester Herma, ihr Bücher von und über Gauguin zu schicken.

Vincent van Gogh (1853–1890)
Maler
Geboren am 30. März 1853 in Groot Zundert/Holland als Sohn eines Pfarrers. Er begann in dunklen Farben das Leben der Bauern und Arbeiter zu schildern, bis er 1886 zu seinem Bruder nach Paris ging und sich der hellen leuchtenden Farbigkeit der Impressionisten anschloß. 1888 übersiedelte er nach Arles und schuf in kurzer Zeit ein umfangreiches Werk. Weder die Armut noch seine psychische Erkrankung konnten seinen Schaffensrausch stoppen. Heute erzielen seine Gemälde Höchstpreise, aber zu Lebzeiten verkaufte er kein ein-

ziges Bild. Er beging am 29. Juli 1890 in Auver-sur-Oise/Südfrankreich Selbstmord.

Carl Hauptmann (1858–1921)
Schriftsteller, Naturwissenschaftler
Geboren am 11. Mai 1858 in Obersalzbrunn. Er war der ältere Bruder Gerhart Hauptmanns. Er studierte Philosophie, Physiologie und Biologie und promovierte 1883. Zunächst betrieb er naturwissenschaftliche Publizistik, dann schrieb er Prosa und Bühnenstücke in naturalistischer Manier. Seine Freundschaft mit Otto Modersohn führte ihn 1900 nach Worpswede, wo er an den Zusammenkünften in Heinrich Vogelers Barkenhoff teilnahm. Er starb am 4. Februar 1921 in Schreiberhau.

Gerhart Hauptmann (1862–1946)
Schriftsteller
Geboren am 15. November 1862 in Obersalzbrunn. Er studierte Geschichte und Philosophie und widmete sich ab 1885 ganz seiner schriftstellerischen Tätigkeit. Mit seinem sozialen Drama »Vor Sonnenaufgang« (1889) wurde er zu einem der führenden Dramatiker der beginnenden Moderne und des beginnenden Naturalismus in der Literatur. 1912 erhielt er den Nobelpreis für Literatur. Paula setzte sich intensiv mit seinem Stück »Versunkene Glocke« auseinander. 1909/1910 fertigte Clara eine Büste von ihm an. Er starb am 6. Juni 1946 in Agnetendorf.

Alfred Walter von Heymel (1878–1914)
Schriftsteller, Verleger
Geboren am 6. März 1878 in Dresden. Er erbte ein großes Vermögen, das es ihm ermöglichte, ein Leben als Kunstförderer, Verleger und Autor zu führen. Zusammen mit seinem Cousin Rudolf Alexander Schröder und Otto Julius Bier-

baum gründete er 1899 in München die Monatszeitschrift
»Die Insel«, aus der dann 1902 der Insel Verlag hervorging.
Er starb am 26. November 1914 in Berlin.

Bernhard Hoetger (1874–1949)
Bildhauer, Architekt
Geboren am 4. Mai 1874 in Hoerde bei Dortmund. Er absolvierte von 1888 bis 1892 eine Steinmetz- und Holzschnitzerlehre in Detmold und lebte nach Aufenthalten in Dresden, Berlin und Düsseldorf von 1900 bis 1907 in Paris, wo er neben den Bildhauern Auguste Rodin und Aristide Maillol auch Paula kennenlernte. Sie freundeten sich an, und Paula malte das Porträt seiner Frau Lee Hoetger. Hoetger kehrte 1907 nach Deutschland zurück, wurde Mitglied der Darmstädter Künstlerkolonie und lebte von 1914 bis 1929 in Worpswede, wo er die Worpsweder Kunsthütten gründete. Er starb am 18. Juli 1949 in Beatenberg/Schweiz.

Ricarda Huch (1864–1947)
Schriftstellerin
Geboren am 18. Juli 1864 in Braunschweig. Sie studierte und promovierte 1892 in Zürich als eine der ersten deutschen Frauen im Fach Geschichte. Sie schrieb Gedichte und eroberte mit Erfolg eine Männerdomäne, die Geschichtsschreibung. Bereits zu Lebzeiten wurde sie berühmt mit ihren Werken zur Romantik. Clara lernte sie 1911 in München kennen und fertigte von ihr eine Büste an. Ricarda Huch starb am 17. November 1947 in Schönberg im Taunus.

Ellen Key (1849–1926)
Pädagogin, Schriftstellerin
Geboren am 11. Dezember 1849 in Sundsholm, Smaland/Schweden. Sie arbeitete als Lehrerin, als Dozentin am Arbeiter-Institut in Stockholm und als Schriftstellerin. Sie schrieb

zahlreiche Essays, darunter auch einen über Rilke. International bekannt wurde sie mit ihrem Werk »Das Jahrhundert des Kindes« (1900), das in zahlreiche Sprachen übersetzt wurde und 1902 auch auf deutsch erschien. Sie war mit Rilke und Clara eng befreundet. Sie starb am 25. April 1926 auf Gut Strand, Vättersee/Schweden.

Max Klinger (1857–1920)
Bildhauer, Maler, Radierer
Geboren am 18. Februar 1857 in Leipzig. Er studierte an den Kunstakademien in Karlsruhe und Berlin. Von 1883 bis 1886 arbeitete er in Paris, von 1888 bis 1893 in Rom. 1897 wurde er Professor an der Akademie der Graphischen Künste in Leipzig. Paula besuchte ihn im April 1898 in seinem Leipziger Atelier und war tief beeindruckt von seiner starken Persönlichkeit. Clara arbeitete von August bis September 1899 in seinem Atelier. Er war von ihrem Talent überzeugt und empfahl ihr, in Paris weiterzustudieren. Er starb am 4. Juli 1920 in Großjena bei Naumburg an der Saale.

Peder Severin Krøyer (1851–1909)
Maler, Graphiker und Bildhauer
Geboren am 23. Juli 1851 in Stavanger/Norwegen. Er studierte in Kopenhagen und Paris. Schon früh wurde er mit Preisen ausgezeichnet. Seine künstlerische Karriere ist beispiellos in der dänischen Kunstgeschichte. 1882 schloß er sich der Künstlerkolonie in Skagen an. Er malte in impressionistischem Stil Porträts, Landschaften mit Figurenszenen, Interieurs mit Gruppendarstellungen und zahlreiche Selbstporträts. Er starb am 21. November 1909 in Skagen/Dänemark.

Maria Lassnig (*1919)
Malerin
Geboren am 8. September 1919 in Kappel in Kärnten/Österreich. Sie studierte an der Akademie der bildenden Künste in Wien und ging 1951 nach Paris. 1954 kehrte sie zurück nach Wien an die Akademie der bildenden Künste. Nach neuerlichen Aufenthalten in Paris 1961 bis 1968 und in New York 1968 bis 1980 erhielt sie eine Professur für Malerei an der Universität für angewandte Kunst in Wien. In den letzten Jahren hat sie überwiegend Selbstporträts gemalt.

Fritz Mackensen (1866–1953)
Maler, Grafiker, Bildhauer
Geboren am 8. April 1866 in Greene bei Braunschweig. Er studierte in Düsseldorf und München. 1889 ließ er sich in Worpswede nieder. Er war der eigentliche Initiator der Künstlervereinigung Worpswede, der auch seine Kollegen veranlaßte, sich dort anzusiedeln. In Worpswede erteilte er Unterricht. Clara und Paula wurden 1897 seine Schülerinnen. Von 1910 bis 1918 leitete er als Direktor die Kunstschule Weimar. Er schloß sich dem Nationalsozialismus an und war von 1933 bis 1945 Leiter der Nordischen Kunsthochschule in Bremen. Er starb am 12. Mai 1953 in Bremen.

Otto Modersohn (1865–1943)
Maler
Geboren am 22. Februar 1865 in Soest. Er studierte in Düsseldorf, München und Karlsruhe. Zusammen mit Mackensen siedelte er sich 1889 in Worpswede an und fand sein künstlerisches Hauptmotiv in der dortigen Moorlandschaft, die er immer wieder malte. 1897 heiratete er Helene Schröder. 1898 wurde die Tochter Elsbeth geboren. Nach dem Tod seiner ersten Frau heiratete er 1901 Paula Becker. Sie starb 1907 nach der Geburt ihrer Tochter Mathilde. 1908 ließ sich Modersohn in Fischerhude nieder und heiratete 1909 die

Malerin Louise Breling. 1913 wurde der Sohn Ulrich, 1915 Christian geboren. Von 1930 an verbrachte Modersohn regelmäßig die Sommermonate im Allgäu. Er starb am 10. März 1943 in Rotenburg an der Wümme.

Fritz Overbeck (1869–1909)
Maler und Grafiker
Geboren am 15. September 1869 in Bremen. Er studierte an der Düsseldorfer Akademie, wo er Mackensen und Modersohn begegnete. Mit letzterem war er eng befreundet. Er kam 1892 das erste Mal nach Worpswede, war Gründungsmitglied der Künstlervereinigung und lebte von 1894 bis 1905 dort. In diesen Jahren entstand eine große Anzahl von Radierungen. 1905 zog er nach Bremen. In den folgenden Jahren reiste er häufig in die Schweizer Berge. Er starb am 9. Juni 1909 in Bröcken bei Vegesack.

Ottilie Reyländer-Böhme, geb. Reyländer (1882–1962)
Malerin
Geboren am 19. Oktober 1882 in Wesselburen. Sie studierte zunächst, zusammen mit Clara und Paula, bei Mackensen in Worpswede und später in Rom und Paris. Von 1910 bis 1928 lebte sie in Mexiko und dann in Berlin, wo sie 1862 starb.

Rainer Maria Rilke (1875–1926)
Dichter
Geboren am 4. Dezember 1875 in Prag. Er besuchte die Kadettenschule in St. Pölten. Nach dem Abitur begann er ein Universitätsstudium in Prag, das er bald zu Gunsten seiner dichterischen Arbeit abbrach. Er pflegte viele Freundschaften und eine umfangreiche Korrespondenz, vor allem mit Frauen, allen voran Lou Andreas-Salomé. Im Sommer 1900 kam er als Gast von Heinrich Vogeler in den Barkenhoff und

lernte dort Paula und Clara kennen. 1901 heiratete er Clara.
Im selben Jahr wurde die Tochter Ruth geboren. Die Familie lebte nur kurze Zeit zusammen, die Ehe wurde allerdings nie geschieden. Von September 1905 bis Mai 1906 arbeitete Rilke als Sekretär Rodins in Paris. Nach einem rastlosen Leben an vielen Orten ließ er sich 1921 in Muzot im Wallis nieder. Er starb am 29. Dezember 1926 in Val Mont bei Montreux/Schweiz an Leukämie.

Auguste Rodin (1840–1917)
Bildhauer, Zeichner, Radierer, Maler
Geboren am 12. November 1840 in Paris. Er studierte von 1854 bis 1857 an der École des Arts decoratifs und versuchte vergeblich, an der École des Beaux-Arts aufgenommen zu werden. Er unternahm Reisen auf den Spuren Michelangelos nach Rom und Florenz. Ab 1884 schuf er das Denkmal »Die Bürger von Calais« und wurde damit berühmt. 1894 übersiedelte er nach Meudon, wo er viele junge Autoren und Künstler empfing. 1900 wurden auf der Pariser Weltausstellung im Pavillon Rodin 171 seiner Werke ausgestellt. Clara begann ihr Studium bei Rodin 1900 und setzte es in den folgenden Jahren fort. 1905/1906 arbeitete Rainer Maria Rilke als sein Sekretär. 1907 bezog Rodin sein Stadtatelier im Hotel Biron, das heute das Musée Rodin beherbergt. Er starb am 17. November 1917 in Meudon.

Rudolf Alexander Schröder (1878–1962)
Schriftsteller, Herausgeber
Geboren am 26. Januar 1878 in Bremen. Gemeinsam mit seinem Vetter Alfred Walter Heymel war er Mitbegründer und Herausgeber der Zeitschrift »Die Insel« (1899) und des Insel Verlags (1902). Clara lernte ihn 1898 in München kennen und war lebenslang mit ihm befreundet. Er starb am 22. August 1962 in Bad Wiessee.

Carl Vinnen (1863–1922)
Maler
Geboren am 28. August 1863 in Bremen. Er studierte an der Düsseldorfer Akademie, wo er mit Fritz Mackensen und Otto Modersohn Freundschaft schloß. Er lebte auf dem väterlichen Gut in Osterndorf bei Wesermünde, dann in Cuxhaven und München. 1895 initiierte und realisierte er in der Bremer Kunsthalle die erste gemeinsame Ausstellung der Künstlervereinigung Worpswede. 1911 protestierte er öffentlich gegen die Überfremdung deutscher Sammlungen mit französischer Kunst. Er starb am 19. April 1922 in München.

Heinrich Vogeler (1872–1942)
Zeichner, Radierer, Maler, Buchkünstler, Möbel- und Schmuckdesigner
Geboren am 12. Dezember 1872 in Bremen. Er studierte an der Düsseldorfer Kunstakademie. 1895 ließ er sich in Worpswede nieder. Er war Gründungsmitglied der Künstlervereinigung Worpswede und etablierte sein Anwesen »Barkenhoff« zum künstlerischen Zentrum. Um 1900 war er einer der gefragtesten Jugendstilzeichner. 1901 heiratete er Martha Schröder. Drei Töchter wurden geboren. 1909 trennte sich das Paar. Die Ehe wurde 1926 geschieden. Da lebte Vogeler schon mit seiner späteren Frau Sonja zusammen. 1923 wurde der gemeinsame Sohn Jan in Moskau geboren. Vogeler hatte sich nach dem ersten Weltkrieg dem Sozialismus zugewandt. Er lebte zunächst zeitweise und ab 1931 ständig in der Sowjetunion, wo er am 14. Juni 1942 im Krankenhaus des Kolchos Budjonny in Kasachstan starb.

Oscar Wilde (1854–1900)
Schriftsteller
Geboren am 16. Oktober 1854 in Dublin/Irland. 1895 wurde er wegen Homosexualität zu zwei Jahren Gefängnis ver-

urteilt. Er schrieb Gedichte, Theaterstücke, Märchen, Erzählungen. Er starb am 30. November 1900 in Paris. Die deutsche Ausgabe seiner Erzählungen und Märchen wurde von Heinrich Vogeler für den Insel Verlag illustriert.

Oskar Zwintscher (1870–1916)
Maler
Geboren am 2. Mai 1870 in Leipzig. Er studierte in Leipzig und Dresden und ließ sich 1902 in Meißen nieder. Ab 1903 lehrte er als Professor an der Dresdner Akademie. Er malte hauptsächlich figürliche Kompositionen und Porträts vieler bekannter Zeitgenossen. 1902 wurde er von der Familie Rilke eingeladen, ein Porträt von Clara Rilke-Westhoff anzufertigen. Er starb am 12. Februar 1916 in Dresden-Loschwitz.

Literatur und Quellen

Adorno, Theodor W.: Ästhetische Theorie, Frankfurt 1974

Alpers, Else: Clara Rilke-Westhoff, Fischerhude 2002

Bohlmann-Modersohn, Marina: Paula Modersohn-Becker. Eine Biographie mit Briefen, München 1997

Cohen, Leonard: The Concise, London 1997

Deleuze, Gilles/Parnet, Claire: Dialoge, Frankfurt 1980

Derrida, Jacques: Lyotard und wir, Berlin 2002

Doppagne, Brigitte: Clara. Eine Erzählung, Hamburg 1993

Erlay, David: Wucht von Stein – und nicht von Rosen, Fischerhude o. J.

Foucault, Michel: Von der Freundschaft. Michel Foucault im Gespräch, Berlin 1984

Földényi, László F.: Das Schweißtuch der Veronika. Museumsspaziergänge, Frankfurt 2001

Freedman, Ralph: Rainer Maria Rilke. Der junge Dichter – 1875–1906, Frankfurt/Leipzig 2001 ders.: Rainer Maria Rilke. Der Meister – 1906–1926, Frankfurt/Leipzig 2002

Gercken, Günther: Der eigene Weg, in: Paula Modersohn-Becker. Zeichnungen, Pastelle, Bildentwürfe. Katalog zur Ausstellung des Hamburger Kunstvereins, 1976

Heise, Carl Georg: Paula Becker-Modersohn. Mutter und Kind, Stuttgart 1961

Heißerer, Dirk: Ahnfrau und Ritter. Zu dem wiederaufgefundenen Porträt der Clara Rilke-Westhoff von Oskar Zwintscher. Vortrag im Auktionshaus Neumeister, München, 26. 11. 2001, in Weltkunst 1/2002

Hetsch, Rolf: Paula Modersohn-Becker. Ein Buch der Freundschaft, Berlin 1932

Künstlerkolonien in Europa. Im Zeichen der Ebene und des Himmels. Katalog Germanisches Nationalmuseum, Nürnberg 2001

Otto Modersohn 1865–1943, der Zeichner und Maler einer Landschaft vor dem Hintergrund seiner Zeit, Katalog, Worpswede/Fischerhude 1977

Paula Modersohn-Becker zum 100. Geburtstag, Katalog, Bremen 1976

Die Bildhauerin Clara Rilke-Westhoff 1878–1954. Katalog des Museums Langenargen am Bodensee, Sigmaringen 1988

Clara Rilke-Westhoff 1878–1954. Plastiken, Zeichnungen, Gemälde. Katalog der Galerie Cohrs-Zirus, Worpswede 1978

Heinrich Vogeler 1872–1942. Katalog der Gedenkausstellung, Worpswede 1972

Paula Modersohn-Becker in Briefen und Tagebüchern, hg. v. Günter Busch und Lieselotte Reinken, Frankfurt 1979

Nooteboom, Cees: So könnte es sein, Frankfurt 2001

Palmen, Connie: Die Freundschaft, Zürich 1996

Pauli, Gustav: Paula Modersohn-Becker, Berlin 1934

Petzet, Heinrich Wiegand: Das Bildnis des Dichters. Rainer Maria Rilke – Paula Becker-Modersohn, Frankfurt 1976

ders.: Von Worpswede nach Moskau. Heinrich Vogeler. Ein Künstler zwischen den Zeiten, Köln 1973

Pohl, Claudia: Worpswede, in: Vernissage Nr. 10/1998: Deutsche Künstlerkolonien 1890–1910

Rathke, Ewald: Zur Kunst Paula Modersohn-Beckers, in: Katalog zur Ausstellung des Frankfurter Kunstvereins, 1963

Reinken, Lieselotte von: Paula Modersohn-Becker. Monographie, Reinbek bei Hamburg 2001

Rich, Adrienne: Paula Becker to Clara Westhoff. Poem, o. O. 1975–76

Rilke, Rainer Maria: Requiem für eine Freundin, Leipzig 1936

ders.: Das Stundenbuch, Frankfurt 1973

ders.: Tagebücher aus der Frühzeit, Frankfurt 1973

Literatur und Quellen 265

ders.: Worpswede. Monographie einer Landschaft und ihrer Maler, Bremen 1975

ders.: Briefe über Cézanne, Frankfurt 1977

Rilke, Rainer Maria/Andreas-Salomé, Lou: Briefwechsel, Frankfurt 1989

Robert, Anja: Die Rilke. Ein Porträt der Künstlerin Clara Westhoff aus Bremen, Sendemanuskript Radio Bremen, 2001

Różewicz, Tadeusz: Das unterbrochene Gespräch. Gedichte polnisch/deutsch, Graz 1992

Sauer, Marina: Die Bildhauerin Clara Rilke-Westhoff 1878–1954, Bremen 1986

Schlaffer, Hannelore (Hg.): Ehen in Worpswede: Paula Modersohn-Becker – Otto Modersohn; Clara Rilke-Westhoff – Rainer Maria Rilke, Stuttgart 1994

Schneede, Uwe M.: Im Ganzen geschah alles in unerhörter Einsamkeit, in: Paula Modersohn-Becker. Zeichnungen, Pastelle, Bildentwürfe. Katalog zur Ausstellung des Hamburger Kunstvereins, 1976

Stelzer, Otto: Paula Modersohn-Becker, Berlin 1958

Stenzig, Bernd: Worpswede – Moskau. Das Werk von Heinrich Vogeler, Worpswede 1991

Stephan, Inge: Das Schickal der begabten Frau im Schatten berühmter Männer, Stuttgart 1989

Stock, Wolf-Dietmar: Paula Modersohn-Becker. Ein Buch der Freundschaft, Fischerhude 1985

Trier, Eduard: Bildhauertheorien im 20. Jahrhundert, Berlin 1999

Van Gogh in seinen Briefen, hg. v. Paul Nizon, Frankfurt 1977

Vogeler, Heinrich: Erinnerungen, hg. von Erich Weinert, Berlin 1952

Vordtriede, Werner: Besuch bei Clara Rilke. Tagebuchblätter, in: Castrum Peregrini, Amsterdam 1977

Voss, Knud: Die Maler des Lichts. Nordische Kunst auf Skagen, Weingarten 1995

Wendt, Gunna: Paula Becker-Modersohn. Zur Situation einer Künstlerin um die Jahrhundertwende in Deutschland, unveröffentlichte Magisterarbeit, Hannover 1978

dies.: Liesl Karlstadt. Ein Leben, München 1998

dies.: Emmy Hennings – Fluchtlinien einer Performance, in: Edda Ziegler (Hg.), Der Traum vom Schreiben. Schriftstellerinnen in München 1860–1960, München 2000

Wernery, Toja: Paula Modersohn-Becker 1876–1907, in: Künstlerinnen international 1877–1977, Katalog zur Ausstellung, Berlin 1977

Hörbücher

Rainer Maria Rilke, Dichtungen und Erinnerungen. Sprecher: Claire Goll, Martha Vogeler, Clara Rilke-Westhoff u. a., Audiobuch/Radio Bremen 2000

Rilke Projekt. Bis an alle Sterne. RCA Victor 2001

Quellen

Die Textstellen aus den Briefen und Tagebüchern Clara Rilke-Westhoffs, Paula Modersohn-Beckers, Rainer Maria Rilkes und Otto Modersohns sowie der Personen in ihrem Umkreis werden nach folgenden Büchern zitiert:

Marina Sauer: Die Bildhauerin Clara Rilke-Westhoff 1878–1954, Bremen 1986

Paula Modersohn-Becker in Briefen und Tagebüchern, hg. v. Günter Busch und Lieselotte Reinken, Frankfurt 1979

Rainer Maria Rilke: Tagebücher aus der Frühzeit, Frankfurt 1973

Hannelore Schlaffer (Hg.): Ehen in Worpswede: Paula Modersohn-Becker – Otto Modersohn; Clara Rilke-Westhoff – Rainer Maria Rilke, Stuttgart 1994

Rolf Hetsch: Paula Modersohn-Becker. Ein Buch der Freundschaft, Berlin 1932

Wolf-Dietmar Stock: Paula Modersohn-Becker. Ein Buch der Freundschaft, Fischerhude 1985

Die Gedichte werden nach folgenden Büchern zitiert:

Cees Nooteboom: So könnte es sein, Frankfurt 2001

Heinrich Wiegand Petzet: Das Bildnis des Dichters. Rainer Maria Rilke – Paula Becker-Modersohn, Frankfurt 1976

Adrienne Rich: »Paula Becker to Clara Westhoff. Poem, 1975–76«, Internet-Page

Die Bildhauerin Clara Rilke-Westhoff 1878–1954. Katalog des Museums Langenargen am Bodensee, Sigmaringen 1988

Rainer Maria Rilke: Tagebücher aus der Frühzeit, Frankfurt 1973

ders.: Requiem für eine Freundin, Leipzig 1936

ders.: Das Stundenbuch, Frankfurt 1973

Tadeusz Różewicz: Das unterbrochene Gespräch. Gedichte polnisch/deutsch, Graz 1992

Danksagung

Herzlich bedanken möchte ich mich bei Hella und Christoph Sieber-Rilke, die mir Einblicke in Clara Rilke-Westhoffs Leben und Werk ermöglicht haben. Darüberhinaus ließ mich Christoph Sieber-Rilke an seinen Erinnerungen an die Großmutter teilhaben, wofür ich ihm sehr dankbar bin.

Für wertvolle Anregungen danke ich Gisela Corleis, Aenne Glienke, Ursula Hasenkopf, Gudrun Partyka, Anne Rademacher, Brigitte Riebe, Margit Saad-Ponnelle, Anna Tretter und Tina Wendt.

Bei Rüdiger Rohrbach bedanke ich mich für seine hilfreichen Vorschläge und seine Unterstützung.

Peter Hanusch und Gerlinde Salomon danke ich für ihre Ermutigung.

Mein besonderer Dank gilt Franz Klug für sein Engagement, für konstruktive Impulse und unzählige spannende Gespräche, die das Schreiben beflügelt haben.

Bildnachweis

Der Verlag und die Autorin bedanken sich bei folgenden Rechteinhabern für die Abdruckgenehmigungen von Bildern und Fotografien: der Paula-Modersohn-Becker-Stiftung, Bremen (Bildstrecke I: Seite 5 unten, im Text: Seiten 33, 34, 52, 62, 131, 133, 167, 168), der Großen Kunstschau Worpswede (Bildstrecke I: Seite 6 oben) und der Kunsthalle Bremen (Bildstrecke I: Seite 6 unten).

Besonderer Dank geht an das Ehepaar Sieber-Rilke für die freundliche Unterstützung und die zur Verfügung gestellten Fotografien und Abbildungen (Bildstrecke I: Seiten 2, 3, 7 und 8; Bildstrecke II: Seiten 5, 6, 7 und 8; im Text: Seiten 23, 58, 59, 139, 201, 204, 239, 240).

Paula Modersohn-Becker, Selbstbildnis mit Hand am Kinn, 1906

Paula Modersohn-Becker,
Alte Armenhäuslerin mit Glasflasche, 1906

Vincent van Gogh, La Berceuse, 1889

Paula Modersohn-Becker,
Kniende Mutter mit Kind an der Brust, 1907

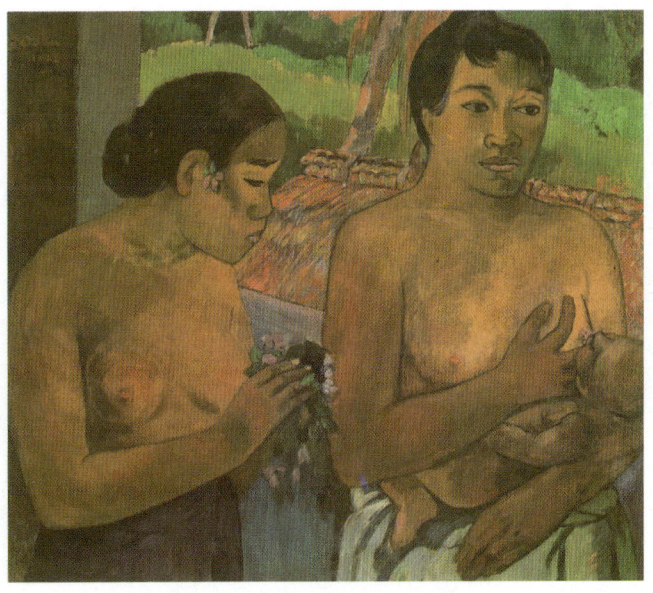

Paul Gauguin, L'offrande, 1902

Paula Modersohn-Becker, Stilleben mit Früchten, 1905/1906

Paul Cézanne, Stilleben mit Äpfeln und Orangen, 1895–1900

Clara Rilke-Westhoff, Selbstbildnis, 1905

Clara Rilke-Westhoff, Sommerliche Landschaft, 1948/1950

Clara Rilke-Westhoff, Winterlandschaft, 1948/1950

Clara Rilke-Westhoff, Porträt Ricarda Huch, 1912

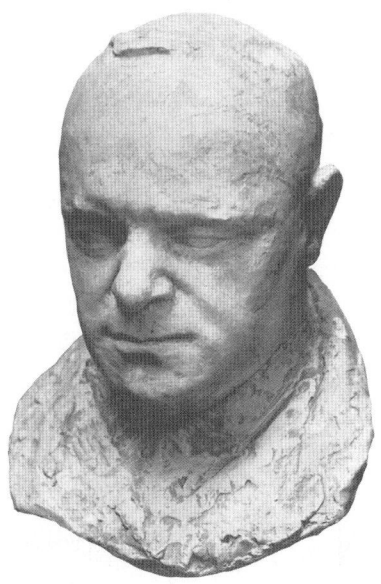

*Clara Rilke-Westhoff, Porträt Rudolf Alexander Schröder,
zwischen 1935 und 1938*

Clara Rilke-Westhoff, Weiblicher Akt, 1947